古龍的江湖

陳令孤——著

目次

自序——我的青春憤怒過

這是一個極其燥熱又冷漠無比的傍晚，夕陽的弧線從萬泉莊的頂樓墜落，延伸，直接與人群的背影接軌。我們趿拉著拖鞋，沾滿灰塵的腳趾驕傲的翹著，煙霧從鼻翼邊飄過，飛鳥的鳴聲淹沒在電車輪的摩擦裏。裹在吊帶裙中的少女逶迤的在身旁遊動，她們空洞的眼神裏注滿慾望。

時光不是我們前進的方向，決鬥也不是活著的意義，我們的目的地是西門外面的酒館，它有一個充滿魅力的名字。它的名字叫「楚留香魚莊」。整個大學期間，我已經記不起曾經多少次走進它滄桑的門樓，然後坐在靠窗的位子上，點一鍋少婦潑辣魚，一碗五香牛肉，一碟花生米，一箱燕京啤酒。然後，浪漫的吹牛和拚酒沙龍開始了，唾液翻飛，汗流如河，髒話鋪天蓋地，夢想遁入下水道。痛快的，落寞的，愉悅的，憤怒的，所有的心情都在這裏發洩的淋漓盡致。

我們這群人，把文學作為情人，把搖滾作為信仰的人，為什麼會選擇到這個店來展開瓶中論劍，很大程度上不是因為美味多麼誘人，而是這個店的名字。因為它懸掛的是「楚留香」的金字招牌。生活中我們常常會因為一個細節的東西而迷醉自己，「楚留香魚莊」也許與楚留香沒有一絲一毫的關係，但是當看到這五個字時，卻會因為它而想起很多的事情。這就是一種情結，我總是喜歡用這樣的方式來祭奠自己心中的回憶。

當我坐在這樣的酒館裏大口咀嚼半熟的牛肉時，我不由自主的進入一種夢的境況。在我的幻想操縱下，我就像江湖的浪子一樣，在某個傍晚走進某個小鎮，清瘦的身影投射在光滑的石板路上，漆黑的眸子望見了遠處的酒旗。掀起門簾，勤快的小二訕笑的迎上來，我故作穩健的坐在長凳上，將刀重重的壓在桌角，用渾厚的嗓音說：「一斤女兒紅，二斤牛肉。」

這就是我的武俠夢，早在我上初中的時候，這樣的夢就經常趁我發呆的時候在腦中旋轉。而我之所以把自己想像成一個浪子的形象，很大程度上就是被那一本本武俠小說誘惑的。在那個時候，武俠小說是被老師作為「禁書」來查禁的，但是正如「痛苦的信仰」樂隊唱的那樣——哪裡有壓迫，哪裡就有反抗——我們總是能用各種方法來逃避老師的糾察，通過各種渠道搞到這樣的書，然後在夜深人靜的時候起床，蹲在廁所的路燈下看的興高采烈，儘管有屎尿的異味不時隨著風迎面襲來。

江湖，這是一個多麼富有詩意的辭彙呀，每次當我從口中念出它的時候，心中就會發生激動的震顫。在我的意識中，它的所指絕不是一個地域上的環境，而是一種理想的生活，是和烏托邦式的夢想具有相同的意義。我喜歡這種意境，它常常帶著我天馬行空的馳騁在一望無際的原野上，在馬蹄聲碎的伴奏下進入到一個超脫的世界。那裏充溢著自由的芳香，那裏盛滿了浪漫的情愫。

但是，總有一股惡勢力來打破我們美好的青春，把我們赤裸裸的暴露在社會的殘酷之下，用生存的壓力和成功的誘惑來遏止我們的喉嚨，讓我們透不過氣來。我的青春終於在苦悶的壓抑中憤怒了，它開始撕破麻袋，斬斷鐵鏈，拔出指甲中的竹簽，在血淋淋的浪濤中捲入了大海。

那是上世紀的九十年代，是告別舊世紀的恥辱，迎接新世紀的輝煌的時代。我忘乎所以的閱讀著武俠小說，盡情的在那一行行充滿魔力的文字中煽動自己的青春慾望。金庸，一個戴著眼鏡的老頭子，總是讓他筆下的主人公在跌落懸崖的時候大難不死，並且還發現了武功秘笈，命運從此發生了巨大轉折，從而成為武林的領袖。梁羽生，這是一個很優雅的書生，我對他有著特別的感情。這是因為那一年，我在心中暗戀和崇拜了很久的有著明亮眼睛和櫻桃小嘴的並且喜歡穿碎花連衣裙的身上經常散發著特殊清香的漂亮的女班主任，趁我低頭繫鞋帶的時候，挪開我的語文課本，在下面發現了一本梁羽生的《冰川天女傳》，於是就毫不猶豫的沒收了。這件事我傷心了很久，這有兩方面的原因：一方面是因為這本書是我用六個酸菜包子從同學那裏換來的，我只看了十七頁就被老師沒收了，為了節省口糧，還得餓兩頓；另一方面是因為沒收我書的竟是我最喜歡的暗中早將她作為我未來情人模特兒的美女老師，她從此在我心中降低了一個位置。我對她的迷戀轉化為仇恨，這種仇恨又隨著我的成長而變成一種回憶時的竊笑。但可惜的是，第二學期美女老師便跟隨她的未婚夫調到了其他學校，此後，我再也沒有見到過她，也再也沒有機會把我的《冰川天女傳》拿回來。所以，當今年我躺在回京的火車的臥鋪上看報紙時，偶然發現了一條梁羽生先生去世的消息，禁不住湧起深深的感傷。我想起了自己曾經萌動的春心和迷惘叛逆的個性，這是我們每個人都經歷過的人生階段，而我最狂妄憤慨的青春是與武俠小說分不開的。

那時，我們讀武俠是不做選擇的，也不會批判性的接受，只要是講述江湖故事的書我們都會津津有味的捧著看，除了上面提到的金庸和梁羽生之外，還有倪匡、諸葛青雲、臥龍生、溫瑞安、黃易、司馬翎、柳殘陽等人。這些書的封面都是千遍一律的畫著一個腰上掛著長劍的俊俏少年，懷裏抱著一個豐滿的露著半截胸脯的美女。也許正是由於這個原因，老師認為我們是在看不良書刊。在大人的眼中，我們是沒有自制力的幼稚的傻小子，而在我們心裏，我們早已認為自己已經成熟，所以處處和壓迫者作對。

而在所有這些武俠作家的書中，古龍無疑是獨具個性的奇葩。他的書既是武俠小說，也是散文集，還是哲學筆記。他所講的故事情節變幻莫測，懸疑重重，驚險恐怖，但讀起來卻讓我覺得有一種真實感，因為他的書的主題是在揭示和塑造人性。他的書並不執著與功夫的高低，而是在一種極具寫意的氛圍中來展現生活和生命的衝突。尤其是他的文字充滿靈性的光芒和浪漫的氣息，比起那些只注重故事本身的武俠小說，更具藝術上的成就。

而我對古龍武俠小說的看法也經歷過曲折性的轉變，我並不是一開始就推崇他的小說，而是隨著年齡的增長和心智的成熟，才慢慢領略到他的文學才華。

在我上中學時，金庸的書佔據著正統的地位，是「暢讀榜」上久盛不衰的至尊。誰要是能搞到一本金庸的書，在班上的地位也會平步青雲，甚至壓倒班長和學委。打飯不用排隊，喝水有人備上，點名幫助答「到」，儼然是一個擁有萬貫家產的財東。要想從他那裏借來看，得提前預定，而且要「進貢」，並根據貢品的貴重程度決定借閱者的閱讀次序。

大家之所以喜歡金庸，是因為他書裏的一招一式都講的詳盡透徹、生動具體。你來我往，每一個動作都那麼逼真，就像在自己的眼前交戰，讀來酣暢淋漓，如沐三月春風，恨不得自己也參加進去，鬥它三百八十回合。

而古龍在當時卻處於邊緣地位，因為他的書對話太多，顛來倒去如墜雲霧，不知所云。再加上對重大決鬥場面的描寫過於簡單和玄妙，超出現實太高，往往不能理解，有一種不盡意的感覺。就像在宴席上喝酒，酒杯已經端在手中，領導訓話太長，最後仰頭而飲時卻發現搖晃的只剩下杯底一滴了。

等到上了大學，經過高考一年的疲於奔命、勞神傷心後，我再次拾起武俠書籍來重溫那種刀光劍影的生活，卻忽然被古龍深深吸引住了。他的詩化空靈的語言如此清新暢快，激情跳躍而充滿浪漫和悲劇的氣息，如一朵初綻的花在清晨的雲霧裏亭亭玉立，走進一看，那花瓣上竟有晶瑩的血珠在滾動。這是一種神韻，一種山水畫般的寫意。

細讀之下，你會逐漸發現文字背後竟是一首首哲理詩，蘊藏著深奧的人生哲理。也許與我所學的哲學專業有關，平時看慣了枯燥生澀的西方哲學著作，現在翻閱古龍的書，逐漸走進他那優雅神秘而富有靈感的意境，體會言猶未盡卻意蘊千古的哲理化語言的風采，細細咀嚼，竟會獲得一種人生意義的昇華，感受到生活的變幻無常和美妙。那種少年時讀金庸的酣暢淋漓之感，現在又在讀古龍時再次湧現，只是金庸是一種熱乎乎的激情之感，而古龍卻帶有遠山上冰川的純淨和溪水裏青藻的浮游，身在煙霧裏眼前卻是一派明朗之霞光。

金庸是端莊的古樸的，而古龍是瀟灑無羈的，如春風蕩漾，很飄渺，又很絢爛。金庸的書具有一種歷史的厚重感，而古龍的書卻是自由奔放的藝術美感。

在我的眼中，真正好的武俠小說是具有現實意義的，從那些俠客的成名歷程中我們會回望自己成長的道路，從那些波瀾曲折的江湖故事中我們認識了人生的無常，從那些悲劇性人物的命運中我們學會了人文關懷。文字只是一種表現形式和載體，真正的內容卻是我們每天的生活以及對生活的感悟。

在我的思想最狂妄極端之時，我曾經在讀完古龍的《邊城浪子》後，對我的朋友說，古龍的書就是我枕邊的《聖經》。因為他對一個人在遇到磨難和痛苦時的心理描寫如此逼真，如此具有震撼力，我常常在閱讀他的小說的時候，猛烈的錘擊自己的胸膛，以此來控制自己即將崩裂的心扉。

殺手、浪子、刀客、探花、妓女、賭徒、酒鬼、和尚、道士、瞎子，他們所對應的名字是西門吹雪、楚留香、傅紅雪、李尋歡、翠濃、卜鷹、胡鐵花、無花、顧道人、花滿樓。古龍用自己的天賦才華為我們塑造了眾多豐滿傳奇的人物形象，他們無不各具特色，在屬於自己的時代裏叱吒風雲，不管是成王還是敗寇，都在江湖這片廣闊的天地裏實現了他們活著的意義。他們是自由的行者，是磊落的漢子，也是胸懷正義的俠少，他們用自己的劍開闢了通往天涯的道路，又在女人的哭泣中得到情感的安慰。

如果要選擇人生的某個階段來暢讀武俠小說的話，我必定會推薦大學。大學豐富多彩的舞台在我們腳下鋪展，自從走進它的大門，我就彷彿步入了真正的江湖生活。我們不再怕蹺課，因為我們每週只會見到老師一兩次，即使上了一年的課，他也叫不上我們的名字。我們在沸騰的夏夜中走進「楚留香魚莊」，然後在一醉方休的痛快中與樓管互相大罵。我們穿上胸前印著碩大格瓦拉圖像的體恤衫，來到「愚公移山」酒吧，聽謝天笑的搖滾演唱會，在震耳的樂器伴奏聲中搖頭晃腦，振臂高呼，盡情發洩對時代和自己的憤怒。我們放肆無羈的叼著中南海香煙，在校園的草坪上彈著吉他，讓天空即將模糊的雲層四散驚逃。也就是在這樣的氛圍中，我真正開始把古龍的書推崇到偶像的地位，開始深入探索它的藝術特色和哲學氣質。我曾經在自己的文章中把武俠和電影、搖滾一起作為自己心目中的三大文化現象，並在大學的生活中迷戀它們、追逐它們，將自己的全部生活和信仰都融入到文藝中去。

有人蔑視憤青，我說我只想唾棄你們的墳墓。因為他們不懂，藝術是一項多麼神聖的事業呀！

那時候，每到週末，我們學校就會有外面的人來辦書市，書市的規模很大，在那兩排繁盛的大槐樹下撐起案子，擺上各個種類和各個年代的書籍，賣書的攤販站在後面，將知識打折後出售給我們，然後將票子裝進自己油膩的口袋。我幾乎每週都要到書市去逛一逛，這是一個很有意思的行為，當你偶然在一堆英語四、六級參考資料中看到一本線裝的博爾赫斯選集時，那該是多麼驚喜的事情。我曾經在書市上花了原價五分之一的錢買到一本正版的賈平凹的《秦腔》，打開一看，竟然還是簽名版的，禁不住咧嘴一笑，的確占了很大的便宜。

隨著時代的發展，我們的生活節奏越來越快，我們的精神追求卻越來越淡薄。在古代，一個喝茶的杯子不但是一個杯子，還是一件藝術品，而到了現代，一個杯子僅僅就是一個盛水的器具，沒有了任何值得欣賞的藝術的光環。我買書時對書籍的版本是很挑剔的，我從來不買為節省成本而簡單製作的膠裝的書，要買書就買線裝的或是釘裝的。我喜歡古龍的書，我就自然想收藏古龍的書。而這個書市就為我提供了實現理想的機會。我在這裏買到了很多上世紀九十年代出版的古龍的書，有百花文藝出版社的，也有長江文藝出版社的，這些書都是我在初中時看過的，如今早已在市面上失傳，所以當我發現它們的時候，就像看到了離別已久的情人，心中湧動出幸福和感激的情愫。我把這些古龍的書放在書架最顯眼的位置，即使沒有翻閱它們，但是當看到封面上「歡樂英雄」、「多情劍客無情劍」、「絕代雙驕」等蒼勁古樸的字體時，我就不由的回想起中學時在老師的高壓政策下冒險讀武俠的經歷，那是一段多麼富有激情的歲月。

就像一部小說中少不了女人和愛情一樣，在人類綿延不斷並且還要繼續綿延的歷史長河裏，我們對異性總是有著迷離的渴望。古龍是最懂女人的情聖，在他的書中可以信手拈來許多關於女人的精闢妙句。他要是向女人獻殷勤，會說：「你若是天仙，你就是天堂最美麗的仙女；你若是幽靈，你也是地獄最美麗的靈魂。」「只要你能來，不管等多久我都值得。」試想能有哪個少女能禁得住如此抒情的讚美和期盼。他要是諷刺女人，也會讓女人信服的羞紅臉。比如「你若是個聰明的人，以後千萬莫要當面揭穿女人的謊言，因為你就算揭穿了，她也會有很好的解釋，你就算不相信她的解釋，她還是絕不會承認自己說謊。」女人是一種尤物，她能夠高傲的藐視你的下跪，也能卑賤的為你下跪。當我第一次看到這個叫雪的少女時，我驚歎她的氣質，正如龍嘯雲第一次遇到林詩音。此後，當我看到她的文采精緻細膩如陽春的垂柳，禁不住為自己的傲氣而汗顏。我認為自己是文學青年，但是我卻從來沒有拿什麼來證明自己的身分。此後，我開始寫小說，寫詩，並下定決心寫一部關於古龍的書，以此來為自己的信仰朝聖。而沒想到這項工作竟然進行了三年，直到我快要離開校園的時候才終於截稿。而那個叫雪的少女依舊像雪一樣純淨的在我的面前清晰和模糊，她快樂的融入到大眾的生活中，卻在無意中撥了一下我彈奏江湖旋律的琴弦。

古龍是具有個性的作家，他用探險家的好奇、散文家的筆調和哲學家的玄思來結構自己的小說，並在一個個奇異莫測的故事中表達自己對生活的態度。在我和朋友的聊天中，我常常說古龍的小說絕不是簡單的小說，而是一部部勵志書籍。他總是深入探討一個人在遭遇虛無時的寂寞無助，在走向成功時的高處不勝寒，在遇到感情危機時的痛苦悲傷，在陷入陰謀後的無奈徬徨等，他又總是在故事的結尾給我們一個解決問題的答案。古龍本身是一個好酒、好美女、好朋友的浪子，但是在他的靈魂深處，他是善良的，是親切的，他說自己寫作的目的是為了給讀者帶來樂趣，但我認為他的作品的意義絕不止如此。他常常在武俠情節中設置一些關於人生活觀和價值觀的討論，就像俄國文學家陀思妥耶夫斯基一樣，把哲理與文學緊密結合起來，讓讀者不但充實了自己的精神生活，也淨化了自己的靈魂。

正因為如此，我只有對古龍的書進行了徹底的領悟之後，才能下筆對其做一個鑒賞性的品評。而讀古龍的書又不能抱著完成任務的態度，也不能有絲毫不自由的精神狀態，因為任何束縛性的東西都可能破壞它的作品的美感。所以，我總是在兩種情況下選擇讀古龍，一個是精神極其落寞的時候，比如失戀，一個是精神極度愉悅的時候，比如豔遇。這樣下來，我斷斷續續用了三年的時間才完成了對古龍十本經典著作的品賞是情有可原的，因為我的決心是真誠的，我的態度是虔誠的，就像西門吹雪每次殺人之前都要齋戒三天一樣。

任何事物都有自己個性的地方，我討厭千遍一律的俗套，也討厭故作嚴肅的假道士。所以我的書稿不是學院派的研究性書籍，也不是平淡無味的笑料堆積。我力求從一個有十幾年武俠閱讀史的讀者視角出發，用搖滾式的語言來表達自己對古龍的看法，對武俠的看法，對生活的看法。在這本書中，我不僅談了武俠，還有更多的與愛情、友誼、變態、同性戀、妓女、殺手、毒品、賭博、仇恨、電影等話題有關的內容，從而揭示出光怪陸離的人類世界以及人性中的陰暗和痛苦，這些有關邊緣話題的觀點是一個即將結束憤青生活的憤青對青春的憤怒。

「生活就像撕開自己的血肉，再看著時間讓一切結成血痂。」歲月的車輪大搖大擺的從我的脊樑上碾過，沒有留下一絲痕跡。武俠終歸只是一個夢，我喜歡武俠，喜歡西部電影，喜歡牛仔在決鬥時的瀟灑與冷酷，喜歡浪子行走在天涯盡頭時拖著的長長的背影，喜歡讓自己的血液滴在中原一點紅的劍尖上，喜歡用一支筆來塑造一把劍能夠刺穿的世界。我但願這個夢一直不會醒來，因為它太豐富多彩了。

假如有一天，我們彼此相遇，看到你雪一樣的塑像上沾染了世俗的晦氣，請讓我用劍氣將它拂去，因為我的心中永遠為曾經的情結保留著一個位置。

顧城在他的詩作〈田埂〉中寫道：「如果你跟我走，就會數我的腳印；如果我隨你去，只能看你的背影。」當青春的燭光在即將熄滅的時刻若即若離，我所回味的過往是那麼豐富與充實，這是武俠在我成長歷程中扮演的角色，他給予我的不僅是力量，更是對待生活的智慧。「小李飛刀成絕響，人間不見楚留香。」古龍用他的天賦才華和對生活的熱情，給讀者帶來那麼多痛快的樂趣，他的去世是一個時代的損傷，我很慶倖能有機會讀他的書，並用自己的微言來表達我對他的人格的信仰和崇敬。

古龍是偉大的，我所能做的只能是在偉人踏平的道路上步履蹣跚的前進，但是相對於那些凝滯不動的靈魂，我可以自豪的說，我的青春曾經憤怒過。

第一章　《七種武器》

我將告訴這些在生活中感到無限歡樂的人們
他們早已在千年的洞中一面盾上鏽跡斑斑

——海子，《生殖》

酸菜包子與武俠小說

六年之後，我回到故鄉，一個陌生的小夥子對我說，你那時候真是一個天才，叼著煙蹲在廁所裏唱歌，穿著拖鞋在籃球場上打架，而考試成績卻無人能敵。我無言以對，壓著嗓音說，喝了這杯吧，這酒太辣。他的臉上爆滿紅色的顆粒，飛揚跋扈的眼神在爐火的映照下，露出訕笑的內容，不像是一個臣服的人。

你不在江湖，但江湖有一個關於你的傳說。這個小夥子記住了我，但有一件事他沒有看到，我是在武俠小說的陪伴中走過青春歷程的。許多男生都有打手電筒夜讀武俠小說的經歷，我的獨特在於我所讀的武俠小說大都是我用包子換來的。

因為我自己沒有這類書，所以我只能把早餐的包子送給別人，然後別人把他們手中的武俠小說借給我。在這一送和一借的過程中，我的肚子癟了，我的靈魂飽了。我清楚的記得，我是用三個酸菜包子換得上、中、下三冊《七種武器》的。我之所以記得這麼清，是因為當時我們食堂只賣一種包子，那就是酸菜包子。

我本來以為《七種武器》是一個完整的故事，所以一次性就把三冊全借過來，翻開一看，原來七種武器是由七個故事組成，這七個故事都獨立城章，每一章都講述了一個人和一種武器。這七個故事彼此之間沒有直接聯繫，但都涉及到一個江湖組織——青龍會。除了在〈拳頭〉中涉及較少外，其他的故事都是圍繞青龍會的陰謀來設置懸念的。

青龍會是江湖上的一個組織，它極其神秘，沒有人知道它的頭目是誰，也沒有人知道它的會員是誰，但人人都能感覺到這個組織就在身邊存在著，他們的一言一行似乎都在青龍會的注視下。青龍會又是一個勢力極其強大的組織，一年有三百六十五天，它有三百六十五個分壇，每一個分壇都用一個日期來命名。所以，在讀《七種武器》的過程中，如果遇到一個日期，就代表這是青龍會在當地的組織。

七種武器，七位主人公，七個陰謀，而每一個陰謀的背後主使就是青龍會。英雄人物揭穿陰謀的過程，也就是消滅青龍會一個分壇的過程。如果以此類推，三百六十五個青龍會組織，便會有三百六十五個故事，也就能寫成三百六十五本書。

當然這是卷帙浩繁的工作，是不可能完成的，傳說中的《一千零一夜》也只是一個約數罷了。再說，有時候編造的故事多了，難免就會有重複囉嗦的地方，反而降低了本身的藝術價值。所以，古龍只選擇了七個日期和七種武器。一周有七天，我每天讀一個故事，為一個故事欣喜，我便在一周之中完成了對《七種武器》的閱讀。

我要說的是，七種武器的味道的確比酸菜包子的味道好多了。酸菜的葉子粘在了我的嘴上，七種武器卻融進了我的心中。此後，我瘋狂的讀古龍的小說，也從此把金庸和梁羽生的作品束置高閣。古龍是一種電影蒙太奇式的寫作，堪比愛森斯坦《戰艦波奨金號》中的「奧德薩階梯」，一句話為一個段落，前後兩句話語不是簡單的連續，而是如白石相撞爆出絢爛的火花，能營造出更豐富的內容。或交代背景，或設置懸疑，或表達思考，或營造趣味，都在一種快節奏的轉換中，形成視覺的衝擊力。

〈孔雀翎〉的主人公之一是小武，這個小武不是賈樟柯電影《小武》中的小武，但我常常在思緒飛揚中把他們聯繫起來，只因為他們都活的獨具特色，活的真實，活得痛苦。〈拳頭〉的主人公是「憤怒的小馬」，這個小馬也不是《英雄本色》裏的小馬哥，但他們有一個共同點，那就是豪情俠義，敢做敢為，活的痛快。我最喜歡的人物是〈離別鉤〉中的楊錚，或許他讓我想起了傅紅雪，執著的性格，陰鬱的性情，怪異的武功，這樣的人往往也最有攝人魂魄的魅力。

古龍的書中寫的最好的人物都是男人，是殺手和浪子，女人在他的眼裏只是一個陪襯，或者說是禍水，她們讓男人痛苦，但又常常被男人玩弄。男人終究是離不開女人的，一個男人身邊有什麼樣的女人，決定了他是一個英雄還是一個梟雄。古龍對女人的瞭解如此透徹，在他的書中，關於女人的名言處處皆是，有時候讓人忍不住大笑，因為太精闢了。讀完《七種武器》之後，我已經記不起那些少女的名字，她們有的很調皮，有的很溫柔，有的很虛偽，有的很美，有的很醜，我只知道他們都投進了主人公的懷抱。

我要說的最重要的是，《七種武器》並不是對這七種武器本身的描述，七種武器在敘事中的作用其實並不大，它們的特點不在於鋒利和威力，而是作為一種人格力量的象徵，比如微笑、信心、誠實、勇氣等。每一種武器都對應著人性的一個特點，或者是善的，或者是惡的，但都會影響到人物的命運。擁有這些武器的浪子也並不是靠這些武器本身贏得尊重的，而是靠他們自身所具有的高尚人格。

閱讀的過程是精神享樂的過程，而閱讀之後的過程便是精神昇華的過程。以讀武俠的態度去讀古龍的小說，你只能獲得感性層面的釋放，以讀人生的態度去讀古龍，你便會得到精神層面的提升。

長生劍
——比劍更鋒利的，是動人的微笑

「天上白玉京，五樓十二城，仙人撫我頂，結髮受長生。」這篇故事的主人公叫白玉京，他手中的劍叫「長生劍」。是白玉京因這把劍而能長生不死呢，還是這把劍因白玉京而從來沒有敗過？這個問題沒有答案，也不需要答案。其實，兩種說法都有道理，因為劍與人已合為一體。

古龍並沒有在書中介紹長生劍的來歷，也沒有介紹長生劍的材質、長短、輕重、鋒利程度。我們對這把劍的唯一印象就是：破舊的劍鞘，破舊的劍柄，破舊的劍衣（劍穗）。總之，這是一把看起來很破的劍。但是它所代表的名聲卻並不破舊。

白玉京和袁紫霞坐在馬車裏，突然有三匹馬從馬車旁飛馳而過，其中一人騰空掠起，將白玉京掛在馬鞍上的劍偷走。白玉京卻好像什麼事也沒發生，只是笑笑。袁紫霞感到很驚奇，因為江湖中的人將自己的劍看得比生命還重要。尤其是在女人面前。你若為了一把劍就跟別人拚命，她們會認為你是個英雄；你若眼看著別人拿走你的劍而無動於衷，她們就一定會覺得很失望。

但就在這時，忽然又有一陣蹄聲急響，剛才飛馳而過的三匹馬，又轉了回來。最先一匹馬上的騎士，又將那柄劍輕輕地掛在馬鞍上。三個人同時在鞍上抱拳欠身，然後才又離去。

要想讚揚一件事物，最好的辦法是先貶低它，這就和要想進步最快先考倒數一樣，用在寫作中就是「欲揚先抑」的手法。古龍玩弄了一個玄虛，告訴讀者：長生劍絕不是一把普通的劍。它代表的是一種正義和神聖的力量，如果不是白玉京，即使你拿走這把劍，你也不配使用它。而白玉京又是一個什麼樣的人呢？他的人和他的劍一樣。

白玉京並不在天上，在馬上。
他的馬鞍已經很陳舊，他的靴子和劍鞘同樣陳舊，但他的衣服卻是嶄新的。
劍鞘輕敲著馬鞍，春風吹在他臉上。
他覺得很愉快，很舒服。
舊馬鞍坐著舒服，舊靴子穿著舒服，舊劍鞘決不會損傷他的劍鋒，新衣服也總是令他覺得精神抖擻，活力充沛。
他的靴子和馬鞍之所以是舊的，是因為他喜歡流浪。
在流浪中，他的馬鞍和劍鞘漸漸陳舊，鬍子也漸漸粗硬。
但他的生活，卻永遠是新鮮而生動的。
他從來預料不到在下一段旅途中，會發生什麼樣的事，會遇到些什麼樣的人。

這是一個看起來很普通的男人，和他的劍一樣，從外表絲毫覺察不到有什麼奇特之處。但正如黑澤明的電影《椿三十郎》裏面的台詞：「真正出色的劍客把劍放在劍鞘裏，而不是常常拿出來使用。」這也是寶劍與名劍的區別，寶劍總是那麼鋒芒畢露，而名劍往往有著內斂的魅力。一個善於隱藏的人才是一個成熟的人，一個成熟的人才能在這個江湖長久的活著，白玉京是這樣的人，所以他才配擁有「長生劍」。

白玉京是一個熱情而富有智慧的男人：他驕傲，任性，有時衝動得像是個孩子，有時卻又深沉得像是條狐狸。他更是一個自信的男人，他對袁紫霞說：「跟我在一起，你用不著穿新衣服，別人也一樣會看你。」但是在〈長生劍〉一章中，白玉京陷入了一個陰謀，而這個陰謀的設計者就是那看起來溫柔嬌弱的美女袁紫霞。袁紫霞是一個聽起來很普通甚至有些庸俗的名字，她比不上金庸在《雪山飛狐》中的女一號袁紫衣，也不同於周星馳電影《大話西遊》中的紫霞仙子。她是青龍會的人，她的目的只有一個，那就是迷惑和對付白玉京。

「長生劍」作為「七種武器」大聚會的第一種武器首先登場，可它在書中所起的作用只是精神層面的，它是一個象徵物，而不是用來實戰的武器。在書中，我們看不到白玉京用這把劍練出了一套如何高超精緻的劍法，也看不到他用這把劍殺了多麼可怕的敵人，我們只能感受到劍本身所散發出的生命的勃勃氣息，因為它叫「長生」。只要有這把劍在，人就有活下去的希望。

古龍藉長生劍是要表達人性中的一種「武器」的力量——微笑。微笑是人最具感染力的一種表情，也是最具迷惑力的表情，它是可愛的，也是危險的。白玉京正是第一眼看到袁紫霞的微笑，被其迷醉，甘願做她的守護神，才跌進了她設置的陷阱。

她的笑容中充滿了羞澀和歉意，臉紅得就像是雨天的晚霞。

這是一個非常複雜的陰謀，還涉及到「七種武器」中的另一種武器——孔雀翎。

方龍香點點頭，道：「據說天下的暗器一共有三百六十幾種，但自從世上有暗器以來，孔雀翎無疑是其中最成功、最可怕的一種。」

白玉京道：「我承認。」

這一點幾乎沒有人會不承認。

據說這種暗器發出來時，美麗得就像孔雀開屏一樣，不但美麗，而且輝煌燦爛，世上決沒有任何事能比擬。

但就在你被這種驚人的神靈感動得目瞪神迷時，它已經要了你的命。

孔雀山莊正是因為有孔雀翎這把武器，才能威震江湖三十載而不倒。孔雀翎的製作方法和使用方法是一個秘密，只有孔雀山莊的莊主知道。因此，誰要是擁有孔雀翎，誰便意味著擁有權利、地位、財富、名聲。

江湖第一幫派青龍會，放言說他們獲得了一份製作孔雀翎的圖，於是有很多高手前來「購買」這幅圖。然而在交易的當天，圖卻被別人盜走了。

盜取這副圖的人就是袁紫霞，她又選擇和白玉京待在一間客棧裏。那些前來奪圖的高手懾於白玉京的威名，不敢輕舉妄動，便喬裝打扮住在客棧，尋找機會。於是，一間小小的客棧臥虎藏龍，人人心懷叵測，互相警惕又互相利用，在短短的一天一夜裏，卻發生了驚心動魄的故事。

客棧永遠是江湖故事發生的經典場所，它是浪子旅行途中的歇腳處，也是三教九流聚會的地點，是江湖消息聚散的中心，也是充滿血腥味的殺人場。武俠電影導演胡金銓便以客棧為主要場景，拍攝了「客棧三部曲」——《大醉俠》、《龍門客棧》、《迎春閣之風波》。

陰謀，鮮血，鬼魂，背叛。古龍用它一貫詭異驚險的筆調，將人性深處的貪婪、殘暴、狡猾揭露的淋漓盡致，合作者成了背叛者，最親密的朋友成了最可怕的敵人，藏在暗影裏的毫不起色的保鏢成了陰謀的主使……瞬息之間，好人與壞人換了面目，高貴者與卑賤者也顛倒了地位。

原來，這一切只不過是青龍會設的一個棋局，孔雀翎的圖是假的，青龍會故意製造出圖被盜走的假像，只是為了引誘那些高手，讓他們相信是真圖，從而拚命來奪取。而袁紫霞本來就是青龍會的人，並且是高級領導層的人。所以，這是一個「賊喊做賊」的陰謀，在古龍的小說中，這樣的橋段是經常出現的。

白玉京只是被人利用的一枚棋子，那些為此圖死去的人都是棋子。想要獲得這幅圖的江湖高手在互相殘殺中全部死去，他們的財產便全都歸屬青龍會。

幸運的是，袁紫霞在與白玉京的邂逅和交往中愛上了他，最後關頭，她沒有獨身離去，而是回來救白玉京，他們聯手除掉了最後一個敵人衛天鷹。一個充滿刀光劍影的夜晚終於迎來了溫暖的晨光，愛情能讓所有的冰凍溶解，也能驅散籠罩在大地上的陰霾的黑暗。

直到此時，白玉京才意識到眼前這個女子竟也是深藏不露的高手，他只是奇怪先前她為什麼不顯露武功。

袁紫霞淡淡道：「一個人只要懂得利用自己的長處，根本不必用武功也一樣能夠將人擊倒。」

白玉京道：「你的長處是什麼？」

袁紫霞嫣然一笑，不說話了。

她笑得真甜、真美，美極了……

的確，如果一個淡淡的微笑就能將別人征服，又何必去動手動腳、舞刀弄劍，用力量來壓制別人呢？

卡內基說：「笑是人類的特權。」笑是自信、熱情、美麗、快樂的象徵，是一種基本的交流方式，是人性中最燦爛的一面。當我們用笑來面對生命之路的挫折，我們的心中便有了重新站起來的勇氣；當我們用笑來注視敵人，我們便收穫了不戰而勝的力量；當我們用笑來欣賞碧海藍天，我們胸懷裏便溢滿了無比美妙的寬廣感。

而在所有的笑容中，女人那動人的回眸一笑無疑是最具感染力的了，白玉京抵禦不了這樣的笑容，恐怕我們所有的男人也抵禦不了。所以，「無論多鋒利的劍，也比不上那動人的一笑。」

袁紫霞的笑很美，儘管她在這個故事裏的身分是反面人物，但是能擁有如此笑容的女人，即使再狠毒也無法掩蓋她內心深處的善良和對愛的渴望，她終歸會改變的。當她遇到白玉京後，她所有沉睡的情愫都醒了，她的笑真誠的釋放了。有時候，一個笑能改變一個人的本性，也能改變一個人的命運。

〈長生劍〉的篇幅很短，僅有八回的內容，沒有宏偉壯觀的大事件，也缺乏對主人公獨特性格的細緻描寫，但是讀來仍引人入勝，急迫而緊促的情節推進，讓你的心時刻處於一種緊張之中。而富於想像力的懸念設計，瞬間變幻的矛盾衝突，又讓你在出乎意料的驚喜中拍手叫絕。

微笑是最好的名片。當你的臉上時刻綻放花一般的笑容，周圍人欣賞與尊敬的目光將會帶你走向一條便捷的道路，通往生命中璀璨奪目的花園，你會看到在花園的月牙門上懸掛著一把劍，它的名字叫「長生劍」。

碧玉刀
——只有誠實的人才會有好運氣

作為〈碧玉刀〉的男主角，「段玉」是一個聽起來很俗氣也很娘娘腔的名字。所以，在古龍筆下眾多的大俠群裏，他也就成為一個無名小卒了。如果不看字的寫法，單聽讀音，還會以為他是金庸《天龍八部》裏的公子哥段譽。

段玉手中的刀是家傳的「七星碧玉刀」，故事一開頭，古龍就如此描寫這把刀：

馬鞍旁懸著柄白銀吞口，黑鯊皮鞘，鑲著七顆翡翠的刀，刀鞘輕敲著黃銅馬蹬，發出一串叮咚聲響，就像是音樂。

段玉是中原大豪段飛熊的兒子，此次帶著這把家傳寶刀到江南「寶珠山莊」，準備將其作為壽禮獻給莊主朱二太爺，並希望將山莊最珍貴的一顆「寶珠」——朱二太爺的千金朱珠——帶回家。因為，朱二太爺要藉這次大壽的機會，選擇一個稱心的快婿。

段玉初入江湖，他父親怕他年少氣盛，惹下麻煩，特地在臨行前為他定下了七大戒律：

第一條，不可惹事生非，多管閒事。
第二條，不可隨意結交陌生的朋友。
第三條，不可和陌生人賭錢。
第四條，不可與僧道乞丐一樣的人結怨。
第五條，錢財不可洩露。
第六條，不可輕信人言。
第七條，也是最重要的一條，就是千萬不可和陌生的女人來往。

古龍在這裏著重強調了女人的危險，可以看出他對女人的戒心，他的一生被女人深深傷害過，他也傷害了很多女人。在男權世界裏，尤其是在江湖，女人的地位是尷尬的。她們需要用自己的美麗和智慧去刺激男性的力量，但同時她們又必須服從於男人的威嚴。新派武俠小說不同於傳統武俠的地方就在於，不再讓英雄恪守清規，不近女色，而是通過英雄與美人的愛情來營造江湖的浪漫氣氛，增強故事的愛的感染力。在古龍作品裏，主人公多具風流好色的性格，比如楚留香。

只要有規矩存在，就會有破壞規矩的人存在。當段玉來到杭州西湖之畔，在一家酒館裏愜意的品嚐著名的西湖醋魚時，突然看到幾個和尚欺負一個畫舫裏的姑娘。儘管他心中牢記著父親的教訓，可面對這樣危急的情況，如果不出手相救，又怎能稱得上是一個男子漢呢？於是，他出手了。這一出手，便同時犯了第四、七條戒律，進而陷入了青龍會的一個陰謀騙局裏。

〈碧玉刀〉也是一個短篇故事，古龍繼續發揮他善於佈置疑雲、渲染懸念的特點，把我們帶進一個環環相扣的謀局裏。這個故事的結構形式和〈長生劍〉差不多，都是講主人公怎樣將一個陰謀步步揭開的過程。在這個故事的尾聲沒有奏響前，我們也看不出究竟哪個人才是最大的陰謀家。這就是古龍小說的特點，他總能給我們一個出乎意料的結局，讓我們時時處於古代園林的疊嶂之中，感受不到疲倦，心情始終處於亢奮激動的狀態。

關於古龍的小說，也許他的故事的模式是千遍一律的，都是與陰謀和破案有關，有極強的福爾摩斯偵探案的性質，但是他講述故事的方法和過程卻絕不是千篇一律。每一個故事都有不同的發展軌跡，也有迥異的前進方向，帶給我們的也是「相看兩不厭」的感覺，這是一個小說家能長期保持創作靈感的原因。

段玉在揭穿這個陰謀的過程中，遇到一個叫華華鳳的女子，這是一個很漂亮很可愛的女孩，也是一個愛抬杠的女孩。她似乎對段玉很感興趣，老是和他作對，但同時又處處熱心幫助他。在華華鳳的協助下，段玉終於去掉了自己背上的黑鍋，弄清了這場陰謀的真面貌。

其實，真正給段玉帶來好運的並不是華華鳳，而是他自己的一種品格——誠實。

青龍會是江湖上一個勢力強大的秘密幫派，在杭州也設有分壇，但是無人知道龍頭老大是誰。龍頭老大想要借他人之手除掉段玉，便設了畫舫上「美人遭險」的局，段玉果然中計。此後，青龍會用段玉的碧玉刀殺了「妙手維摩」盧賽雲的兒子盧小雲，企圖嫁禍段玉（因為盧小雲也要去寶珠山莊求親，青龍會選擇他，是為了造謠說段玉因嫉妒將其殺死）。但幸運的是，在這之前，段玉在賭桌上已經和盧賽雲相識了，盧賽雲看出他是一個誠實的人，所以並沒有急於殺段玉為子報仇，而是和段玉一起查清了這個陰謀。

顧道人是一個獨臂的道人，他開著一家酒館，名字就叫「顧道人」。他還有一個老婆，長得很漂亮，人稱「女道人」。這一帶的人都不知道顧道人的來歷，但是知道他很有本事，能替人解決麻煩。段玉在「英雄救美」時把那幾個和尚打下了水，也就惹上了麻煩。在別人的指引下，他來到顧道人的酒館求助。此時，盧賽雲也在這裏賭錢，恰好三缺一，便邀請段玉參加。段玉以為他們賭得只是幾文錢的籌碼，為了讓顧道人早點脫身出來好談正事，便不顧父親的戒律參加進來。誰知「無意插柳柳成陰」，段玉本來是胡亂下注，反倒贏了許多，最後一點錢，才知道一個籌碼代表的是一千兩銀子，他竟然贏了八萬兩銀子。

遇到這樣「飛來橫財」的事情，人人都會感到很高興的，但段玉心裏卻覺得很不安，他本不知道賭注有這麼大，也不是真心要賭。所以，他覺得這銀子自己不能要，便將他分給在座的幾個人。「賭桌上最容易看出一個人的脾氣。」也正因為此，盧賽雲看出他是一個誠實的少年，和他交了朋友。

所以，當青龍會想要借盧賽雲之手殺掉段玉時，盧賽雲儘管因喪子而非常悲痛，卻克制住自己的感情，沒有向段玉出手。段玉在華華鳳幫助下跳入湖水逃走，卻在無意中發現了一個大木箱，木箱中裝著一個中了暗器的青年，正是盧小雲。而被青龍會嫁禍段玉殺死的那個青年只不過是假的盧小雲。

當事情真相大白後，顧道人自殺，他的老婆「女道人」就是青龍會分壇的龍頭老大，也就是那個在畫舫上被和尚欺負的姑娘。而愛抬杠的姑娘華華鳳原來就是「寶珠山莊」的朱珠，段玉用自己的智慧揭穿了青龍會的陰謀，體現了一個青年俠少俠義的心腸和誠實的品格，同時幸運抱得美人歸。

「碧玉刀」代表的是也是人性的一個特點——誠實。古龍在故事的結尾寫道：

所以我說的這第三種武器，並不是碧玉七星刀，而是誠實。只有誠實的人，才會有這麼好的運氣。

段玉的運氣好，就因為他沒有騙過一個人，也沒有騙過一次人——尤其是在賭錢的時候。

所以他能擊敗青龍會，並不是因為他的碧玉七星刀，而是因為他的誠實。

俗話說，「傻人有傻福」。傻人往往都很誠實，他們真心誠意的對人，沒有花花腸子和陰謀詭計，所以能得到別人的信任，也就給自己創造了發展的機會，過上幸福的生活。其實，段玉並不是傻子，而且很有智慧，儘管他是一個「富二代」，有很好的家庭背景，但他的誠實品格為他帶來了幸運，使他能初入江湖就立下大功，受到別人的尊敬。這也是古龍在這個故事裏所要表達的主題。

所以，在任何社會、任何時代，做一個誠實的人都是不會錯的。「聰明反被聰明誤」「陰溝裏翻大船」「偷雞不成蝕把米」，這些警語都在告訴我們，投機取巧的人是註定要吃大虧的。

在〈碧玉刀〉的故事中也有很多漏洞。例如，書中說：「段家的碧玉刀非但價值連城，而且故老相傳，都說其中還藏著一個很大的秘密。」這個秘密究竟是什麼，書中一直沒有道明白；青龍會為什麼要殺段玉？是為了他的那把刀呢？還是針對他的父親段飛熊？書中也沒有說清楚；既然顧道人的來歷有很多疑問，為什麼大家遇到麻煩還要去找他？他的破酒館裏藏有大缸的黃金，盧賽雲幾個人不但沒有追查，反而喜歡到那兒去賭博，這也有些說不通。

武俠小說都是作者運用自己的想像力虛構的，離開了真實生活的參照，疏忽和紕漏也是不可避免的。古龍的目的是用浪子手中的兵器來宣揚人性力量的偉大，這些故事無疑已經達到了這個目的。所以，我也就「好讀書，不求甚解」了。

孔雀翎

——武器並不可怕，可怕的是信心

孔雀翎是一種暗器，也是江湖上最可怕的一件武器，它是孔雀山莊的鎮莊之寶。孔雀翎的厲害不在於它的鋒利或者毒辣，而在於它的美麗。敵人常常是被這種美麗所震懾，放鬆了警惕而死於暗器之下的，所以也是在美的享受中死的。

世上決沒有任何一種暗器比孔雀翎更可怕，也決沒有任何一種暗器能比孔雀翎更美麗。
沒有人能形容它的美麗，也沒有人能避開它、招架它。

以「沒有」來襯托「有」，以「有」來展現絕對。古龍在這裏將「孔雀翎」徹底神話了，他的目的是為了給下面孔雀翎的丟失做鋪墊，展現人心中的焦慮緊張狀態。其實，早在〈長生劍〉中，我們就已經聽到了孔雀翎的名字，當時青龍會藉出售孔雀翎樣圖的幌子設計了一個陰謀，導致十幾個江湖高手命喪客棧之中。

而在這本〈孔雀翎〉中，我們看到的將不再是一個陰謀，古龍也不再像福爾摩斯一樣帶領我們去破案，而是安安靜靜的向我們講述了一個有關靈魂掙扎和救贖的故事。這個故事的震撼力量太強大，它的抒情基調儘管含著溫和之色，但更多的還是灰黑的陰沉，以至於每次我都要選擇一個豔陽天去讀它，並且把自己安置於寬敞的場院中，讓大自然的陽光和微風融化江湖的危險。因為，我怕陰天或雨天待在屋子裏讀，會讓我患上憂鬱病。（當我這樣書寫的時候，我發現我也和古龍一樣將自己絕對化了。）

故事開始於一次殺手組織的謀殺行動，青龍會手下的七月十五分壇派出五名刺客去刺殺入關商討鏢局合併事宜的「遼東大俠」百里長青。這五人中有一人叫高立，他以前曾經受過百里長青的恩惠，所以他打算救百里長青。在關鍵時候，當他正要出手時，發現刺客中一個叫小武的人也突然倒戈，和他一起救了百里長青的命。

之後，他們便一起逃亡，浪跡天涯。作為殺手，他們知道七月十五組織處罰叛徒的手法是非常殘忍的，他們懷著極大的恐懼四處流竄。在逃亡過程中，兩人彼此敞開胸懷，說了很多知心的話，成了好朋友。小武以前覺得高立是個很吝嗇的人，因為高立掙了很多的錢，但連一杯便宜的酒都捨不得喝，但在這次交流中，小武明白了高立是怎樣的一個人。

為了逃避追殺，高立帶小武來到了一個非常隱蔽安靜的地方，那兒鳥語花香，山清水秀，和陶淵明筆下的桃花源一樣美麗。在一間小屋裏住著一位高立深愛的女人，她的名字叫雙雙。小武原以為這個高立深愛的女人是多麼的漂亮迷人，但一見之下，他大驚失色。她竟然是一個畸形的盲女。

> 沒有人能形容出她的臉是什麼模樣，甚至沒有人能想像。

那並不是醜陋，也沒有殘缺，卻像是一個拙劣工匠所製造出的美人面具，一個做得扭曲變了形的美人面具。

這個可以令高立不惜為她犧牲一切的美人，不但是個發育不全的畸形兒，而且還是個瞎子。

屋子裏擺滿了鮮花，堆滿了各式各樣製作精巧的木偶和玩具。

精巧的東西，當然都是昂貴的。

花剛摘下，鮮豔而芬芳，更襯得這屋子的主人可憐而又可笑。

但是她自己的臉上，卻完全沒有自憐自卑的神色，反而充滿了歡樂和自信。

這種表情竟正和一個真正的美人完全一樣，因為她知道世上所有的男人都在偷偷地仰慕她。

正因為她看不到自己，也看不到別人，所以當高立親切的稱她「我美麗的寶貝」時，她沉浸在幸福中，有著無比的歡樂和自信。高立欺騙了這個盲女，但這樣的欺騙比誠實更有力量，更具愛的光輝。所以，這不只是善意的謊言，而是偉大的謊言。這樣的情節設計和感情渲染也許只有在古龍的小說中能出現。

而在現實生活中，如此超越了物質與肉體的愛情也是存在的。我想起了英國詩人勃朗寧夫人，她十五歲時從馬上墜下來導致下肢癱瘓，但在三十九歲時遇到了羅伯特・勃朗寧。愛情的力量使她對生活有了信心，對生命有了眷戀，愛情的魔力也讓她告別了禁錮自己二十四年的輪椅，重新用雙腳站在了陽光下，此後他們在一起幸福的生活了十五年。可見，愛永遠是這個世界上最有力量的一種人格。

一個昂藏七尺的男子漢，一個畸形的小瞎子，兩個人居然在一起打情罵俏，肉麻且有趣。

這種情況非但可笑，簡直滑稽。

但小武心裏卻連一點可笑的意思都沒有，反而覺得心裏又酸又苦。

他只覺得想哭。

小武看到了一個剝去殺手面具之後的高立，他為此深深感動。但高立告訴小武，自己這樣做是有原因的：「因為我只有在這裏的時候，心裏才會覺得平靜快樂。」

作為一名殺手，除了有高超的武藝之外，最重要的東西就是心冷。因為，只有去除感情，讓自己處於理性和冷靜之下，把你所要殺的人看成是一塊石頭或者一截木棒，你才能完成任務。

但不管多麼冷漠的人，他內心那種與生俱來的情愫是不可完全磨滅的。也許在某一段時間他把自己的感情壓抑在冷藏室中，不讓自己對任何事產生同情，但只要這種冷藏稍稍遇到一點溫度，冰就會融化。高立便是這樣的性情中人，他為報恩而救百里長青就說明了他內心是有情感的，他加入殺手組織只是為生活所迫，所以他需要有一個地方能讓自己時常把心掏出來見見陽光，而雙雙的家正是這樣的地方。高立對雙雙的愛是有自私一面的，與其說他愛著雙雙，不如說他是愛自己，他害怕自己從事的職業讓自己變態和走火入魔，所以它需要一種撫慰，一個良心的懺悔對象，他選擇了雙雙這個殘疾的女子。但不可否認的是，他這樣做的確給雙雙帶來了生活的勇氣，使她享受到比真的美女還真實的幸福。而高立在這個懺悔過程中，也被雙雙的愛所感染，對她產生了真的感情。可見，愛能融化一切的陰霾，愛無處不在。

在這次一起逃亡的日子裏，高立也瞭解到小武的來歷，原來他竟是孔雀山莊的少莊主秋鳳梧，他之所以加入殺手組織，是因為他看不起自己家中的孔雀翎。正如他所說：「因為我看不起孔雀翎，看不起以暗器博來的名聲。」

所以他要用自己的雙手建立自己的名聲，他加入殺手組織是希望有一天能用自己的力量顛覆這個組織。他救百里長青的原因也不是因為百里長青對他有恩，而是因為他覺得這樣做是對的。

不久，七月十五派來的殺手追到了這裏，高立和小武打敗了敵人，但在疏忽中，讓一個叫麻鋒的殺手逃掉了。此後，兩人分別，高立帶著雙雙到了另一個村莊，過起了個耕織的生活，小武也回到了孔雀山莊。

兩年後，逃走的麻鋒前來找高立報仇，由於很長時間沒有握武器，也沒有練功，高立失去了戰勝麻鋒的信心，而麻鋒卻勝券在握，佔據著身體上和心理上的優勢。他給了高立七天的時間，要在月圓之時殺他，是為了讓高立在死之前先嚐盡恐懼的味道。

在雙雙的建議和幫助下，高立決定去找小武求助。

此時的小武已是孔雀山莊的莊主秋鳳梧，儘管孔雀翎如此珍貴，但好友前來求救，他還是毫不猶豫的將孔雀翎借給了高立，同時提醒他：「孔雀翎並不是件殺人的暗器……武器的真正意義並不是殺人，而是止殺。」所以，他告訴高立，不到關鍵時候，不要輕易用孔雀翎。

借得孔雀翎的高立恢復了勇氣和信心，他回到了家裏，精神也變得飽滿，竟然很容易的就將麻鋒殺死，根本沒用著孔雀翎。

但是，這並不是故事的結局。

樂極生悲，處於興奮中的高立忽然發現孔雀翎並不在自己身上，竟然丟失在回家的途中了。此時的高立和莫泊桑小說《項鏈》中的瑪蒂爾德一樣，陷入了緊張和恐懼之中。如此貴重的東西，他如何向秋鳳梧交代呢？

但高立不可能像瑪蒂爾德一樣選擇掙錢重新買一條項鏈，因為孔雀翎是無價的，是無法購買的。在經過激烈的思想鬥爭之後，高立毅然決定將孔雀翎丟失的消息告訴秋鳳梧。

秋鳳梧接受了這個實事，他看到朋友悔恨與痛苦的心情，內心也非常難過，但在經過思考之後，他也告訴了高立一個真相：孔雀翎早在十幾年前就被秋鳳梧的父親遺失了，為了維護孔雀山莊的聲名，也為了防止仇人前來報仇，這個消息一直封鎖的很緊，只有孔雀山莊的莊主一人知道，在莊主臨死的時候才會告訴他的兒子。所以，秋鳳梧借給高立的那個孔雀翎是假的。

高立聽到這個消息，內心獲得了平靜，但此時他又要面對另一種命運，那就是死亡。因為，孔雀翎遺失的消息在這個世上只能有一個人知道，那就是孔雀山莊的莊主。於是，高立喝下了秋鳳梧為他準備的毒酒。

這個故事到此才真正結束。古龍最後對孔雀翎的評價是：

它的意義和價值都比世上任何一種暗器超出很多，無論誰有了它，都會變成另外一個人的。變得更有權威，更有自信。

孔雀翎並不只是種武器，而是一種力量。你雖然不必用它，但它卻可以帶給你信心。

但在我看來，孔雀翎代表的不僅僅是信心，還有其他更廣泛的內容。這個故事的精彩，也不在於情節的緊促和火爆，而在於對人的靈魂的挖掘和解剖，友情，愛情，信心，承諾，死亡，這些關鍵字都是非常沉重的，只因為它們太崇高。

孔雀翎帶給了高立信心，也帶給了他死亡。他的信心是因為他覺得自己有了依靠，也因為他對活充滿渴望。他的死亡是他對友情的尊敬，是對小武的報答。在這個故事裏，最艱難最糾結的其實是小武，他如果不告訴高立真相，高立一輩子都會活在悔恨和自責中，如果告訴了高立真相，高立就必須得死。這是一種逃不脫的宿命，但對高立來說，與其活的痛苦，不如死的高尚。所以，小武決定告訴他真相。小武失去了一個朋友，但獲得了友情的偉大。

我們都沒有看到孔雀翎發動時那美麗迷人的樣子，但我們每一個人都沉浸在這個關於孔雀翎的故事裏。

多情環
——殺人的不是多情環，而是仇恨

「環」這種武器，我們在《多情劍客無情劍》中曾見識過，上官金虹使的便是一對奪命雙環。古龍在《七種武器》中又講了一個關於環的故事，然而這個故事的主角不是這對銀環，也不是使用環的主人。這個故事因環而起，但似乎又與環無關，「多情環」的意義在於它的象徵性，武器的力量遠遠比不上人們心中的某種信念，那就是仇恨。

然而，為什麼這對銀環叫「多情環」呢？原因在於：

郭玉娘道：「盛天霸是個多情人？」

葛停香肯定地道：「不是，決不是。」

郭玉娘道：「那麼，他的環為什麼要叫多情環？」

葛停香道：「因為這雙環無論套住了什麼，立刻就緊緊地纏住，決不會再脫手，就好像是個多情的女人一樣。」

這對多情環本是盛天霸的成名武器，他靠多情環威震西北，建立了赫赫有名的幫會——雙環門。

在一個地域中，一旦產生了一個老大，同時也就會產生一個覬覦老大位置的人，或許還不止一個。天香堂的葛停香經過幾年的籌備，最終在精心策劃下，一舉滅了雙環們，也獲得了多情環的擁有權。

根據馬克思主義哲學的觀點，事物之間和事物內部各要素之間都是互相聯繫的，整個世界就是一個互相聯繫的整體，而因果聯繫就是其中之一。當我們看到殺戮出現時，接踵而至的便是仇恨，有了仇恨，就會有復仇的舉動，於是一個精彩的故事便上演了。所以，我們經常說武俠小說的中心議題就是恩怨情仇，這的確沒錯，因為人類生活的這個世界本身就是一個充滿釀造仇恨和發洩仇恨的世界。當你在津津有味的欣賞別人的仇恨時，你的內心是否會有一種罪惡感？我想大多數人是沒有的，因為他們的心中本就有恨。

葛停香殺了盛天霸，坐上西北武林的頭把交椅，但成功之後的榮耀只是暫時的，他既要斬草除根，也要防止別人來圖謀自己的位置。這時，一個叫蕭少英的人出現了。蕭少英本是盛天霸的七大弟子之一，只是在好幾年前因為調戲師姐被逐出師門，因此也逃脫了這次滅門慘禍。讀到這裏，熟悉小說寫作規律的人都知道，蕭少英的身分肯定是復仇者，他絕不是真正的被逐出師門，他也絕不會袖手旁觀。

故事的精妙在於，古龍如何安排這次復仇行動？復仇不只是武力的比拚，它更是一場智慧的較量。做任何事情要想成功，首先必須要對其進行周密的計畫。「預則立，不預則廢」，只有先在心中畫好藍圖，然後才能將它變成實際的行動。同時，我們還要注意到「智者千慮，必有一失」這句話，當在實踐的過程中遇到和計畫相悖的地方，一定要靈活應對，這就是應變能力。

蕭少英無疑就是這樣一個具有智慧的人，但有智慧的人絕不是表面看起來很沉著冷靜的人，有時候大智往往表現為大愚。「他家本是隴西望族，家財億萬，富甲一方，但不到三年，就全都被他敗得精光了。」「他本是盛天霸關山門的弟子，盛天霸對他的期望本來很高，但他卻將盛夫人的珠寶都偷出去賣了，拿去酗酒宿娼。」這是蕭少英給大家的印象，他既是一個敗家子，又是一個忘恩負義的浪蕩子。可就是這樣一個「不成器」的人現在要承擔起為師門復仇的重任。

男人看人往往注重外觀，而女人卻能注意到內涵。葛停香的愛妾郭玉娘是這樣評價蕭少英的：「能在短短兩三年裏，將億萬家財花光的人，世上又有幾個？」的確，有時候一個人做出了別人不能做的事，無論這件事的本身是惡是善，都證明這個人不是一般人，因為他有膽。

「我總認為世上有兩種人是決不能不提防的。一種是運氣特別好的人，一種是膽子特別大的人。」這是郭玉娘對葛停香的忠告。葛停香能戰敗雙環們，自然也有他的過人之處，但是當你殺人時，你是進攻者，是主動的一方，而現在你成為別人復仇的對象，你就處於被動的位置，尤其是面對蕭少英這樣的對手。葛停香儘管陰狠老辣，但他也有自己的漏洞。

無論多麼冷酷無情的人，都有感情上的弱點；無論多麼威名赫赫的英雄，都有性格上的缺陷；無論多麼善於謀劃的智者，都會有失算的時刻。蕭少英正是看到了人性中的這些漏洞，便用手去搔葛停香身癢的地方，用針去刺他心中最薄弱的空地，通過一系列逼真情節的演繹，最後打進天香堂的內部，不但取得了葛停香的信任，還成為他四大堂主之首。

在這個過程中，蕭少英的演技發揮的淋漓盡致，具體表現在：

一、把自己的形象定義成一個花花公子，大碗的喝酒，大手的花錢，大膽的獵色，讓人放鬆警惕。因為在常人的眼裏，這樣的浪蕩子是成不了大事的。同時，他又時不時的露出兩招高深的武功，讓人覺得他還有可用之處，棄之可惜。

二、他知道葛停香現在正是需要人才輔佐的時候，所以他張口就向葛停香要官，要當堂主。面對一個要錢、要官、要女人，又具有高深武功的人，我們或許會這樣評價他：有才無德。葛停香完全被蕭少英迷惑住，覺得他之所以要當堂主，目的就是希望有錢花，有酒喝，有女人玩，這樣的人是可以放心的，因為他滿足於慾望的享樂，不會有大志向。趙太祖當年「杯酒釋兵權」就是最好的例證。殊不知，蕭少英正是用這種誇張的外在表現，來掩蓋自己的真實目的。

三、要成為葛停香的人，就必須要為他做事。蕭少英借用「荊軻刺秦」的典故，把雙環們兩個逃脫的弟子（也是他的師兄）的首級獻給了葛停香，讓葛停香覺得他已與雙環們完全脫離關係。所謂「捨不得孩子套不住狼」，蕭少英知道這兩個師兄（兩個都已經殘廢，一個斷腿，一個斷臂）都有為復仇獻身的信念，所以他故意設計騙兩人落入陷阱，被天香堂所殺，藉此取得葛停香的進一步信任。他雖然受到師兄的誤解和指責，但最終他會替他們完成復仇的心願。

四、苦肉計往往是最能打動人心的計策，蕭少英假借青龍會之名，寫信給葛停香說要來滅天香堂，引起葛停香的恐懼，於是便派他去查出天香堂內部的奸細。蕭少英獲得檢察權後，設計將葛停香手下的第一殺手王桐殺死，在與王桐打鬥的過程中，又將自己的左手砍斷，一方面讓葛停香相信自己是在真正為天香堂出力，一方面讓葛誤認為王桐的確是奸細。

於是，在這環環相扣的情節設計中，蕭少英一步步接近葛停香，葛停香也一步步向自己的死亡之地退卻，最後在蕭少英的鼓動下竟將自己最愛的女人郭玉娘殺死。這時，蕭少英殘酷的向葛停香講出了全部事情背後的真相，葛停香在極度悲傷和悔恨中，自殺身亡。臨終前，他說了一句話，成為這個故事的中心議題：「殺死我的並不是這雙多情環，而是仇恨！」

一件兵器能釋放出的威力是有限的，但是人性的力量卻是無限的。仇恨的本身，就是種武器，而且是最可怕的一種。蕭少英對復仇的執著和渴盼使他的意志力變得堅定頑強，在克服了良心的壓力（扮演浪蕩子和殺死自己的師兄）和肉體的痛苦（自斷手腕）之後，終於達到了目的。

然而，完成了復仇的願望之後又能怎樣呢？看著仇人的鮮血在自己的腳下流淌，而逝去的親人永遠無法復活，自己此後的人生也許是遙遙無期的寂寞。或許還有另外的復仇者在為你的死謀劃，於是仇恨的週期又開始循環。

當然，古龍並沒有讓這個故事就此結束，蕭少英本想藉青龍會之名來達到轉移葛停香注意力的目的，沒想到天香堂內部真有青龍會的人。殺死葛停香之後，蕭少英又與青龍會的人發生了火拚，最終雙雙同歸於盡。

古龍在這個故事結尾放棄大功告成的圓滿，讓本就悲劇的人物死亡，更增添了悲劇的力量。這是他對仇恨的一種貶斥，仇恨的最終結果只能是毀滅，不但仇恨的對象會毀滅，懷有仇恨的人也將毀滅。就像游達志的電影《暗花》一樣，沒有贏者，也有沒有輸者，在死亡面前，贏和輸是平等的。小說與電影都傳遞出讓人絕望的情緒，江湖太黑暗，入之需謹慎，退之需三思。有時候，入了江湖是死，退出江湖也是死，因為有人不願讓你退出，既然上了賊船，你就永遠脫不掉賊的身分。這就是江湖怪圈和江湖人的悲劇，這個悲劇仍然在上演。

霸王槍
——邪不勝正，正義終必得勝

提起「槍」這個字眼，人人都會有一種畏懼的感覺，因為它代表著死亡。在冷兵器時代，槍指的是長矛，《三國演義》中張飛使的是丈八點鋼蛇矛，趙雲手中是一桿銀槍，《興唐傳》裏的羅成最厲害的就是回馬槍，《水滸傳》梁山上有一個雙槍將叫董平。而到了現代，槍的指稱發生了巨大的變化，它與子彈結合，殺傷力也大增，西部片英雄使用的左輪手槍，八路軍戰士的步槍，殺手手裏的狙擊槍等，都是不同的槍械種類。古龍作品中的霸王槍當然是一種冷兵器，它的外形是這樣的：

> 霸王槍長一丈三尺七寸三分，重七十三斤七兩三錢。霸王槍的槍尖是純鋼，槍桿也是純鋼。

這桿槍的主人是大王鏢局的大佬「一槍擎天」王萬武，他是江湖使槍的人中武功最高的，但他並不是這部小說的主人公，因為當他出場時，已經是一個死人了。這部小說寫的是一個破案的故事，古龍擅長用福爾摩斯偵探案的形式組織情節，處處設置懸念，層層鋪墊，帶領讀者登上層巒疊嶂中的險峰，俯瞰萬丈深淵下的驚濤，感受神秘洞穴中的驚魂，遍閱真真假假的事態白相，最後又在一個你意想不到的人身上，把所有的謎底解開。可以說，古龍是小說界的希區柯克和福爾摩斯。

〈霸王槍〉的敘事由兩條線索組成，就像電影中的平行蒙太奇，不斷地在兩個平行的事件之間切換，最後交織在一起，落在同一個疑點之上。

第一條線索。遼東長青鏢局和中原三大鏢局合併，組成了一個空前強大的聯營鏢局，一方面大大提高了保鏢的安全度和成功率，另一方面也使黑道上的朋友的日子一天天難過起來。在吹毛飲血的江湖，儘管缺乏法律約束，但並不意味著這種強勢的壟斷行為就能夠長治久安，所謂「道高一尺，魔高一丈」，聯合鏢局的保鏢事業也不是一帆風順的，它也被劫過兩次。

劫鏢的人名叫丁喜，他平時看起來總是笑嘻嘻的，讓人很容易親近，所以大家都叫他「討人喜歡的丁喜」，也就是這部小說的主人公。丁喜還有一個兄弟叫馬真，喜歡打架，人們都叫他「憤怒的小馬」，他將是「七種武器」最後一部的主人公。

丁喜之所以能劫鏢成功，是由於聯合鏢局中有一個人給他通風報信，將鏢車行走的路線以及紅貨所藏的位置都告訴了他，他劫得鏢後再給那個人分紅。因此，這個內奸到底是誰就成了這個故事所要解決的懸疑之一。聯合鏢局的「神拳小諸葛」鄧定侯又聯合丁喜一起來查探這個人。

第二條線索。霸王槍的主人王萬武在五月十三號的夜裏被別人暗殺，從現場情況分析來看，他應該是被一個自己熟悉的朋友所殺。此前他曾拒絕加入聯合鏢局，而聯合鏢局的幾個當家的人中偏偏又有他的朋友。王萬武的女兒王大小姐要為父報仇，查探殺父之人是誰，這就是這本書的第二個線索。

一個要查內奸，一個要查殺父仇人，在破案過程中，兩組人自然會相遇，相遇的過程便是產生故事的過程。一個是武藝高強的英俊少年，一個是溫柔善良的漂亮少女，丁喜和王大小姐之間自然也會發生一些與愛有關的事情。於是，在滿紙充斥著囉嗦而又蘊含哲理的人物對話中，偵探過程一步步展開，隨著被懷疑人物的一個個排查，謎底也逐漸揭曉。

當上面我提到王萬武的死亡日期是五月十三號時，大家自然會想到這個故事又與青龍會有關，事實的確如此。丁喜和王大小姐在查案過程中，都發現兩個事件的共同點就集中在青龍會身上，也就是說聯合鏢局的內奸和殺害王萬武的是同一個人，而這個人就是青龍會在當地的組織——「五月十三日」——的頭目。大家最初的懷疑對象是長青鏢局的主人百里長青，因為很多線索都在他的身上找到契合點，就連觀眾也不由自主的相信他就是那個反派人物，但古龍是不會讓觀眾輕易為自己的判斷力自豪的，他要繼續帶著我們去探險。

直到故事快進行到最後階段時，我們才發現自己誤解百里長青了，他不但不是作惡者，反倒是丁喜的父親。在百里長青和鄧定侯決鬥之前曾有一段對話：

鄧定侯道：「我若戰死，只希望你能替我做一件事。」

百里長青道：「你說。」

鄧定侯道：「放過王盛蘭和丁喜，讓他們生幾個兒子，挑一個最笨的過繼給我，也好讓我們鄧家有個後代。」

百里長青眼睛裏又露出了那種痛苦和矛盾，過了很久，才問道：「為什麼要挑最笨的？」

鄧定侯笑了笑，道：「傻人多福，我希望他能活得長久些。」

淡淡的微笑，淡淡的請求，卻已觸及了人類最深沉的悲哀。

是他自己的悲哀，也是百里長青的悲哀。

因為百里長青居然也在向他請求：「我若戰死，希望你能替我去找一個叫江雲馨的女人，把我所有的產業都全交給她。」

鄧定侯忍不住問道：「為什麼？」

百里長青道：「因為……因為我知道她有了我的後代。」

在想到自己可能要離開人世的時候，兩人最關心的都是自己的孩子，希望他們能過上幸福的生活。這就是人性深處最本真的愛，這種愛也是通過遺傳的過程一代代繼承下來，所以我們人類才沒有滅亡，因為我們愛我們的子女，我們愛生活的未來。

最終，一個本已經被排除懷疑的人物重新成了懷疑的重點，他就是振威鏢局的主人——「福星高照」歸東景。他是一個非常懂得享受的人，「能夠讓別人去做的事，他從不自己做」，他本是兩河織布業的鉅子，家產萬貫，但看起來只不過像個小工。有時候，一個人看起來有太多奇怪的地方，他的背後肯定會有秘密。歸東景果然是青龍會的人，他設計讓百里長青和鄧定侯火拚，企圖坐收漁翁之利。但他忘記了「討人喜歡的丁喜」還有一個外號叫「聰明的丁喜」，所以他的陰謀沒有得逞。死亡是剎那間的事，歸東景的死也是如此，只是死亡之前的這個漫長的鬥智鬥勇的過程，卻是激動人心的。

古龍的小說重視鋪墊，重視渲染氣氛，而真到了事情關鍵點，他卻總是一筆帶過。就像愛情一樣，我並不喜歡女人，我只是喜歡追女人的過程，一旦女人答應了，我便覺得索然無味了。故事發生的過程是精彩的，結束就沒有那麼多吸引力了。所以，不要總是追問結果，結果常常會讓你失望和絕望。

〈霸王槍〉要表達的主題就是：邪不壓正，正義必定勝利！丁喜的身分是劫鏢者，是強盜，但在倫理層面上他又是正義的代表，他協助鄧定侯查找內奸，幫助王大小姐報殺父之仇，都是在這種正義之心的驅使下產生的行為，所以他外表的惡只是假像，內心的大善才是本性。借用佛家的話便是「酒肉穿腸過，佛在心中留」，丁喜就是這樣的人。

鄧定侯也是正義的代表，他的武功遠遠不及百里長青，但是當他認為百里長青就是青龍會的頭目時，他沒有退縮，而是勇敢的站起來與之決鬥。

百里長青道：「你所用的武器，就是你的手。」

鄧定侯道：「但是我自己也知道，我絕對無法用這隻手擊敗你。」

百里長青道：「那你用什麼？」

鄧定侯道：「我用的是另一種力量，只有用這種力量，我才能擊敗你。」

百里長青冷笑。

他沒有問那是什麼力量，鄧定侯也沒有說，但卻在心裏告訴自己：「邪不勝正，公道、正義、真理，是永遠都不會被消滅的。」

而這種正義之心和勇氣又是從哪裡產生的呢？古龍在最後告訴了我們答案：

一個人只要有勇氣去冒險，天下就絕沒有不能解決的事。但勇氣並不是憑空而來，是因為愛，父子間的親情，朋友間的友情，男女間的感情，對人類的同情，對生命的珍惜，對國家的忠心，這些都是愛。

因此，愛才是產生所有善的特徵的本原，人性的本質就在於愛，對美好事物的愛讓他們盡力去維護美，對善的愛讓他們時時行善，對真實的愛讓他們成為誠實的人。因此，「霸王槍」不是讓你去成為統治別人的霸王，而是讓你成為控制自己的霸王。

離別鉤
——誰太驕傲，誰就會與生命離別

七種武器，七個故事，七種品格。在這七本書中，如果要挑選出一本藝術成就最高的，當推〈離別鉤〉。讀〈離別鉤〉的感覺，好像觀看孫四娘舞劍，飄搖俊雅，冷氣彌漫，繁花盛放之時瓣瓣凋落，又如懷素和尚書寫狂草，潑墨揮毫，龍飛鳳舞，搖曳奔放之際酒溢水瀉，更似李太白醉後吟唱，高遠玄蒼，律擊舟舷，豪放之氣直上雲霄。

這是正邪兩方硬碰硬的較量。一個是執著老實、六扇門的普通捕快楊錚，一個是輕騎飛揚、世襲一等侯狄青麟。本來毫不相干的兩個人，因命運的安排承擔起正義與邪惡的名分，在偶然的相遇和必然的離別中上演最後的決鬥。

這兩人給大家的共同印象是：他們都不會武功。楊錚雖然是六扇門的捕快，可他最擅長的招式就是拚命，打起架來絲毫沒有章法，全靠一種不要命的精神去和敵人死拚。正如他自己所說：「我根本不懂什麼叫武功。我只懂得要怎麼樣才能把人打倒。」但是，最厲害的武功恰恰不是看起來很可怕的武功，而是能把人打倒的武功。由此我們還可以說，最幸福的女人不是長得漂亮的女人，而是被人愛的女人。衡量一件事物的價值，不是它表現出來的狀態，而是它能否達到效果的能力。這是實用主義的主張，楊錚無疑就是一個完全意義上的實用主義者。

「你這一派練的是什麼武功？」

「我也不知道是什麼武功，也沒有什麼招式。」楊錚說，「我練功夫只有十個字秘訣。」

「哪十個字？」

「打倒別人，不被別人打倒。」

「若你遇到一個人，非但打不倒他，而且一定會被他打倒，」藍一塵問，「那時候你怎麼辦？」

「那時候我只有用最後兩個字了。」

「哪兩個字？」

「拚命。」

古龍在這裏又宣揚了另一個主張，最簡單的就是最好的。如果一個人能將精力完全灌注在一件事上，把最簡單的事情做到最完美，他想不成功都難。

狄青麟貴為侯爺，整日遊山玩水，沉湎在美酒和女人之中，給人的印象是一個風流倜儻的公子哥，誰也不會懷疑他會武功。

一身雪白的衣裳，一塵不染；一張蒼白清秀的臉上，總是顯得冷冷淡淡的，帶著種似笑非笑的表情。身邊總是帶著個風姿綽約的絕代佳人，而且每次出現時，帶的人又都不同。

這就是視功名富貴如塵土，卻把名馬美人視如生命的狄小侯爺狄青麟。

古龍武俠小說的神妙之處就在於，你認為絕對不可能發生的事情，往往就是事情最精彩地方，你認為他不是幹那種事的人，那件事偏偏就是他幹的。千萬不要被表像蒙蔽，也不要隨便給一個人下結論，這個江湖沒有你想像中那麼簡單，它總是會給你預料不到的驚奇，這就是江湖的魅力。

故事起因於一場劫鏢事件，楊錚帶著弟兄們去破案，很容易就繳獲了髒銀，回到衙門後卻發現鏢銀被調包了，自己反而落入陷阱，替劫鏢的人背了黑鍋。上司給他十天時間追回鏢銀，楊錚開始了偵破案件的道路，在這個過程中，他的身世也逐漸浮現。

故事又是一個「賊喊捉賊」的遊戲，這趟鏢銀的保鏢者同時也是劫鏢者，而背後的主使就是江湖上最神秘強大的組織青龍會。侯爺狄青麟也是這次事件中關鍵的一環，因為這麼多的鏢銀只能在他的府中隱藏。

最後，在快速推進的場景變換中，事情的真相浮出水面，而在閃回的蒙太奇敘事中，主要人物的來龍去脈也有了清晰的顯現。如果對這本書的敘事線索進行梳理，可以看出它是一種鳥籠形或者是八卦圖式的敘事方式，關鍵點在於偶然性和循環性。人與人之間的關係有時收縮，有時張開，但始終有一個互相牽引的力量，就像一根絲線，從一個針眼中抽出，又鑽進另一個針眼。

楊錚的父親叫楊恨，也就是離別鉤的主人。他本是村裏一個樸實的小夥子，因為經常跑去幫邵空子煉製寶劍，也就成了邵空子的徒弟。

「河朔大俠」萬君武托邵空子煉製一把「靈空」寶劍，劍成之後，邵空子發現這是一把凶劍，便把它毀了，然後用殘劍的餘鐵煉成一柄其薄如紙的刀。萬君武知道寶劍被毀後，也相信那是一把凶劍，所以並不痛惜，但他不知道邵空子還煉了一把薄刀。

「瞽目神劍」應無物是一個假瞎子，他用一本殘缺的劍譜，從邵空子手中換得那把薄刀，並把他傳給自己的徒弟狄青麟。狄青麟把應無物的劍法學成之後，便殺了師傅。

萬君武拒絕了加入青龍會的要求，青龍會便派狄青麟去暗殺他，狄青麟用那把薄刀殺了萬君武，沒有留下一絲痕跡。

狄青麟的情人思思是個聰明的女孩，推測到是狄殺了萬君武，便以此要脅狄青麟讓她終身陪伴在身邊。狄青麟心狠手辣，又殺了思思。而思思的姐姐如玉，正好是楊錚青梅竹馬的情人，如玉讓楊錚去查探思思的死因。

「神眼神劍」藍一塵曾經得到一塊精鐵，拿去讓邵空子鍛造成一把好劍，邵空子在煉劍的關鍵時刻因醉酒出了差錯，導致寶劍變形，成了一把像鉤一樣的東西。邵空子慚愧自殺，藍一塵也覺過意不去，便把廢劍送給了邵空子的徒弟楊恨。

楊恨用手中的殘缺之劍，也就是鉤，苦練師傅留下來的殘缺的劍譜，學的絕世武功，戰勝眾多名劍客，成為縱橫天下的大俠。這柄鉤之所以叫「離別鉤」，原因在於：

「因為這柄鉤無論鉤住什麼，都會造成離別，」楊錚說，「如果它鉤住你的手，你的手就要和腕離別；如果它鉤住你的腳，你的腳就要和腿離別。」

有一次，藍一塵被仇人圍攻，楊恨為報贈鉤之恩，出手相救，自己身負重傷，武功大減，從此退出江湖，隱姓埋名。楊恨暗中將武功傳給自己的兒子楊錚，但是囑託楊錚不到關鍵時刻絕不能暴露武功，因為離別鉤一出世便意味著殺戮和離別。

楊錚為了查探鏢銀被劫的真相，也為了替思思報仇，只好回老家取出父親的離別鉤。藍一塵為試探楊錚的武功，裝作是楊恨的仇人挑戰楊錚，楊錚在一招之間就將藍一塵的左腿齊膝鉤斷。離別鉤也因飲了它原主人的鮮血，褪去了許多邪惡。

藍一塵本來應該是它的主人，卻拋棄了它；他雖然沒有殺邵大師，邵大師卻也算因他而死的；他已經在這柄鉤的精髓裏種下了充滿怨毒和仇恨的暴戾不祥之氣，只有用他自己的血才能化解得了。

楊錚來到侯門找狄青麟決鬥，狄青麟刀法奇快，一招就刺進了楊錚的肘上，楊錚在危急之中用鉤割斷自己的臂膀，同時也將鉤送進了狄青麟的喉嚨。

故事就此結束。這是一個複雜的故事，人物關係交錯，敘事線索糾纏，但是當塵埃落定之時，一切都變得清晰可見。

書中故事的發展和轉折都是因為宿命，有許多事似乎在冥冥之中就有天意的安排。萬君武死於一把薄刀，而這把薄刀是用自己本想要煉劍的材料製成的；楊恨用一把殘缺的劍和一本殘缺的劍譜，反倒練成了天下無敵的武功；楊恨因救藍一塵而受傷，楊恨的兒子又傷了藍一塵；韋應物把劍法傳給徒弟狄青麟，狄青麟又用師傅的劍法殺了師傅；楊錚用韋應物的殘缺劍譜上的武功殺了他的徒弟狄青麟，也等於是韋應物自己為自己報了仇。我們不得不佩服古龍巧妙的情節構思能力，使得每一件事既出人意料，又合情合理，讓我們在享受閱讀至樂的同時，對命運的無常也有了更多的慨歎。

楊錚是一個非常敬業的捕快，他對正義的維護，對愛情的執著，以及在厄運面前表現出的堅強意志，使他很好的體現出離別鉤所擁有的讓敵人懾服的魅力。他之所以決定回到故鄉取出離別鉤，並不是為了離別，而是為了歡聚。正像他對如玉說的話一樣：

他的聲音裏充滿了一種幾乎已接近痛苦的柔情，「我要用這柄離別鉤，只不過為了要跟你相聚，生生世世都永遠相聚在一起，永遠不再離別。」

但是在江湖上，要永遠相聚又談何容易，還是藍一塵看的要清楚一些：

「我還有句話要告訴你，你最好永遠牢記在心。」藍一塵的聲音正如他的劍鋒般冰冷無情，「就算你不願讓人別離，也一樣有人會要你別離。你人在江湖，根本就沒有讓你選擇的餘地。」

因此，我們不能坐等邪惡勢力來破壞美好的事物，而是要勇敢的站起來去剷除邪惡，只要邪惡和這個江湖永別了，江湖才能安寧，有情人才能相聚。楊錚手中的鉤就承擔著這份責任。

狄青麟太驕傲了，他輕而易舉的就將青龍會派來殺他的高手消滅了，他在自己的府第靜等著楊錚前來挑戰。他對自己的武功充滿信心，對自己的刀也充滿信心。但是，信心就像空氣一樣，一個氣球灌氣太多，很容易就會爆炸的，人也一樣。

他本來可以直接殺死楊錚的，但他想讓楊錚慢點死，所以他的刀只插進了楊錚的肘子，他想讓楊錚的身子軟下來，然後慢慢折磨他。但是，他想錯了。這也是無數文學作品和影視作品讓人詬病的地方，梟雄在建立霸業的過程中是不擇手段，非常狠毒的，但是到了決戰的關鍵時刻，他們卻往往表現出憂鬱和寡斷的缺點，對眼前最大的敵人無法痛下殺手，總是婆婆媽媽的用語言去侮辱對方，企圖獲得心理上享受成功的快感。但就是在這遲疑的時刻，對手抓住機會反戈一擊，梟雄便在瞬間敗退，之前的囂張變成諷刺。所以，一個人要狠就狠到底，否則總歸是敗者。

楊錚是一個會拚命的人，為了打倒敵人，他不惜犧牲一切，於是他毫不猶豫的鉤斷了自己的臂膀，並將鉤斜刺過去，插進了狄青麟的喉嚨。離別是為了相聚，只要能相聚，無論多痛苦的離別都可以忍受。楊錚忍住了肉體上離別的痛，換回了生命和精神上的相聚，所以他是勝利者。

驕者必敗，這是古龍對狄青麟的評價，也是這本書的主題，道出了人性中的一種醜的特點。但是驕傲並不是離別鉤所要象徵的意義，古龍的意思是說，誰如果太驕傲，誰的生命就會被離別鉤所別離。

拳頭

——你把我當朋友，我不能讓你丟人

也許有人會質疑，拳頭不算是一種武器，因為武器通常是指與武力有關的器具，而拳頭卻是人身上的一個器官。但是，如果從廣義上講，能夠殺人的東西都可以稱之為武器。有些人的拳頭就可以殺人，那麼他的拳頭就是武器，而且是很可怕的武器。

這篇小說講的是一個人和他的拳頭的故事，這個人在〈霸王槍〉中已經出現過，他就是「憤怒的小馬」，他的本名叫馬真。小馬是一個什麼樣的人呢？如果用我們在考試時答論述題的方法來回答這個問題的話，它的答案是：

首先，小馬的脾氣很暴躁，喜歡動怒，與其說他是一匹不懂事的小馬，倒不如說他是一隻好鬥的公雞。他說話時喜歡帶「他媽的」幾個字，他一天不打架就手癢癢。

今天並不能算是個很特別的日子，但卻是小馬最走運的一天。

至少是最近三個月來最走運的一天。

因為今天他只打了三場架。只挨了一刀。

而且居然直到現在還沒有喝醉。

如果一個女人每天面對這樣一個好鬥暴怒的男朋友，即使再溫柔善良也是忍受不了的。所以，小馬的壞脾氣就把他深愛的女人曉琳（本是霸王槍的主人王大小姐的丫環）氣走了，小馬為此非常傷心，為了發洩痛苦，打架的次數就更多了。

其次，小馬是一個靈魂上的自由主義者，他所做的事都是他喜歡做的事。

只要他高興，他什麼事都肯去做，什麼都不在乎。

他不高興做的事，你就算砍下他的腦袋，他也絕不肯做的。

這一點頗讓我羨慕，因為我們都受這個社會的規矩約束太多，很多時候為了生存，不得不去幹自己不願意幹的事，有時甚至還要出賣良心和肉體。但小馬卻是一匹真正脫韁的野馬，他不在乎別人的看法，也不在乎道德的制約，更不去追求幸福安穩的生活，所以他能夠在遼闊的江湖上自由奔馳。

小馬並不瘋，也沒有醉。

只不過別人要想勉強他去做一件事，就算把他身上戳出十七八個透明窟窿來，他也不幹。

他這一輩子中做的事，都是他自己願意做的、喜歡做的。

我有時候懷疑，如果小馬來到我們現在的社會，他是否還能堅持這樣的性格，大膽的去做自己想做的事，肆意的把拳頭打在別人的鼻子上。恐怕這是不可能的，正因為現實中有無數無可奈何的事，所以藝術家才要在自己的創作中建造理想王國和塑造理想人物，讓現實中不能實現的事情在夢中實現。這也就是佛洛依德精神分析學說告訴我們的：藝術是藝術家被壓抑的慾望的一種體現。正因為武俠小說家在生活中不能隨心所欲的打人，他才會在武俠作品中發洩這種慾望。讀者也是一樣，現實的我們不能身懷絕技，飛簷走壁，血刃仇人，所以才去看小說，期望在另一個世界裏活出另外一個自己。

其實，我們每個人都生活在兩個世界中，一個世界展示給別人看，一個世界塑造給自己看。每個人每天都要來往奔跑於這兩個世界中，所以總是感到活著很累。

再次，小馬的武功和〈離別鉤〉中楊錚的武功一樣，都是一種拚命的招式：我的目標就是把別人打倒，其他的一切我都不在乎，包括我的生死。當高手看到小馬的拳頭奔過來時，往往會去襲擊小馬身體的致命要害處，逼迫小馬回拳自保，但小馬根本不在乎，繼續出拳，就在敵人猶豫的剎那間，他的拳頭已將對方的鼻樑打斷。就像他自己所說：「該揍的人我就要揍，就算有刀架在我脖子上，我也非揍他一頓不可。」

小馬是在用自己的拳頭犒勞自己的憤怒，而他的憤怒又讓他顯得如此的可愛。這是一個有勇氣、有膽量的小夥子，這樣的小夥子就是鬥士。也許有人認為小馬有暴力傾向，但是，暴力不一定就是貶義詞，暴力有時候是解決問題的最好辦法，以暴制暴才能伸張正義，以戰爭對待戰爭才能換來和平。

有種人無論遭受到什麼樣的打擊和折磨，卻絕不會求饒。小馬就是這種人。

他不但有永遠不會消失的勇氣，好像還有永遠用不完的精力。

憤怒的小馬在江湖上的名氣也日漸響亮，一個人一旦有了超強的本事，就會有人來求他幫忙。這不，就有一個漂亮的女人來請小馬幫忙了。像小馬這樣豪氣雲剛的性情中人，一般是不會拒絕別人請求的，更何況對方還是一個美女，而自己的女朋友恰好又離開了。於是，故事就開始了。

這個美女名叫藍蘭，藍蘭的弟弟得了重病，要在七天之內送到西域去救治，為了節省時間，只有抄近路，為了走近路，就必須越過狼山。而狼山雖然是一座山，但卻比地獄還可怕。

大家只知道一件事——現在狼山上幾乎連一隻狼都沒有了。狼山上的狼，都已被狼山上的人殺光了。

所以狼山的人當然比狼更可怕得多。事實上，現在狼山上的人還比世上所有的毒蛇猛獸都可怕得多。

他們不但殺狼，也殺人。

他們殺的人也許比他們殺的狼多得多。

江湖中替他們取了個很可怕的名字，叫「狼人」，他們自己也好像喜歡這名字。因為他們喜歡別人怕他們。

狼山的山勢並不兇險，兇險的是山上的人。藍蘭為了給弟弟治病，就請小馬當保鏢，護送他們過山。小馬是一個喜歡探險的人，喜歡探險的人又往往是好奇心很重和膽子特別大的人，所以他就答應了。當然，只有小馬一人是沒法闖過這道鬼門關的，所以他又叫上自己的三個皮匠朋友（一個是修鞋的，一個是賴皮，一個是專門剝人皮的）一起上山。

在上山的過程中，他們遇到了很多的狼人（日狼、夜狼、嬉狼、母狼、老狼），經歷了一次次兇險的搏殺，最後在山頂上還是被狼山的統治者朱老太爺抓住了。

在這個過程中，小馬發現躺在轎子中的藍蘭的弟弟是一個非常神秘的年輕人，似乎還有著高深莫測的武功。但一個會武功的人，為什麼反倒要請別人來保護呢？這就是這個故事的謎。

原來藍蘭的弟弟藍寄雲本是朱老太爺的兒子朱雲，從小就下山學藝，闖蕩江湖。後來，朱老太爺給兒子送去一封密信，沒想到信裏有劇毒，幸好朱雲武功深厚，才不至於斃命，但也中毒很深。一個父親為什麼會對親生兒子下毒手呢，朱雲推測狼山一定發生了變故，可能是有人背著朱老太爺在幹壞事。

為了上山查清真相，又不打草驚蛇，朱雲裝作路過的病人，在小馬等人的護送下，上了山。在山上，他們發現向眾人發號施令的朱老太爺身體早已僵硬，只是在藥物的作用下保存了完整的軀體，而聲音卻是由一個幕後之人發出來的。

這個幕後之人便是朱老太爺的親信，也是狼山上最狠毒的狼人——「君子狼」溫如玉。他表面看起來是一個溫文爾雅的道學家，其實卻是一個陰險毒辣的陰謀家。

狼山上每個月的十五日都要在太陽湖進行祭祀，祭祀的儀式是這樣的：

「我們選一個最強壯的男孩，他就象徵著太陽神，每個女孩子都要把自己奉獻給他，直到太陽下山時為止。」她慢慢的接著道：「然後我們就會讓他死在夕陽下。」

而那個男孩子也願意死，因為他是在享受了世界上最美好的男女之愛後，帶著光榮和驕傲死去。

同時：

「那一天男孩們也要選一個最美麗的女孩子，作他們的女神。」

「然後每個男孩都要跟她……跟她……」小馬實在想不出適當的字句來說這件事。

「每個男孩都一定要將自己的種子射在她身體裏。」她替他說了出來。

「因為男人的種子比血更珍貴，每個人都要將自己最珍貴的東西奉獻出來，讓她帶給太陽。」

這就是狼山上令人大跌眼鏡、同時也讓人大睜眼睛的祭祀大典，這樣的大典每月都要舉行一次，每次都會讓年輕的狼人癡狂，讓他們在迷醉中浪費青春和生命。而溫如玉便是祭祀的太陽使者，也就是祭祀的幕後操縱者。

當小馬一行人上山時，恰逢是當月的祭祀之日，然而這次溫如玉卻選了一個外來的女子做女神，這個女神赫然竟是離開了小馬的曉琳。

朱雲和小馬聯合揭穿了狼山的秘密，溫如玉在太陽湖中以曉琳為人質，企圖要脅小馬殺掉朱雲。在關鍵時刻，之前被溫如玉掠走的小馬的朋友老皮突然撲上來抱住溫如玉，一起跳進了湖中。在滾入湖水前，他對小馬說了一句話：「你把我當朋友，我不能讓你丟人。」

故事就此結束，故事的主題也由此突顯。友情的力量是偉大的，拳頭所代表的人格就是友情，因為小馬在出拳的時候，常常不是為了自己，而是為了別人。他打架也並不是自己喜歡打架，而是為了朋友打架。所以他有很多朋友，當他身臨困境的時候，也會有朋友來替他解圍。

古龍在〈拳頭〉中通過對「狼山」的描寫，對社會和世人進行了諷刺。狼山雖然名為「狼山」，但狼山上並沒有狼，而是住著人，人比狼還要兇惡。狼人中最可怕的是君子狼，也就是說，自稱為君子的人也可能就是最邪惡的人，他們看起來比高尚的人還要高尚，但背後卻是比小人還要小人。金庸《笑傲江湖》中的「君子劍」岳不群就是這樣的例子。武俠小說家作品的風格雖然各異，但是他們所稱頌與批判的東西卻是一致的。

小馬的武器就是自己的拳頭，這雙拳頭比別人的刀劍還要厲害，一方面因為他出拳太快，一方面因為他能拚命。那麼在生活中，一個人如果能有小馬這樣的勇氣和沖勁，還有什麼克服不了的困難嗎？我想是沒有的。

無論多高深的武功，也比不上真正的友情。當我們為朋友而戰時，我們也是在為自己而戰。當我們為別人的活而活著時，我們也是為了自己的生活。在必要的時候，勇敢的伸一伸自己的拳頭，或許你會發現很多事容易解決了。

武力不是最好的處事方式，武力也是不可缺少的處事方式。如果你想活的瀟灑自在一些，活的有尊嚴一些，你就學一學小馬吧，適當的做一個憤怒的人，你才會看到這個世界的本質。

我又想起了作家張煒的話：「詩人為什麼不憤怒，你還要等待多久？」今天我重讀〈拳頭〉，今天也是詩人海子自殺二十周年紀念日，我想起了曾經作為文學主力軍的詩歌，我也想起了現在聽到的話語：「如今寫詩的人比看詩的人還多」，心中的傷痛猶如小馬憤怒時的表情。到底是時代迷失了我們，還是我們迷失了自己？如果我們為此困惑，就讓我們的筆代替我們的拳頭去憤怒吧，這也就是文學的力量。

第二章 《邊城浪子》

一隻迷了路來到我們城裏，來到家畜群中的荒原狼。

——赫爾曼・黑塞，《荒原狼》

傅紅雪

——身殘情更殘

一千個人心中有一千個哈姆雷特，一千個人心中也有一千個古龍。不同的人喜歡古龍的作品不一樣，同一個人在不同階段喜歡古龍的作品也不一樣。我曾經挑選了四本書作為古龍最優秀的作品，它們是《邊城浪子》、《七種武器》、《多情劍客無情劍》和《歡樂英雄》。我並沒有把《陸小鳳傳奇》、《楚留香傳奇》、《武林外史》、《絕代雙驕》等書列入其中，是因為我覺得前四本書在思想品味、語言風格、人物塑造和藝術追求上代表了古龍的特色。更重要的是，這些書不是純粹寫武功和俠義的小說，而是對人性進行了深刻的關照，對人處於困境時的狀態進行了思辨性的探討，具有哲理上的蘊意。而陸小鳳、楚留香、小魚兒等人雖然最為人們所熟知，但在氣質上少了文藝範兒，形象普通不夠鮮明，就像娛樂明星一樣，外表雖花哨，卻缺乏一些內在的東西。

而在所有這些作品中，我最推崇的是《邊城浪子》。邊城，即天涯，是人生旅途的終點，也是天與地交接的地方，遼遠而又令人神往；浪子，是用腳丈量土地的男人，是孤獨的，也是冷酷的，在大風中筆直的佇立，握刀的手青筋暴起。

這本書講一個復仇的故事，故事情節比較完整，從頭至尾始終有一條主線貫穿其中，這種現象在古龍的著作中是比較少見的。古龍的小說文字散，情節也散，他不進行宏大敘事，也不與歷史聯姻，他作品中的人是要吃飯的，是要玩女人的，所以也經常餓肚子和失戀。古龍擅長的是用一些簡短的情節來突出人物形象，再把這些情節組合起來，形成一個故事。

在《邊城浪子》中，古龍拋棄了所有生活中的瑣事和雜念，只專注於講一個故事——傅紅雪如何為父報仇。當然，復仇只是一個載體，一個突破口，古龍最終所要探討的還是關於愛與恨的問題。作為人性中完全相反的兩極，愛和恨之間並沒有清晰的界限，所以才會造成很多矛盾，也給我們的主人公帶來了巨大的痛苦。

我之所以喜歡《邊城浪子》，很大程度上是因為我被傅紅雪身上獨特的魅力所征服，為他身上所籠罩的浪子的光環徹底的迷醉。他是一個跛子，但是又身懷絕技，他冷酷的可怕，但他又渴望著愛情，他遇到了美麗的女人，但女人又是妓女，他一生都在不停行走，但始終尋不到幸福。他是絕對的孤獨與極大的豐富的結合體，他曾執著的追求目標，但最後發現這個目標毫無意義。他依然活著，活著就是一種豐滿的痛苦。

傅紅雪的父親是叱吒江湖的大俠白天羽，但是在他出生之時，白天羽被結拜兄弟馬空群聯合江湖上的眾多高手設計殺害，鮮血染紅了白雪。他的母親便給他取名傅紅雪。

從小，傅紅雪的母親就向他灌輸復仇的思想，並把他關在一間黑屋子裏，苦練刀法。傅紅雪每天除了吃飯睡覺外，只重複著一個動作——拔刀。

十八年後，邊城的小鎮出現了一個獨特的刀客，他的刀法快的驚人，他的容顏也陰冷的嚇人，馬空群的萬馬堂從此陷入一系列的恐懼麻煩之中。這個刀客就是傅紅雪。

傅紅雪在尋找當年殺父仇人的過程中，又遇到另一個奇怪的少年——葉開。葉開好像隨時都在傅紅雪的周圍，他的快樂幽默與傅紅雪的陰鬱形成鮮明的對比，但是他好像很喜歡傅紅雪，並幾次在危機時刻救了傅紅雪的性命。

走過漫長的追查之路，當最後一個仇人找到時，十八年前的血案便也真相大白。而對傅紅雪來說，卻是一個想不到的結局。這個結局帶給他的不是身體上的打擊，而是對信念的摧殘。

翻閱整個江湖的歷史，傅紅雪都是一個無法抹去的傳奇，因為他太強勢，又太孤獨，他的遭遇讓人同情，但他的仇恨和手中刀又讓人恐懼。他是一個跛子，一個復仇的惡魔，有著身體和靈魂的雙重殘疾，可他的形象在我的心中卻銘刻的那麼深，只因為他實踐了我心中那份想要去犯罪而又明知不可為的意識，他讓我體會到主宰別人死活的快感和被痛苦灌透的刺激。

傅紅雪是活在黑夜中的，在他身上看不到一絲陽光的影子，他神秘而充滿魔力，讓人無法忘記。相比之下，另一個主人公葉開雖然是一個性格開朗的陽光男孩，風流倜儻，機智過人，但在傅紅雪面前，他卻少了那種懾人的魅力。有時太完美的人，反而顯得平凡。

《邊城浪子》是為一個復仇者譜寫的愛恨交織的人生悲歌，傅紅雪是這個江湖的唯一，在他之前，從沒有一個人物像他那樣殘缺而又震感心靈，在他之後，也不會有人再能擁有他的傳奇。

古龍用一支神筆為我們塑造了一個永恆的浪子的形象，在極具美感的筆觸下，我再次為人類豐富的精神世界所感動，真希望能在夢中遇到傅紅雪，用他那把刀將自己的生命結束。我想，那何嘗不是一種幸福。

行走在黑白無間道上的浪子

大幕拉開，是他的背影，孤獨的佇立；大幕關閉，仍然是他的背影，消失在遠方。古龍在介紹人物出場時向來是開門見山，在《邊城浪子》的開始部分，我們就認識了傅紅雪：

一個黑衣少年動也不動的跪在她身後，彷彿亙古以來就已陪著她跪在這裏。而且一直可以跪到萬物都已毀滅時為止。

夕陽照著他的臉。他臉上的輪廓英俊而突出，但卻像是遠山上的冰雪塑成的。

接著，他的母親向他交代了身世和使命，於是傅紅雪帶著父親留下的漆黑的刀，走進了江湖。從上面短短的數行文字裏，可以得到這樣的信息：傅紅雪是一個極具耐力的人，他像狼一樣，可以長久等待，也可以瞬間攻擊，同時他又是一個英俊的人，而這種英俊裏又滲透著冷漠與孤獨。之後的篇章，我們還可以多次看到古龍對傅紅雪直接的肖像描寫。於是，他的形象便更加清晰。

走路姿勢：

他走路比說話還慢，而且很奇特。左腳先邁出一步後，右腿才慢慢的從地上跟著拖過去。

傅紅雪沒有回頭。他只要一開始往前走，就永不回頭。

站立姿勢：

他無論站在哪裡，都像是站在遠山之巔的冰雪之中。

手中的刀：

刀在手上。蒼白的手，漆黑的刀。

葉開看不到他的臉，卻看見他握刀的手突然握得很緊。只可惜無論他如何用力，也握不碎心中的痛苦。

眼睛：

漆黑的刀，漆黑的衣服，漆黑的眸子，黑的發亮。

蒼白的臉，漆黑的眸子。

傅紅雪的臉色在燈光下看來更蒼白，蒼白得幾乎已接近透明。但他的眸子卻是漆黑的，就像是這無邊無際的夜色一樣，也不知隱藏著多少危險，多少秘密。

臉：

陽光照在臉上，他的臉就像遠山上的冰雪塑成的。

目光：

他走路的時候，目光總是在遙望著遠方。

這便是傅紅雪，我們可以看到出現最多的詞就是「漆黑」和「蒼白」，他是黑白兩色鮮明對比的綜合體。「黑」代表了他的仇恨、神秘和孤獨；「白」象徵著他的純潔、憂鬱和病態。

我常常在腦海裏這樣為傅紅雪畫素描：一個身材筆挺的少年，手中緊緊握著漆黑的刀，慢慢行走在空寂的荒原上，目光迷離而堅定，冷風將他黑色的長袍鼓起，夕陽在他身後印下瘦長的背影。

當有人向他挑戰，他停下來，一言不發，眼神仍舊望著遠方，只是握刀的手上爆出青筋。但是當對方的兵器還未接近他的肌膚，他的刀刃已染上了血。於是，敵人倒下，他的刀入鞘。

然後，他繼續慢慢向前走，好像什麼都沒有發生一樣。他壓根都沒有瞧別人一眼。

這是一個多麼冷酷的刀客，又是一副多麼攝人魂魄的畫面，作為男人所應該具備的雄性力量和孤傲氣質都在傅紅雪身上得到淋漓盡致的體現。並且，他還是一個殘疾人，這就更增添了他的神秘性。身體的殘疾讓他的性格變得殘酷，性格的怪異又襯托了他身體的恐怖。

如果一個人從小就被關在一間黑屋子裏重複著同樣的動作——拔刀，他的刀法之快可想而之。如果還有一個聲音不斷的提醒他，要時刻記著去復仇，他內心的痛苦和孤寂可想而知。十八年來，傅紅雪每天都在這樣的環境中活著，沒有比這更痛苦的生活，也沒有比這更偉大的痛苦。是身體的痛苦造就了傅紅雪的性格，是性格中的頑強成就了他的江湖地位。傅紅雪是被嚴格訓練出來的殺手，這樣的殺手一出現，江湖註定要掀起一場腥風血雨。

仇恨原來是一個荒唐的玩笑

在當今精神信仰陷入落寞狀態的時代，許多人整天都在渾渾噩噩中過日子，他們一直在追問自己為什麼而活，到底應該怎麼活，卻始終找不到答案。

而對於傅紅雪來說，不存在這個問題，從降臨塵世的那一刻起，就註定了他是為什麼而活的，他的生命意義早已被決定。那就是為父報仇。

傅紅雪的父親白先羽是神刀堂堂主，他和萬馬堂的堂主馬空群本是結義的生死兄弟，兩人齊心協力，並肩作戰，從關外闖入中原，使兩堂的名聲響遍武林。但是隨著神刀堂的勢力一天天壯大，也招來了江湖許多人的嫉恨，而讓白先羽想不到的是，最恨他的人竟然是他的兄弟馬空群。因為，神刀堂越強大，萬馬堂就顯得越弱小，馬空群知道自己永遠比不上白先羽，所以就要殺掉他。

於是，在一個雪夜，馬空群聯合江湖上三十多位高手，埋伏在梅花庵旁，趁白天羽一家飲酒賞雪完畢從大門往外走的時候，群攻而上。

鮮血伴隨梅花紛飛，白雪被染成了紅色，白先羽夫婦手刃了二十多個敵人，但終因寡不敵眾，全家遇害。

傅紅雪的母親本是魔教教主之女花白鳳，魔教教主和白先羽在天山立約賭技中敗了一招，立誓不踏入中原。但是，花白鳳卻深深愛上了白先羽，甚至不惜叛教。儘管她知道白先羽已有妻室，但她願意等待，即使一年中他們只能見一次。

當花白鳳得知白先羽被害後，傷心至極，便要為他報仇。她給兒子取名傅紅雪，從小就在他心中植下仇恨的種子，嚴格要求他苦練刀法。

所以，傅紅雪是帶著復仇的使命進入江湖的，為了這個使命，他準備了十八年，也忍耐了十八年，現在他要全部爆發出來。

正因為他的仇恨太深，他看起來才那麼恐怖，他的全身上下都散發著一股魔鬼的氣息，但同時他蒼白的臉上又有著攝人魂魄的孤傲的魅力。

傅紅雪只確定有一個仇人是馬空群，但還有另外六個倖存的不知姓名的仇人，他也要一個個找到。這是一條漫長追索的道路，十幾年來，仇人們隱藏的非常好，始終沒有暴露。但傅紅雪沒有氣餒，他的心中只有一個目的，他的肩上只有一個使命，他必須完成它。

在他的心目中，父親是一個高大完美的英雄形象，是一個叱吒風雲而嫉惡如仇的大俠，這是他母親天天向他講述的，他從不厭煩，他為有這樣的父親而感到自豪。傅紅雪發誓要為他的父親報仇，他的心中充滿復仇的火焰。

但是隨著仇人一個個找到，傅紅雪看到的情景卻並不像他心中預料的那樣。那些參與殺害白先羽的人，在臨死前，都有著相同的口吻，表達了同一個意思：他們知道殺害白先羽的確做得不光明磊落，但他們從不後悔這麼做，即使回到十八年前，他們也會那樣做，因為白先羽的確該殺。這是一個叫易大經的人對白先羽的評價：

他的確是個英雄，他驚才絕豔，雄姿英發，武功之高，已絕不在昔年的上官金虹之下。若有人真正在苦難中，他一定會挺身而出，為了救助別人，他甚至會不惜犧牲一切。

但他卻實在是個很難相處的人，他決定的事，從不容別人反對，只要他認為做了對就是對的。他獨斷獨行，只要開始做了一件事，就不計成敗，不計後果，這固然是他的長處，但也是他最大的短處，因為他從來也不肯替別人想一想。

我從沒有說他是惡人，他做的也絕不是壞事，當時的確有很多人都得到過他的好處，但真正能接近他的人，卻是最痛苦的。因為一個人接近了他之後，就要完全被他指揮支配，就得完全服從他，這些人若想恢復自由，就非殺了他不可！

所以，在殺害白先羽的人中，很多都是白先羽的朋友。

如果只有一個人這樣說，並不能動搖父親在傅紅雪心中的地位，但是當很多人都這樣說時，傅紅雪也陷入一種極深的矛盾和痛苦中。

原來父親並不像自己想像的那麼完美，他有缺點，甚至是致命的缺點，招來了別人的嫉恨和反感。傅紅雪復仇的火焰並沒有就此減弱，但起碼火苗不像以前那樣閃亮，他的誓言上面蒙上了一層煙霧。

傅紅雪心中貯藏了十幾年的人生觀和價值觀受到挑戰，他來到這個塵世的使命到底還有沒有意義？他不得不去思考。但是，他的前進的步伐並沒有停止，無論如何，他要把當年的陰謀弄清楚。殺人償命，不管父親是怎樣的人，他都要先完成這個復仇的任務。

而在最後的關鍵之時，命運又給了傅紅雪一次重擊，他的信念徹底被粉碎了。

當他終於找到最後一個仇人，沒想到竟然是江湖上很有名望的丁家莊的莊主丁乘風的妹妹丁白雲。丁白雲本是白先羽的情人，她對白先羽一見傾心，將自己的身體給了他，而白先羽風流成性，在將她玩弄後，很快把她忘了。

丁白雲因愛生恨，便和馬空群聯手，召集一批仇恨白先羽的高手，在梅花庵前圍殺了白先羽。

傅紅雪的帶傷的心頭又被抹上了一層鹽水，自己的父親竟是被情人所殺，而情人殺他的原因是他拋棄了她。父親的名譽再次受到質疑，父親的形象已經從一個偉岸大丈夫變成了卑鄙的小人。他不是死於權利和錢財的爭奪中，而是死於感情上的不忠。

而此時，馬空群就躲在丁家莊，當他出現時，憤怒的傅紅雪舉起了刀。這一刀即將刺出。突然，一柄飛刀飛來，將大刀斬斷。傅紅雪回頭一看，是葉開出的手。

故事又一次發生了轉折，原來傅紅雪並不是白先羽的親生兒子。傅紅雪出生時，趁花白鳳昏睡之機，白先羽的妻子白夫人將他掉包了。而葉開才是白先羽的親生兒子。

傅紅雪的父母是誰，誰也不知道，他也許只是一個普通人家的普通孩子。這樣，傅紅雪失去了報仇的資格，因為他要為之報仇的父親並不是自己的親生父親，也談不上是自己的養父，因為他根本沒有見過他，他和他連一點關係都沒有。

命運和傅紅雪開了一個荒唐的玩笑，他苦苦執著的使命竟然是一個毫無價值的誤會，傅紅雪為此付出的傷與痛，十八年的光陰，突然變得那麼渺小，又那麼沉重。

用哲學的話語來說，傅紅雪遭遇了「虛無」。他的理想，他的使命，他的心血，一下子成了虛空，成了沒有必要存在的東西，成了命運的諷刺。他怎麼辦？

他看著葉開，說了一句葉開一輩子也無法忘懷的話：「我也不恨你，我已不會再恨任何人。」然後，他走了，當下樓梯時，他的步子還有些遲重，他的身子還有些搖晃，但是當走下樓時，他的身子就已挺直，他會一直的向前走去。

傅紅雪沒有倒下，他沒有為那曾經的付出感到悲痛，在經歷了這一年多的江湖生涯之後，他心中的仇恨已經變得理性了，平緩了。這就是傅紅雪的偉大之處，他終於挺住了，也終於走出了仇恨的怪圈，儘管他付出的太多，但是在以後的歲月中，相信他會變得幸福。

這也正是古龍的偉大之處，不管多麼艱難的時刻，他仍然給了浪子生存的希望，也給了我們生活的希望。《邊城浪子》的故事跌宕起伏而又合乎邏輯，尤其是結局的數次驚變，讓主人公的身分交替轉換，給讀者目瞪口呆的驚奇，但在清醒之時禁不住拍手叫好，為如此豐富的想像而傾倒。

傅紅雪的經歷給了我們一個教訓：生活是戲劇化的，在執著於目標的途中，不妨多一些灑脫，這樣你才不會活得太累，太痛苦。

愛是一定要說出口的

一個像魔鬼一樣的浪子，一個胸中有著極大仇恨的殺手，一個身體的殘疾者，會不會有愛情？答案是肯定的。因為越是獨特的寂寞的人，越容易陷入愛情，而且往往不是普通的愛情。

仇恨！有時甚至連愛的力量都比不上仇恨！

傅紅雪的心裏充滿了仇恨。他也同樣恨自己——也許他最恨的就是他自己。

傅紅雪是一個跛子，一個身體有殘疾的怪人，可是他內心的殘疾比身體的殘疾更嚴重。他愛上的女人是一個妓女，名叫翠濃。他之所以會愛上她，是因為她是他的第一個女人。

十八年來，傅紅雪一直在一間黑屋裏聆聽母親的詛咒，伴隨他的除了刀就是仇恨。這種生活是多麼單調，又多麼寂寞。在他踏上復仇的道路後，為了讓他成為一個真正的男人，母親給他安排了一個女人。男人破處的時候就是他真正成人的時候，女人也是如此。

那一夜，在黑暗中，傅紅雪品嚐到了人世間最溫柔銷魂的東西，他體會到了女人的美好。從此，他忘不了這個女人，他深深愛上了這個女人，他以為這個女人就是翠濃。在那個既衝動又懵懂的年紀，一個男人怎麼能忘得了給過他第一次溫情的女人呢？尤其像傅紅雪這樣極單純又執著的男人，翠濃從此成為他的天使和守護神。可翠濃又是一個妓女，傅紅雪要和她在一起，只能收穫痛苦。

傅紅雪愛著翠濃，他不知道也不相信翠濃是妓女，他只是覺得既然自己愛上了她，她也必須愛他，跟著他走。可是，他從來沒有將自己這份愛真正的表達出來，他的愛太深沉，又太含蓄。

一個男人愛上一個女人，要不要說出來，這是一個比賭博還冒險的事。捅破那張紙，你或許能擁有幸福，但也有墜入痛苦的可能。因為，你還不知道她的心思，還沒有真正看到她的本質。有時候，不說沒有機會，說了就永遠也沒有機會。傅紅雪或許就是這麼想的，所以他沒有說出來。

於是就出現了這樣一幕情景：一個緊緊握著一把漆黑的刀的跛子慢慢在前面走，身後跟著一個提著包袱的女人。他沒有回頭看，她也沒有上前說話。

對翠濃來說，她也被這個憂鬱而強勢的少年吸引，她也感覺到他對她的愛不一般，可是只要他不說出來，她就覺得自己是被看輕的。

世上最奇怪，最不可琢磨的，就是人心了，男人的心和女人的心都一樣。

兩個人就這樣互相折磨著，在傅紅雪的沉默和冷漠中，翠濃離開了。而當傅紅雪看到翠濃和別的男人在一起時，他的心受到了極大的打擊和刺傷。當翠濃說自己要嫁人時，他嘴上說著恭喜，心裏卻在滴血。當別人告訴他，翠濃不值得他愛，她只不過是一個妓女時，他卻偏偏更加愛她。

之後，在經歷了很多事情的磨難後，兩人終於體會到彼此之間的感情。

傅紅雪的心又是一陣刺痛。他本已決心不再看她，但到底還是忍不住看了她一眼。這一眼已足夠。

……

傅紅雪忍不住慢慢的伸出手，握著了她的頭髮。

她頭髮黑得就像是他的刀一樣。

於是，傅紅雪才知道了這個女人也是愛自己的：

「其實，我心裏始終只有你，就算你不要我了，我也不會嫁給別人的，我自從跟你在一起後，就再也沒有把別的男人看在眼裏。」

這是多麼動聽的愛情宣言，如果一個女人能對男人說出這句話，即使他是頑石，也會在瞬間化為柔水。當傅紅雪聽到翠濃的表白後，他的心更加痛苦，只是這種痛苦裏又加入了悔恨。

他從來沒有想到，有句話是一定要說出來的，你若不說出來，別人又怎麼會知道？

這也許只因為他還不瞭解翠濃，不瞭解女人。

他還不懂得愛。

既不懂得應該怎樣被愛，也不懂的應該怎麼樣去愛別人。

但這種愛才是真的！

你只有在真正愛上一個人的時候，才會真正的痛苦。

這本來就是人類最大的悲哀之一。

但是只要你真正愛過，痛苦也是值得的。

只可惜，美好的時光總是過於短暫，有些事只能讓死來證明，有些感情只有在死亡面前才能成為永恆。為了救傅紅雪，翠濃替他擋了從暗處刺過來的劍，這一劍奪走了她的生命。她躺在他的懷裏，永久的睡著了。

風很輕，輕的就像是翠濃的呼吸。

可是翠濃的呼吸久已停頓，溫暖柔軟的胴體也已冰冷僵硬。那無限的相思，無限的柔情，如今已化作一灘碧血。

事實上，翠濃並不是那天晚上給了傅紅雪溫柔的女人，因為在黑暗中他沒有看清，而把住在那間屋子的翠濃當作她了。那個女人叫馬三娘，本是花白鳳的丫環，是專門到萬馬堂做內應的，為了讓傅紅雪變成熟，助其復仇，在黑暗中將自己的身體給了傅紅雪。馬三娘也是翠濃的朋友，她借翠濃的房間用了一次。傅紅雪認錯了人，但他沒有愛錯人。他後來也知道翠濃並不是那個女人，可是已經深深愛上了，又怎能改變。

像傅紅雪這樣的人，也許只有妓女才能成為他的愛人，因為有時候，只有妓女才是真正的女人，她們比有些住在閨房裏的少女更懂的什麼叫高尚，什麼是犧牲。翠濃的墳墓在一座高山上，以後，每天的第一束陽光升起，總是先照在那裏。而此時，傅紅雪正迎著朝陽行走在天涯。

只有男人的情誼才是永恆的

當傅紅雪來到邊城之時，同時出現的還有另一個少年，這就是葉開。葉開是一個開朗活潑、風流瀟灑的人，他不像傅紅雪那樣憂鬱冷酷，但他和傅紅雪同樣神秘。葉開在做自我介紹時說：「我叫葉開，葉子的葉，開心的開。」

他的笑，就像這漫天黄沙中突然出現的一線陽光。

他首先注意到傅紅雪奇怪的樣子，主動上前熱情搭話，但傅紅雪對他沒什麼興趣，表現很冷漠。因為，傅紅雪的心中只有仇恨，對別的事他是不在意的。

他從來沒有朋友，以後只怕也永不會有。

他的生命已完全貢獻給仇恨，一種永遠解不開的仇恨。

但是在他內心深處，為什麼卻偏偏總是在渴望著友情呢？

從表面看來，傅紅雪嚴謹穩健，葉開放蕩散漫，但是在做事時，我們就發現，葉開江湖經驗很足，而且很有主見，而傅紅雪卻顯得感情易衝動，處處鋒芒畢露。

在傅紅雪復仇過程中，葉開幾次在緊要關頭救了他的命。傅紅雪卻對葉開很討厭，他不想讓別人干擾他的事情，尤其在他看到葉開竟然也和翠濃在一起時，更是受到刺激。

而在內心裏，傅紅雪也是很感謝葉開的。他只是沒有想到要去主動接觸別人，去表達對別人的好感，直到最後：

他忽然發覺自己對任何人都知道的不多，因為他從來也不想去瞭解別人，也從未去嘗試過。

當他意識到自己的這個缺點時，已經很遲了，真相即將大白，他的命運也將改變。原來葉開才是白先羽的親生兒子，才是真正有資格來替白先羽報仇的人。其實，葉開來到邊城的目的也是搜查仇人，只不過他在暗處，而傅紅雪卻在明處。如果傅紅雪早一點瞭解葉開，就會早一點知道自己的身分，退出復仇的行動，也就不會在最後受到那麼大的刺激，但他始終沉浸在自己的仇恨裏，忽視了周圍的一切。

讓人驚喜的是，葉開竟然還是李尋歡的弟子。李尋歡和白先羽是好朋友，兩人曾約定，如果白先羽再生下兒子，就拜李尋歡為師。所以，當花白鳳生下兒子後，白夫人就用掉包計換走了，等葉開由一個叫葉平的人撫養長大後，就拜在李尋歡門下學藝。

傅紅雪望著這個會使「小李飛刀」的少年，心中的滋味是非常複雜的，但是，他遲疑著，終於說了一句葉開永遠也不會忘記的話：「我也不恨你，我已不會再恨任何人。」

傅紅雪沒有恨葉開，因為他已經承認了葉開是他的朋友。他知道這件事也不怪葉開，只能說是命運弄人，是上一輩人的仇恨造成了下一輩人的悲劇。葉開的開朗樂觀和傅紅雪的憂鬱陰沉形成鮮明對比，同時也是互補，此後他們在江湖上都闖下一片天地。他們可能好幾年不見面，但只要一個人有事，另一個人絕不會袖手旁觀。他們是可以為對方犧牲的人，因為在出生的時候，他們就有了命運最初的交集。古龍在這裏再次宣揚了友誼的偉大，這也是他一生為人的寫照，他對男人之間友情的崇尚要超過對女人的愛情。在他看來，只有男人之間的情誼才是永恆的。

《邊城浪子》講了一個復仇的故事：兩個復仇的少年，一個在明處追查，一個在暗處搜尋，一個活在漆黑的夜裏，一個活在白天的陽光下。隨著謎底的步步揭開，他們也知道了各自的身世和命運，並結下了深厚的友誼。

這是一本探討愛與恨的武俠小說，古龍的觀點是：仇恨是後來生出的，只有愛是天生的，是永恆的。世上之所以有恨存在，只是為了襯托愛的偉大。恨的本質也是愛，而且很多恨的產生，都是因為愛到了極點。

第三章 《楚留香傳奇》

生命這東西，只有你實實在在享有它，它才是真實的。

——傑克・倫敦，《海狼》

楚留香
——像神一樣存在的人

在我們生活的這個世界上，到底有沒有神靈，這是一個讓人困惑的問題。西方很多哲學家都是上帝的虔誠信仰者，當他們思考的問題得不到切實的解決時，往往會交給上帝來處理，在他們心中只有上帝才是最完美的存在。儘管如此，關於上帝存在的證明，還沒有一個能得到一致贊成的答案。神的存在問題沒有得到解決，那麼神救贖眾生的能力也便有了疑問。而在江湖中，確實存在一些人，他們正義凜然，智慧過人，身懷絕技，志向遠大，拯救民眾危難，懲治邪惡勢力，成為人們心中的「救世主」。

這樣的人肯定會有很多的故事，這些故事在作家的筆下便演繹成一部部傳奇，古龍的《楚留香傳奇》就是其中的一部。楚留香到底是一個什麼樣的角色？如果要用一句話來概括，我們可以說他是一個「像神一樣存在的人」。即使他不是神，但他的品格也是最接近神的。

然而，就是這樣一個像神一樣完美的人物，他的身分卻是一個小偷，由於他偷盜的功夫過於絕妙，人們送給他一個外號「強盜中的元帥」，簡稱「盜帥」。這部書便是從楚留香的一次偷盜經歷開始的。

楚留香有一個習慣，他在偷盜前先要給被盜人家寫一封信，通知他們自己要在夜裏幾點來「拿東西」，於是寶物的主人便請來許多高手護寶，這些高手把注意力都集中在楚留香說的那個時辰點上。但是，儘管防禦嚴密，楚留香還是把寶物盜走了，原來他早在自己通知的時辰之前已經下手了，他之所以要寫一封通知，不過是為了迷惑對方。

由此看來，楚留香不但是一個小偷，還是一個很奸詐的小偷，但你要是因此就憎恨他，那就錯了。因為他偷盜的目的不是為了自己享樂，而是去解救需要幫助的人，並且他所偷盜的人家都有值得被盜的理由，楚留香其實是一個「義盜」。但是在小說中，古龍先生絕不是要向我們展示楚留香的偷盜技術，而是要為我們講述一系列的破案故事，楚留香的身分便從強盜變為一個充滿智慧的偵探，為我們揭開了江湖中一些陰謀和秘密的真相。

在《血海飄香》、《大沙漠》和《畫眉鳥》這三部小說中，楚留香帶著自己的紅顏知己（李紅袖、宋甜兒、蘇蓉蓉）和好朋友（胡鐵花、姬冰燕）分別向我們揭示了妙僧無花、石觀音和水母陰姬的真面目，讓我們看到了一個光怪陸離的江湖。楚留香就像是一個導遊，一邊帶領我們遊覽大江南北關中塞外的美景，一邊向我們講述江湖中驚心動魄的冒險故事。在視覺和心靈的雙重沐浴中，我們的精神得到極大地滿足。

一個餓漢吞下一碗香味濃厚的牛肉麵，再飲一口十年的花雕酒，這種滋味是從血液到毛孔都熨貼的舒坦。但是一個人吃飽之後，他的乾涸平滑的肌肉便失去了吸收營養的勇氣，這時如果他能捧起一本武俠小說，讓靈魂中那一縷寂寞的氣虛在幻想的天空中自由飄蕩，充塞每一個罅隙，他便獲得了一次藝術的享受。這種享受是超越物質的，儘管它不能代替物質。不管是武俠小說，還是武俠電影，帶給人的都是做夢的感覺，夢想中的豪氣雲天的江湖，夢想中的深巷裏的酒館，夢想中的風塵女子。

在生活中我們常有這樣的體驗：一件寬敞的屋子，生著爐火，酒杯盈滿，一群人正在激烈的討論問題，這時你推門而進，環顧四座，一眼就會注意到坐在某個地方的某個人，他儘管沒有說話，臉上甚至有些冷漠，但你卻感覺到他是這群人的核心。這就是氣場，有些人天生就具有一種領袖群雄的魅力，他的身上能散發出一種獨特的氣質，吸引著你去接近，去崇拜。楚留香就是這樣的人，他是一個天才，是一個不管在多麼危險的境況中都能讓你感到安全的人。

但楚留香到底是怎樣一個人呢？關於他的相貌，古龍是這樣描寫的：

他雙眉濃而長，充滿粗獷的男性魅力，但那雙清澈的眼睛，卻又是那麼秀逸，他鼻子挺直，象徵著堅強、決斷的鐵石心腸，他那薄薄的、嘴角上翹的嘴，看起來也有些冷酷，但只要他一笑起來，堅強就變作溫柔，冷酷也變作同情，就像是溫暖的春風，吹過了大地。

根據書中的情節推斷，他的年齡應該在三十歲到四十歲之間，這正是一個男人最富魅力的時期，況且他又是一個長得很帥的人，所以他總是能讓女孩子芳心暗許。在他身邊本來就有三個女孩陪伴，當他在破案過程中，又有很多女孩子愛上他，所以，它既是強盜中的元帥，又是浪子中的花花公子。

除了「盜帥」之外，楚留香還有一個外號叫「香帥」，因為他的身體有一股鬱金香的氣味。我曾推斷，楚留香可能是一個中西混血兒，所以他的身材挺拔，長相立體，雙眼清澈，和好萊塢的明星相似。他身上的鬱金香氣味應該就是西方人的體味。因為，鬱金香也並不是多麼香的味道。但是，楚留香自己的鼻子卻毫無嗅覺，既不能呼氣也不能吸氣，自然就聞不到任何氣味。所以，楚留香也算是一個殘疾人，但他並沒因鼻子的問題而苦惱，而是苦練本領，學會了用周身毛孔進行呼吸的方法。他的鼻子雖然只是個擺設，發揮不了應有的作用，但在關鍵時刻還救過他的命。《大沙漠》中，逃到沙漠的無花企圖用一種非常厲害的迷藥迷倒楚留香，但是他卻不知道楚留香鼻子的秘密，結果自受其害。

我記得自己上小學的時候，老師喜歡在課堂上提問，由於年齡小或者準備的不充分，起來回答問題的學生往往有些緊張，他們在說話時都有一些小的肢體動作，有的用手撓自己的腦門，有的低著頭捏衣角，有的抬頭望天花板……楚留香也有一個習慣的動作，那就是當他遇到險境或者思考問題時，總是習慣性的摸摸自己的鼻子。這是一個很可愛的動作，他的朋友胡鐵花總是喊他「老臭蟲」，因為他自己本來很香，卻總是聞不到任何香味。

古龍小說中的人物常常有這樣的特點：一個人眼睛瞎了，他的耳朵卻格外靈敏；一個人個子矮，他用的卻是長兵器；一個人右手斷了，但他的左手劍更快。因此，在任何情況下都不要為自己的身體缺陷而自卑，要學會用其他方面的優勢來彌補自己這方面的劣勢，同樣也會取得成功。楚留香的鼻子就是一個很好的例子。

楚留香不但長得英俊瀟灑，有著迷人的魅力，而且身懷絕技，尤其是輕功已達到了很高的境界。但他在揭穿江湖眾多陰謀、打敗敵人的過程中，靠的並不是自己的武功，因為有時候對手的武功比他還高，他靠的是自己的智慧和人格。

一是正義。作為「盜帥」，楚留香不愁吃不愁穿，居住在漂亮的白帆船上，身邊有美女陪伴，他的生活是美滿的，但這並不是他定義中的幸福。他的心中充滿冒險精神，渴望在探索真相的過程中去享受意外的驚喜，這才是他認為豐滿充實的人生。所以他喜歡打抱不平，愛多管閒事，總是在為拯救別人的艱險而奔波。正如他所說：「越是兇險的閒事，管起來才越有趣，牽連越廣的秘密，所牽連之物價值也必然極高，這種事我能不管麼？」

今天，許多年輕人對生活的態度發生了改變，他們已不再把金錢和權利看作是最重要的東西，而是更多的關注生活本身的質量。當有了空暇的時間，他們更願意背上旅行包遠行，去沙漠欣賞夕陽，到草原乘馬奔馳，登泰山而小天下，觀滄海而大江山。這就是楚留香的理念，流浪的經歷要遠比安穩的坐在家裏或躺在床上有意思。因為，安穩往往意味著空虛的開始。

二是信心。信心是一種鍥而不捨的精神，是不在困難面前叫苦的執著。楚留香是一個自信的人，他的自信來源於他的正義之心，他的自信在給自己帶來力量的同時，也給別人帶來的希望。有時候，在敵我對峙的關鍵時刻，楚留香眼中那自信的光芒往往會讓對方感到洩氣，於是便出了差錯，一旦有了錯誤，便註定失敗。

楚留香曾說：「在楚留香眼中，永遠沒有『不可能』這三個字。」這就是他自信的表現，世界沒有不可能克服的困難，世界上也沒有不可能戰勝的敵人。

三是智慧。一根雞毛用手是扔不上三米高的房頂的，但要是把他和一塊石頭綁在一起，就可以扔上去，這就是智慧的力量，它比力氣更重要。楚留香是一位武功高手，但他更是一位智者，在很多艱險的情況下，他之所以能夠化險為夷，靠的就是自己的觀察力和隨機應變的能力。

楚留香正是學武的曠代奇才，不但武功一學就會，一會就精，而且臨敵應變的機智，更是超人數等。

有許多武功，他明明不能破的，但到了真的動手時，他卻能在一剎那間將破法想出來。是以有些武功本比他高強的人，到了動手時，反而被他擊敗，雖然敗得莫名其妙，但越是莫名其妙，反而越是服帖，這也是人類心裏的弱點。

楚留香臨敵應變的智慧令人嘆服，在他和帥一帆鬥劍時，帥一帆的劍氣彌漫開來，找不到破綻，大地為之震撼，這時楚留香巧妙的用手中的一枝樹葉伸進劍氣圈裏，樹葉頓時粉碎，帥一帆的劍法便被破了。因為帥一帆的劍一旦發出，沒刺到對手就不可收回，這時劍碰到了樹枝，劍氣受到影響便大大減弱。在楚留香和水母陰姬的大戰中，陰姬的內功非常高，掌力逼得他透不過氣來，於是他便跳到水裏，陰姬的掌力在水中因受到阻力便減少了威力，施展不開。縱觀整部小說，像這樣的例子比比皆是，只要是在重大的決戰中，楚留香總是能找出一個奇特的法子，使武功比自己高的敵人施展不開手腳。

在現實生活中也是這樣，掌握本領固然重要，但如何把自己的本領發揮出來更為重要。在我上學的過程中，我常常看到許多平時學習很努力的學生考試成績總是不好，原因就在於他們缺乏應變的能力，無法在緊張的狀況下保持鎮定，融會貫通，發揮出自己的真才實學。

四是寬容。當我們知道楚留香是這樣一個偉大的人物，又偵破了那麼多的陰謀案件，或許會認為他肯定殺了不少的人。其實不然，楚留香有一個特點：他從來不殺人。不管遇到多麼兇惡的魔頭，當把對方制服之後，他總是用自己的寬容感化對方，讓其自己為自己的罪行懺悔。即使在妙僧無花詐死逃脫，第二死被楚留香捉住的時候，他也沒有殺掉無花。正是由於這樣的品格，楚留香才在江湖上享有崇高的聲譽，擁有眾多的朋友，也贏得前輩人物對他的尊重。

楚留香的確是一個「像神一樣存在的人」，他甚至比神還具有神的性質，因為神靈可能也會解救人類的苦難，改變人的命運，但卻需要人不停的祈禱，有時候即使祈禱也不見得能起作用。但楚留香卻能夠實實在在的幫助困難的人，用正義的力量去消滅邪惡，所以它比神更親切。

有時候，一個人如果太完美了，就會缺少自己的獨特性。有一句話說：「沒有缺點就是最大的缺點。」楚留香除了自己的鼻子有點問題之外（這個問題也不是什麼大的問題），可以說是一個沒有缺點的人，正是這個「沒有缺點」使他鶴立雞群，過於超脫實際生活，而消滅了讀者對他的認可和記憶。因為在現實生活中大家都是有缺點的人，也都承認「人無完人，金無赤足」的說法，所以對於文學作品中的完美形象都有質疑和反感的情緒。

這正如觀看一部電影，觀眾往往對完美高大的正面人物形象沒什麼興趣，反而對具有鮮明個性特徵的反面人物或者配角津津樂道。例如我們在觀看《天下無賊》時，作為正面人物展現的劉德華和劉若英（儘管他們也是賊）身上並沒有多少出彩的地方，而觀眾對范偉扮演的劫匪打劫的情景、王寶強的傻根形象以及葛優的反派形象卻很是欣賞，即使多年過去仍記憶猶新。

對於這種現象，可以有兩種解釋：第一，人是一種好奇的動物，他對沒有見過的東西或者獨特的東西往往賦予更多的注意力，也便容易記住；第二，我們現實的生活太平淡無奇了，每天的日子都在重複中度過，所以需要一些刺激的東西來打破心中的厭煩和空虛。

正因為如此，楚留香儘管是一個絕世奇才，但我對他並沒什麼大的興趣，我對他的欣賞僅限於他的智慧，相對他來說我更喜歡作品中其他的配角人物，如妙僧無花、中原一點紅、胡鐵花等，他們都有自己鮮明的性格特點，為整部作品注入了精彩的活力，也使故事情節更加鮮明生動。

所以，有時候做一個配角並不是什麼不可接受的事情，只要你能把自己的角色演繹出特點來，也會獲得大家的認可。

無花

——即使做錯了，他也是高貴的

《楚留香傳奇》第一部《血海飄香》講的是江湖上最富盛名的兩位青年人物——楚留香和妙僧無花——之間的較量。奇特的地方在於，人稱「強盜中的元帥」的楚留香成了這場較量的正面人物，是陰謀的揭露者，而在江湖上有著無上威望的少林寺門下的高僧無花卻是一個反面人物，是陰謀的製造者。

無花本來是楚留香的好朋友，也是楚留香非常讚賞的人物。楚留香曾評價他：

「你最想見的人是誰？當今天下，誰的琴彈得最好？誰的畫畫得最好？誰的詩作得令人銷魂？誰的菜燒得妙絕天下？」

他話未說完，李紅袖已拍手道：「我知道了，你說的是那『妙僧』無花。」

可見，無花不但是一個奇才，也是一個通才。有些人儘管會做很多事，但不一定每一件都能做好。無花卻能達到這樣的境界，把「廣」字與「專」很好的結合在一起，不愧是一位「妙僧」。而他和楚留香的關係也是非同一般，甚至比今天的同志還要親密。

楚留香道：「我只見過他三次，第一次，我和他喝了三天三夜的酒，第二次，我和他下了五天五夜的棋，第三次，我和他說了七天七夜的佛。」

品酒、下棋、談佛，這是一種多麼雅致的生活，或許天地中也只有楚留香這樣的人才有資格和無花坐在一起，進行如此富有藝術韻味的會晤。古龍在描寫無花的時候用了「先聲奪人」的手法，先通過其他人對他的評價，營造一種氣勢，然後再把他請出來。在濟南的大明湖上，我們跟隨著楚留香的目光，看到了無花的真實相貌：

煙水迷蒙中，湖中竟泛著一葉孤舟。

孤舟上盤膝端坐著個身穿月白色僧衣的少年僧人，正在撫琴。星月相映下，只見他目如朗星，唇紅齒白，面目皎好如少女，而神情之溫文，風采之瀟灑，卻又非世上任何女子所能比擬。

欲抑先揚，越是美好的人物，越能在醜惡揭露時形成巨大的反差。誰也沒有想到，如此具有風姿的人物卻是一個心如毒蠍的陰謀家，他要把整個武林都掌控在自己的手中。當真相慢慢揭開，我們終於瞭解到無花的人生經歷，也不僅為之唏噓。

無花的父親是日本武士天楓十四郎，母親是中原黃山世家的女子李琦。多年前，華山與黃山兩大劍派發生爭鬥，血戰連綿多年，黃山世家終致慘敗，到後來只剩下李琦一人。

李琦為了避禍，便搭乘海上商船，東渡扶桑，那時她已受了內傷，再加上海路艱難，到了扶桑島上，已不能行走。偶然中，她遇著了天楓十四郎，天楓十四郎對李琦一見鍾情，幾日不眠不休，治好了李琦的傷勢，李琦也被他的真誠所動，便和天楓十四郎結成了夫婦，並為他生了兩個孩子。但是不久之後，她便不告而別，離開了扶桑。

原來李琦在島上有了奇遇，學到一種非常厲害的功夫，回到中原後，他將華山劍派滿門殺害，報了自己的父兄之仇，之後便消失不見，毫無音訊。

天楓十四郎帶著兩個孩子到中原尋找愛妻，在苦尋不得之下，便向天下武林高手發出挑戰書，決鬥武功。這其中，便有兩個高手接到挑戰，一個是少林寺的天峰長老，一個是丐幫的幫主任慈。天楓十四郎先和天峰大師交戰，故意被天峰的掌力所傷，之後他又掩蓋自己的傷情，與任慈交戰，死於任慈手下。臨死之時，他知道兩位都是江湖上的正義之士，便將自己的兩個孩子分別託付給他們撫養。

天峰撫養的孩子便是無花，任慈撫養的孩子叫南宮靈，後來做了丐幫的幫主，也是楚留香的朋友。父親死時，無花已經八歲了，已能懂得很多事，他掩藏自己的悲痛，一心想著報仇，不斷積蓄自己的力量。本來憑他的才能也能當上少林寺的掌門，但是由於「他實在太聰明了，精通的實在太多，名也實在太大，是以少林天湖大師冊立未來的掌門時，競選了個什麼都比不上他的無相。」無花本來就心理偏激，受此事刺激後，他把真實身分告訴南宮靈。兄弟兩個聯合起來實施報仇計畫，無花勾引了一名神水宮的少女，盜出無色無味的毒藥「天一神水」，毒死了任慈，南宮靈便當上了丐幫的幫主。

任慈的婦人叫秋靈素，她對丈夫的死產生質疑，便暗中寫信給自己以前的情人，希望得到他們的幫助。但這幾個人在途中被無花殺死，屍體飄到大海中。恰好楚留香的船停留在海上，發現了屍體，他覺得這件事背後一定有蹊蹺，愛管閒事的心又萌發了，便上岸偵查這件事情。

於是，隨著謎底的揭曉，我們在開頭見到的無花形象便呈現出巨大的轉變，一個妙僧去掉面具，便成了「惡僧」。但即便他是一個惡僧，他也惡的有水平，惡的有品位。神水宮的女孩為他盜出天一神水，因怕責罰而自殺死亡，但無花卻沒有絲毫的憐惜。

無花笑道：「一個從未接觸過男人的女孩子，總是禁不得引誘的，她自覺死得很甘心，你又何苦為她可惜。」

楚留香凝注著他，歎道：「你真是個奇怪的人，無論多卑鄙，多可惡的話，你竟都能用最溫柔，最文雅的語調說出來。」

昆汀・塔倫蒂諾的影片《低俗小說》，裏面有一個黑人殺手每次殺人之前，都要向被殺者朗誦一段聖經，在他眼裏死亡是一種神聖的行為。或許無花就是這樣的人，他把一切都看作是優雅的，包括陰謀和權利。然而，這段陰謀的最初計畫者並不是無花，而是他的父親天楓十四郎。早在二十多年前，他就為自己的孩子安排了今天的命運。

楚留香道：「所以我立刻想到，他不惜犧牲生命，也要你們投入少林和丐幫的門下，說不定是要你們長大後，先接天下第一大派和第一大幫的門戶，再進一步而君臨天下，這也許正是他自己一心想做而做不到的事，所以才要你們代他來完成，否則他又怎會甘心情願地死去？」

原來，天楓十一郎當初的求死並不是為了死，而是為了幾十年後的求勝。他的感情受到中原女子的傷害之後，便想到要用「養虎為患」的計策，讓中原武林撫養長大的孩子來滅掉中原。幸運的是，代表正義力量的楚留香猜到了這個陰謀，無花儘管聰明，而且做了很好的偽裝，但在楚留香面前他的法力只能大打折扣。難怪無花說：

「我實在不願意你牽連到這件事裏，我早就對南宮靈說過，世上若只有一個人能揭穿我們的秘密，這人必定是楚留香。」

在這個故事中，最重要的不是楚留香揭穿無花陰謀的過程，而是有關友情問題的困惑。楚留香與無花、南宮靈都是非常好的朋友，他們之間的情誼不只是朋友間的趣味相投，而是一種人生品位的交相輝映，是高山流水的知音協奏。但是在真相面前，再溫暖深厚的友誼也化作冰涼的兵刃交接。就像無花所說：

「你我的友情，到現在所剩下的，已不如眼睛裏的沙粒多了。」

眼中的沙粒何其微小，但他對眼睛的傷害又何其痛楚。無花雖然失敗了，但能敗在楚留香的手中，他也是值得的。

無花又沉默了許久，微微一笑，道：「你可知道我為什麼一直喜歡你？就因為你有頭腦，我常說只要認識你，無論為友為敵，都是人生一大快事。」

楚留香和南宮靈之間的友情儘管描述不多，但在兩人決裂之時的一席話仍讓人禁不住熱淚盈眶。

楚留香嘴角也泛起了微笑，道：「那次是你我相處得最久的一次，五天之內，你我喝光了船上所有的藏酒，有一次我喝得爛醉，要到海中去捉月亮，你居然也跳下去幫我的忙，我們月亮雖沒捉到，卻捉回了一隻大海龜。」

南宮靈大笑道：「那隻海龜，真是我平生從未吃到過的美味，你我比賽看誰吃得多，偌大的海龜，竟被我們一天就吃光了，但我們的肚子卻因此疼了兩天。」

兩人相與大笑，笑得是那麼開心，像是已忘去了他們之間所有的不快，但不知怎地，笑聲卻又竟然微弱下來。

楚留香喃喃道：「那些日子，可真是一連串快樂的日子，我有時總不覺奇怪，為什麼快樂的日子，總像是分外短促？」

如果說楚留香與無花之間是詩人的友誼，那麼楚留香與南宮靈之間便是刀客的友誼，前者纏綿婉約，後者豪爽大氣，它們都是人性中最真摯的情愫。

在故事的結尾，楚留香與無花進行了一場單獨的武功較量，兩人都對自己胸懷信心，但在「邪不勝正」的定律中，無花註定是失敗者。其後，兩人的對話就像談佛一樣，探討了勝與敗的哲理。

但他（無花）並沒有回身，他只是靜靜地呆了半晌，然後垂下頭，緩緩道：「很好，我今日總算證實，我的確不是你的對手。」

他語聲說得那麼平淡，就像方才證實的，只不過是場輸贏不大的賭博而已，任何人也聽不出他已將生命投注在這場賭博中。

楚留香歎口氣，道：「你雖已輸了，但無論如何，你的確輸得很有風度。」

無花發出一聲短促的笑，道：「我若勝了，會更有風度的，只可惜這件事已永遠沒有機會證實了，是麼？」

楚留香黯然道：「不錯，你的確永遠沒有勝的機會。」

無花悠然道：「作為一個勝利者，你的風度的確也不錯，但只怕是因為你已做慣了勝利者，你像永遠不會有失敗的時候。」

楚留香沉聲道：「一個人若站在對的這一邊，就永遠不會失敗的。」

無花忽然狂笑起來，道：「我錯了麼？……我若成功，又有誰敢說我做錯了……」震耳的霹靂，打斷了他瘋狂的笑聲。

楚留香沉默了半晌，緩緩道：「你為何不逃？」

無花的狂笑已變為喘息，道：「逃？我是個會逃走的人麼？……一個人若想要享受成功，他得先學會如何去接受失敗……」

他忽又狂笑起來，道：「無論多麼大的勝利，都不會令我歡喜得沖暈了頭，無論多麼大的失敗，也不能令我像隻野狗般夾著尾巴逃走！」

楚留香歎了口氣，黯然道：「你的確並沒有令我失望。」

失敗與勝利不過是兩個名詞之間的瞬間對立，失敗是不是就意味著絕望，其實不然，失敗有物質的失敗，也有精神的失敗，無花在物質（武功）上輸給香帥，但在精神上他仍是富足者，他仍然可以與香帥平等。因為，在任何情況下，他都是一個有風度的人，這種風度絕不是強裝出來的，而是他天生的氣質。

正如他最後對楚留香說的話：「無論我做錯了什麼事，我總是高貴的人，比世上大多數人都要高貴得多！楚留香，這點你承認麼？」

沒有人不承認無花是一個高貴的人，但也正是這種高貴的心理害了他，他不願與凡夫俗子為伍，可是在江湖上卻遍佈著凡夫俗子，他討厭這種狀況，他要改變他，要讓這個世界受一個高貴者來統治。即便不是這樣，父親的遺言他也不得不遵守，他是武士的後代，武士道的靈魂早已遺傳給了他，他必須為諾言負責。

當我這麼為無花的罪惡辯護的時候，我突然覺得很慚愧，無花肯定不願讓人同情，因為他是一個高貴的人。

石觀音
——當女人愛上了自己

在這個世界上，真正慘烈的戰爭不是國家與國家之間的戰爭，不是人與獸之間的戰爭，也不是生存和死亡之間的戰爭，而是男人與女人之間的戰爭。

只要是有意識的生命體都擁有感情，而人的感情與其他動物相比更加複雜難解，男人與女人之間的較量往往就是這種複雜感情的糾結不清，到了最後，就連他們自己也不明白自己喜歡的是什麼，憎恨的又是什麼。所以，他們的性靈就會逐漸發生扭曲，改變了正常的狀態，我們稱之為「變態」。

一個人的心理如果有了問題，要麼自我沉淪，走向毀滅，要麼不斷強勢自己，獲得比常人更大的成功。在古龍的小說中，變態者多半是女人，因為在這個男性主導的世界裏，女人要想獲得統治權是非常困難的，一個正常的女人絕對是附屬於男人的，只有那些心靈有了極大改變、脫離常規的女人才會走向極端，獲得巨大力量，成為男性世界的叛逆者。《多情劍客無情劍》中的林仙兒、《三少爺的劍》裏的慕容秋荻、《絕代雙驕》裏的邀月宮主都是這樣的女人，她們的邪惡和狠毒源於情感上的重創導致的心理變態。

在《楚留香傳奇》中，楚留香也遇到了這樣的女人，一個是石觀音，一個是水母陰姬。石觀音是一個自戀狂，水母陰姬是一個同性戀者，她們的武功高深莫測，並且都擁有強大的勢力。楚留香作為男性正義力量的代表，勢必不會坐視不管的，他的冒險精神使他深入敵穴，最終憑藉自己的智慧揭開了兩人的神秘面紗。

在《血海飄香》的末尾，楚留香打敗無花後回到自己的船上，卻發現李紅袖她們都失蹤了，從現場來看，似乎是被「沙漠之王」黑珍珠劫走了。於是，楚留香便遠赴沙漠去尋找這三個女知音。在途中，他又遇到自己多年不見的好朋友胡鐵花，從胡鐵花口中得知他們的另外一個朋友姬冰燕已經成為了沙漠上的大財主。於是，這三個老朋友便相聚在一起，一同去征服這片茫茫的沙漠。

在沙漠行程中，他們遇到了因叛臣內亂而外逃的龜茲國王，國王便邀請他們協助自己奪回政權。在幫助國王的過程中，他們發現了一個神秘的人物，這就是石觀音。

石觀音是沙漠裏的女魔頭，她長得非常漂亮，並且總是沉醉在自己的美麗中不能自拔。如果她看到一個女孩長得比自己漂亮，就會把這個女孩的容顏毀掉。在《血海飄香》裏，丐幫幫主任慈的妻子秋靈素本來是天下第一美女，受到很多男士的愛慕，但卻引起了石觀音的嫉妒，於是便毀了她的容。毀容之後的秋靈素悲痛欲絕，本想自殺，但卻遇到了任慈。任慈被她的氣質所吸引，不在乎她的面容，苦苦勸慰，細心照顧，秋林素為他的摯情所感動，兩人最後結為夫妻，成為一段佳話。

石觀音嫉妒漂亮的女人，即使她的徒弟中如果誰長得漂亮，她也會毀掉她們的面容（其中就有一個叫曲無容的女子，後來成為中原一點紅的情人）。而對於一個有魅力的男人，石觀音就想去征服他們，佔有他們，要他們將靈魂都獻給自己。但是當這些男人對她屈服之後，她又覺得他們太卑賤，於是就讓他們去掃地上那永遠也掃不盡的風沙。

所以，石觀音就是這樣一個變態者，她身為女人而嫉妒女人，需要男人又瞧不起男人，最後成為一個自戀狂，總是對著鏡子欣賞自己的容顏，陶醉在自己的美麗中。在她心中，只有自己才是這個世界上的完美者，也只有自己才配得上愛自己。

隨著故事情節的發展，楚留香推斷出一個絕世的秘密：原來石觀音就是無花的母親李琦。李琦在滅掉華山派報了家仇之後，便遠走沙漠，建立了一個迷宮。後來，石觀音逐漸厭倦了迷宮的生活，想要享受一下當女王的榮耀，便聯合龜茲國的大臣發動了叛亂。

而無花在詐死逃脫之後，也來到沙漠尋找母親，希望能夠東山再起。無花本來想用迷藥毒死楚留香，沒想到楚留香的鼻子失靈，陰謀再次失敗。楚留香深入迷宮，與石觀音展開了正面較量。

他凝注著鏡子裏的石觀音，石觀音也在鏡子裏凝注著他，過了很久很久，楚留香才歎息道：「我知道你這一輩子都在尋找，想找一個你能愛上的人，我本來一直希望你能找著，但現在才知道你是永遠也找不著的。」

石觀音道：「哦？」

楚留香一字字道：「因為你已愛上你自己，你愛的只有自己，所以你對任何人都不會關心，甚至是你的丈夫和兒子。」

此時，我們才明白李琦為什麼會不辭而別，拋棄了天楓十四郎和兩個孩子，因為她愛的是自己，其他的東西對他來說已不是最重要的，即便是自己的親生骨肉。這就是一個變態者的變態心理，她思考問題的角度已經偏離了我們常人的倫理道德，她有她自己的世界和原則。也正因為如此，她才能練得出絕世武功，成為沙漠上的霸主。

但是她為什麼會產生這樣的心理呢？一個人不可能天生下來就是一個變態者，她必定是受到後天環境的影響。書中沒有對這個問題進行分析，但如果我們考察她的家世，就會明白她是受仇恨力量的驅使而造成心理的偏激和扭曲的。黃山世家和華山劍派的曠日爭鬥必定在幼小的李琦心中形成巨大的陰影，而黃山世家的戰敗滅族更使她對這個世界產生了深刻的仇恨。所以，她仇視人類，只愛自己，認為自己比其他人都完美。

而石觀音的這種變態心理也遺傳給了兒子無花，無花也成為一個偏激和自大的人，藐視一切，即使失敗也認為自己是偉大的。這就是人與人之間的爭鬥，或者說是自己與自己的戰爭，他們眼中沒有別人，只有自己，自己在自己的世界中生存，又在自己的世界中死亡。

石觀音的武功要遠遠高於楚留香，楚留香的周身要害都處於石觀音的掌風籠罩中，就在這關鍵時刻，楚留香的智慧救了自己，他手掌一揮，擊碎了石觀音房中的鏡子。

鏡子破裂了，鏡子中的人影也隨之四分五裂，石觀音頓時怔住了，完美形象的破壞對她心靈造成了衝擊。楚留香抓住機會，制服了石觀音。

若是對別人，這一著實在毫無用途，但石觀音實在太美，也太強了，這許多年來，她已只將自己的精神寄託在這鏡子上，她已愛上了自己。但她卻不知道自己愛的這鏡子裏虛幻的人影，還是有血有肉的。

鏡子裏的人和她已結成一體，真真幻幻，連她自己都分不清了。

這就是石觀音最後的命運，鏡子破碎之後，頃刻之間，石觀音美麗的胴體已奇蹟般乾癟了下去，她身上的血肉，像是已忽然被抽出。每一個變態的人都有一個自己的心靈世界，這個世界其實是一個幻影，石觀音的幻想世界就是自己的鏡子，當這個鏡子打破之後，她的幻夢便清醒，她再也不是一個強勢的女王了，而只是一個普通的女子。她的精神支柱的倒塌，便意味著她的滅亡。

古龍最後寫道：

這世上最美麗的肉體，竟在片刻間就變成了一副枯骨——沒有人能殺死石觀音，她自己殺死了自己。

的確，是她自己殺死了自己。這是一個怪異的故事，古龍在書中透視了人性深處的某種變異，而這些變異的發生是因為所處的環境，要麼是仇殺，要麼是權利的爭鬥，要麼是名聲的追逐，在這個複雜陰暗的江湖裏，要想活下去只有把自己變得狠毒。但是，你的內心同時又在呼喚著善，這種矛盾的狀態便是變態。

水母陰姬

——江湖中的女同志

江湖上有一種毒藥叫「天一神水」，它無色無味，和水的狀態一模一樣，但是只要喝下一滴便會毒性大發，瞬間死去。這種毒藥是神水宮的寶物，神水宮的宮主就是水母陰姬。

水母陰姬是一個非常討厭男人的女人，在她的神水宮裏住的人全是女的，沒有一個男的，並且任何男人都不准踏入神水宮一步。男人和女人本是互相吸引的幸福的兩極，男女之間的愛情也是天地間最偉大的感情之一，而水母陰姬卻如此排斥異性，唯一的答案就是，她是一個同性戀者。

我一直認為，一個人之所以會出現某種畸形的心理狀態，絕大部分原因是由於在情感上受到某種傷害，就像一滴「天一神水」能讓一杯乾淨的水變為毒藥一樣，一次或許是甚微的情感刺激也會改變一個人的心理態度。而水母陰姬的同性戀角色也是這樣造成的。

當時江湖上有一個陰陽人叫「雄娘子」，他似男似女，像雨又像風，既有男人的瀟灑俊朗，又蘊含女性的柔和嫵媚，也就是今天我們所謂的「中性美」。但他又是一個無惡不作的採花賊，說話從不講信用，行事陰狠毒辣，在江湖上臭名昭著，人人得而誅之。

然而水母陰姬卻偏偏就愛上了雄娘子，為他的魅力所傾倒。但這種愛又是一種極具控制力的愛，她愛雄娘子，但也要求雄娘子只愛她一個人。雄娘子是一個花花公子，怎會把心思只花在一個女人的身上，於是便藉機會逃跑了。水母的心靈由此受到打擊，後來她發現了一個叫南宮燕的女子長得非常像雄娘子，於是便收她為徒，把她作為替代品。而她的神水宮也就成了一個同性戀者的王國：

陰姬本來就是個不正常的女人，她的情感是畸形的，她討厭男人，卻將情感在女人身上發洩。所以她收了很多美麗的女弟子，而且建造了很多秘道，可以直達她所有女弟子的寢室。

南宮燕也深深的愛上了自己的師傅陰姬，當她發現陰姬心中對雄娘子還存有懷念時，便對雄娘子產生了嫉妒，就利用一次機會和雄娘子發生關係後又殺了雄娘子。當陰姬得知是南宮燕殺掉雄娘子的時候，又毫不猶豫的殺掉了南宮燕。

宮南燕吼道：「原來你還是愛他？原來我只不過是他的代用品，你竟不惜殺了我替他報仇，但你可知道我殺他是為了你麼？」

陰姬歎了口氣，道：「我知道。」

宮南燕道：「那麼你為什麼還要……還要……」

陰姬道：「你不殺他，我也許會殺他，但你殺了他，我就要為他報仇，無論誰殺了他，我都要為他報仇。」

宮南燕沉默了半晌，黯然道：「你的意思，我已經懂了。」

這意思其實並不難懂，正如一個孩子做了壞事，父母固然要打他罰他，但別人若打了他，做父母的非但心痛，說不定還會去找那人拚命，這就是「愛」，永遠令人不可捉摸，但誰都不能否認它的存在。

這是一段畸形的感情，當事人處於這種感情糾葛中，都不由自主的做出許多無法控制的事情。所以，能殺人的最厲害的武器絕不是刀劍槍炮這些冰冷僵硬的東西，反而是感情這種柔軟的東西。它雖然沒有物態形狀，但它卻能讓人們在無形之中失去理智，把自己逼向危險的懸崖。其實，衡量愛的深淺的標準不是你得到了多少，而是你付出了多少。人生的價值也是如此，只有懂得付出，才懂得如何珍惜目前的所有。只有懂得捨棄，才會有更好的收穫。

在這部小說中，還有一件值得讀者注意的事，那就是雄娘子和黃魯直之間的友情。雄娘子是一個臭名遠揚的小人，人人得而誅之，他怎麼還會有朋友呢？並且他的朋友不是普通的狐朋狗友，而是江湖上最有名氣的「君子劍」黃魯直。黃魯直是「誠實」這一辭彙的最佳代言人，他一生從沒有說過謊話，並且每次比武之時都要認真的告訴對方自己要出什麼招。如果從倫理道德上講，這兩個人絕對是善與惡的兩極，可是他們卻偏偏走在一起，成為好朋友，這不能不說是對世人俗念的一種諷刺。

其實，這就是古龍的高明之處，他故意把這兩個人組合在一起，看似違背常規，細究起來又在情理之中，因為也只有像黃魯直這樣的高尚之士才有勇氣接納雄娘子這樣的惡人，而雄娘子也只有在黃魯直的感化下才會改掉惡習，拋棄過去，重新做人。所以，善與惡之間絕對沒有嚴格的界限，有時候，善即是惡，惡即是善，它們是可以互相轉化的。

即便是水母陰姬這樣的同性戀者，她對愛情的真誠與癡心也許比那些異性戀者更要偉大。所以，每個人都有自己的生活態度和自己追求的東西，只要他的心是純真的，那便是善。

中原一點紅

——你殺人是一種藝術

寂寞，冷酷，高傲，憂鬱，這就是古龍筆下的殺手形象，他們的身上有一種神秘的味道，讓你不敢直視，同時他們又是如此富有魅力，讓你禁不住就想死在他們的劍下。

阿飛（《多情劍客無情劍》）、燕十三（《三少爺的劍》）、傅紅雪（《邊城浪子》）、楊錚（《離別鉤》）……他們給這個江湖帶來一股嚴肅而陰鬱的力量，殺氣四溢，平靜的湖水泛起層層漣漪。於是，血流出來了，鮮紅的顏色，劍已經入鞘，碎葉仍在飄蕩。

中原一點紅就屬於這樣的殺手，江湖上傳言：「若求殺人手，但尋一點紅。」只要能出高價，即使是自己的骨肉朋友，他也要殺的。事實果真如此嗎？當我們接近他，觀察黑衣和黑夜掩蓋下的靈魂，慢慢會發現這個殺手竟然也不太冷。

他是倔強的，更是高傲的，因為他有尊嚴。雖然他的身分是殺手，但殺手絕不是一個讓人蔑視和憎惡的職業，他有自己的殺人方法，更有自己的殺人原則。誰要是對他的人格有一絲的侮辱，誰就會看到地獄的入口就在腳下。因為一點紅說過一句話：「我出賣的是劍，不是人，誰若對我的人有所侮辱，只有死！」

這就是殺手的氣質，別人雇他們殺人，雇的只是他們的武器，而不是他們的人格。所以，對於殺手，我們總是有一種崇拜敬仰的心理，他們可能在任何時候死去，但只要他們活著，他們便活得有尊嚴。而普通人卻常常為了生存而出賣自己的靈魂，或者在忍耐之下委屈自己。因為常人都怕死。殺手的使命是殺人，他們自己也會被別人所殺，所以他們特別珍惜活著的時候，他們決不能讓自己的生命有任何污點。

> 一點紅，好厲害的一點紅，竟連殺人都不多費半分力氣，恰好刺著要害，恰好能將人殺死，那柄劍便再也不肯多刺進去半分。
>
> 一點紅掌中劍緩緩垂下，劍尖也只有一點鮮血滴落，他目光凝注著這滴鮮血，頭也不抬，緩緩道：「活著的人，沒有人能罵我懦夫。」

這就是一點紅殺人的特點，有人說：「只有你，別人殺人就是殺人，你殺人卻是藝術。」殺人對一點紅來說不是一種為了取別人性命的行為，而是一次展現自己思想才華的藝術活動，所以他的劍法細膩精緻，就像一首悠揚的簫曲，或一幅瘦體金子，總是散發著藝術的靈韻。

一點紅的殺人絕不僅僅是為了錢，更是為了一種超越，一種對自己的劍法和信心的超越。尤其是面對高手之時，殺人就變成了一種祭奠的儀式，其氛圍是莊重嚴肅的，無論誰勝誰敗都將是一種生命極致的享受。

正因為如此，當有人出大價錢雇一點紅殺楚留香時，一點紅拒絕了，在他眼中，楚留香不是獵物，不是用錢就可以買走性命的，而他自己卻要與楚留香進行一次真正的決鬥。

一點紅冷冷截口道：「我只是不願為別人殺你，我殺你，只是為我自己。」

張嘯林（即楚留香）苦笑道：「為什麼？」

一點紅道：「能與楚留香一決生死，乃是我生平一大快事。」

每次讀到這裏，我都禁不住胸潮澎湃，這種英雄之間的相惜之情太讓人感動了。在世界上，也許只有真正的男人之間會產生這種感情，他們超脫了世俗的利益關係，達到了一種知音的境界。

中原一點紅是冷漠孤僻的，但有時候他說出的話卻也很精闢，讓人忍不住掩嘴而笑。原來這傢伙也有可愛的一方面。

南宮靈道：「你殺了我，絕對沒有人肯給你十萬兩的，是麼？」

一點紅冷冷道：「不錯，只因你這人實在連一文都不值。」

南宮靈道：「既是如此，你更不該殺我。」

一點紅嘴角露出一絲冷削的微笑，緩緩道：「你可知道，縱然是妓女，遇對了客人時，也會奉送一次的……我這次殺人，就是奉送的。」

話說完，劍已出手。

這就是一點紅，他孤獨的走在一條孤獨的路上，這條路通向一個未知的世界，他不知道自己的方向在哪裡，但他絕不會迷失自己的方向。

在《大沙漠》中，由於一次誤會，一點紅為了救曲無容而被胡鐵花的大刀砍去了一條臂膊。他成了一個獨臂劍客，但就像傅紅雪是一個瘸子一樣，他們身體的殘疾絲毫不影響他們做人的尊嚴，他們仍然活得高雅，他們的人格比妙僧無花更高貴。令人寬慰的是，一點紅也因此收穫了愛情，曲無容縱然是一個面貌被毀的女子，但她的感情會撫慰一點紅的陰鬱，她和一點紅也一定會過上幸福的生活。

如果有一天你在江湖上行走，看到獨臂的一點紅被敵人圍攻，即使情況再怎麼危險，你也不要上前幫忙。因為，一點紅動手時，誰若去幫忙，誰就是他的仇人。

胡鐵花
——只有得不到的才是最好的

誰都不喜歡枯燥沉悶的生活，誰也不喜歡聽枯燥單調的故事，所以作家在創作文學作品時，常常會安排一些角色來調節氣氛，賦予他們開朗活潑的性格，讓他們去插科打諢，給緊張驚險的故事情節增加一些溫暖的色彩。胡鐵花在《楚留香傳奇》中便扮演了這樣的角色。

江湖上有一句話叫：「雁蝶為雙翼，花香滿人間。」指的是楚留香身邊有兩個和他齊名的好朋友，一個是人稱「瀟湘俠盜」花蝴蝶，一個是「飛雁」姬冰燕。這裏的花蝴蝶便是胡鐵花，他和楚留香從小就是好朋友，如果讀過《大旗英雄傳》就會知道，楚留香的武功是「夜帝」傳授的，而胡鐵花是赤足漢的徒弟。

「畫眉鳥」柳無眉曾說：「若論機智武功，臨敵決勝，固然無人能及楚香帥，但論胸懷磊落，灑脫不羈，又有誰能比得上胡鐵花呢？」胡鐵花雖然不像楚留香那麼風流倜儻，智慧過人，但他的開朗樂觀的性格，總是能給人們帶來很多快樂。

胡鐵花是一個好喝酒的人，而好喝酒的人往往也是非常重感情的人，所以胡鐵花對楚留香來說，絕不是一個幫手和陪襯，而是能在關鍵時刻給他信心的人。胡鐵花的樂觀與信任總是能讓楚留香發揮出自己的才智，戰勝困難。

他又想起了那些自己的好友，姬冰雁、胡鐵花……

一想到胡鐵花，他就忍不住笑了，他一直認為胡鐵花並不是真的愛喝酒，只不過喜歡喝酒時那種情調而已。

因為酒總是能帶給人們熱鬧和歡樂。

胡鐵花給我最深刻的印象還不是他的好酒，而是他對於女人的態度。他喜歡漂亮的女孩子，喜歡和他們開玩笑，但要是有女孩子愛上了他，要嫁給他時，他卻嚇得落荒而逃。

曾經在楚留香的船上，一個叫高亞男的女子看上了胡鐵花，要以身相許，胡鐵花覺察後馬上就跑了，就像金庸《射雕英雄傳》裏的瑛姑和周伯通一樣，胡鐵花在一定程度上和老周是同樣的性格。

胡鐵花逃到沙漠裏的一個小鎮上，遇到了一個酒館的老闆娘，這個老闆娘相貌平平，身體瘦弱，但胡鐵花卻為了她甘願在這麼艱苦的環境中待了四年多。原因就在於這個女人不理他。

胡鐵花悄聲道：「我到這裏來的時候，已經三個月沒見到女人了，見到她，你可以說她不漂亮，但總得承認她在這地方已是最漂亮的了吧！」

楚留香道：「我承認。」

胡鐵花道：「所以我就想和她……玩玩，在我想，那還不是手到擒來，誰知她竟把我看成死人一樣，竟連瞧也不瞧我一眼。」

楚留香忍住笑道：「堂堂的風流教主花蝴蝶，竟被區區一個小女子視如無物，是可忍？孰不可忍？就連我都替你生氣了。」

胡鐵花道：「她越不理我，我越有興趣，準備花一個月的功夫，誰知一個月後，還是毫無進展，我就準備三個月，誰知……」

他苦笑道：「我不說你也看得出，我花了三年十個月的功夫，在她眼裏，我還是死人一個，她簡直連笑都沒有對我笑過。」

這就是胡鐵花的可愛之處，也是人的一個心理特點，越是得不到的東西越是最珍貴的東西，而得到手的即使再美的東西也會貶值。這個酒館老闆娘的好不在於她的美麗，也不在於她的富有，而在於她的無法得到。正如胡鐵花自己所說：「高亞男要追我，但我卻要追她，而且追了四年都沒追上，這就是她唯一的好處。」

這個女人也正是抓住了胡鐵花的心理特點，才體現出自己在男人心目中的價值，我們不能不說她是一個聰明的女人。但如果女人一直保持這樣的狀態，最後吃虧的也是她自己。

楚留香遇到胡鐵花後，便邀請他一起去沙漠尋找李紅袖、宋甜兒、蘇蓉蓉，胡鐵花答應了。但是在他們走出店門的時候，這個女人突然改變了對胡鐵花的態度。

誰知那小婦人竟突然飛也似的跑出來，拉住了胡鐵花的衣袖，大叫道：「你難道這樣就想走？」

胡鐵花怔了怔，道：「我們錢還沒有付清麼？」

那小婦人嘶聲道：「誰要你的酒錢，我要的是你的人。」

這句話說出來，楚留香和胡鐵花都呆了。

胡鐵花吃吃道：「那……那麼你為什麼一直不理我？」

小婦人道：「我不理你，只因為我知道，你喜歡我就因為我不理你。」

胡鐵花又怔住了，苦笑道：「楚留香，你聽見了麼？你千萬不能將任何一個女人看成呆子，誰若將女人看成呆子，他自己才是呆子。」

那小婦人目中已流下淚來，道：「求求你莫要走，只要你不走，我立刻就嫁給你。」

她「嫁」字剛出口，胡鐵花就扯下了那隻衣袖，像一隻被老虎趕著的兔子般逃了出去。

胡鐵花看似有些傻氣和搞怪，但在本質上他是一個嚮往自由的人，他放蕩不羈，不願受約束，所以他對女孩子只是喜歡，他追求女孩子絕不是為了讓她嫁給自己，而是享受那種與女孩曖昧的感覺。也許，胡鐵花的原型就是古龍自己。

一場有關劍道的討論

楚留香和胡鐵花為了尋找李紅袖姐妹，來到了江湖第一劍客李觀魚的「擁翠山莊」，並和李玉函夫婦進行了一場有關劍道的討論。這次討論雖然是關於劍法的，但也能給我們的人生帶來很多啟迪。

第一個討論話題

自古以來，最富盛名的幾套劍法，並不是最巧妙的那幾套劍法，這是為什麼？

胡鐵花認為，巧妙的劍法往往比較複雜，招式變化多，所以學的時候難以掌握，更不容易學精，所以在對敵的時候反而不如其他劍法有用。

在生活中，我們也會經常遇到與此類似的現象：演技好的演員並不是最出名的演員，文憑高的學生不是能找到好工作的學生，美麗的房子也不一定是適合居住的房子。這些事物是由於太完美，所以不容易被大家接受。一個演員演技好，他在選擇拍片時就比較謹慎，產量低自然知名度就低。文憑高的學生會給用人單位造成壓力，在安排工作時就會有麻煩，所以不容易找到合適的工作。漂亮的房子往往很貴，而且很多地方為了設計的美觀而忽視了居住的實用性，也就降低了它的價值。

關於上面的問題，楚留香的意見是，劍是死的，人是活得，劍法的高低不在於它的精妙與否，而在於握劍的人。只有用劍的人心術正，施展劍法時才能理直氣壯，才能最終戰勝敵人。正如李玉函所說：「心正則劍正，心邪則劍邪，這的確是千古不移的道理。」

柳無眉對楚留香的看法做了補充：「兩人動手，武功高的並不一定能取勝，一個人只要有必勝的決心，他武功就算差些，往往也能以弱勝強的。」所以，對於一個劍客來說，實力固然重要，但對敵時的信心和勇氣更為關鍵。在拍攝《功夫之王》時，有一次記者採訪李連杰，問他如果在大街上打架他是不是肯定能贏。李連杰說不一定，打架靠的不是功夫，而是狠勁，誰要是不怕死誰就會打贏。李連杰說的「狠勁」就是一種信心。兩人對陣，如果你能表現出一種視死如歸的氣勢，就會讓對方產生畏懼的心理，也就有了更多的勝算。

許多平時學習好的學生，一到正式的考場便發揮不出水平，因為他們缺乏自信；許多生活中口若懸河、誇誇其談的人，讓他站在講台上做一次演講，他卻結結巴巴的說不出來，因為他心態不正；許多身高體壯的大漢，在遇到艱險困境時，逃得比婦孺都快，因為他們沒有勇氣。

只有有了偉大的心，才能練得偉大的武功。人需要不斷的鍛煉自己，這種鍛煉既是肉體上的鍛煉，也是對自己意志的錘煉。

第二個討論話題

為什麼武林中自古至今都沒有稱得上戰無不勝的劍陣？

我們都知道全真教有「北斗七星陣」，但是這套劍陣一遇到真正的高手便沒有了什麼威力，像郭靖、歐陽鋒、黃藥師這樣的人很容易就會破掉它。至今，江湖上還沒有出現一個高手是被劍陣困死的事情。其原因就在於，劍陣雖然集結了眾人的威力，但人與人之間是有區別的，施展一套劍陣的人員也有劍法上的差異，在面對高手時達不到齊心協力和完美結合，自然會露出破綻來。

這個現象就涉及到個人能力與集體配合之間的問題，一般說來，大家都崇尚集體合作，讚揚團隊的力量，而藐視那些單打獨鬥的行為。然而，在一個團隊之中，由於隊員之間的實力差距和精神境界的不同，就會導致合作中的問題，無形中就削弱了團隊的力量。一個團隊必須要有一個堅強的領導，這個領導既要凝聚團隊的合力，又要決定團隊的方向，在關鍵時刻還要發揮關鍵的決斷所用。我們在觀看ＮＢＡ比賽時，都認識到球隊的整體合作很重要，但一到了關鍵時刻，往往都是隊中的核心球員站出來力挽狂瀾，帶領球隊走向勝利。如果對方限制了核心球員的發揮，那麼即使配合再好，也會有輸球的危險。歸根結底，團隊的強大與否還是領導的個人能力在起作用。

當代中國有一個特色，就是強調組織和集體的絕對作用，忽略人的個性獨立，要求把個人的思想和行為納入到集體考察範圍裏，認為個人作用的發揮是自私行為，對其進行嚴厲打壓，歷史上的每次運動就是這樣興起的。久而久之，中國人都不敢自我行動，都跟著集體走，人云亦云，沒有了創造力，也沒有了活力。當代中國為什麼沒有大師？因為大師往往也是天才，而在集體的圍剿下，即使是天才也泯滅了。在我看來，個人力量在任何時候都是關鍵，團隊的合作只能起到輔助性的作用，傑出人物的能力發揮才是決定勝負的根本因素。所以，大家不要輕視那些離群索居的孤獨者，只要有機會，他們就會成為這個世界的強者，他們的不合作只是因為他們看不起那些濫竽充數的人。

第四章 《陸小鳳傳奇》

大凡受祐於天的異人常有那種無可理解的表現。我們的歡樂常蘊藏著憂患。最後一笑是屬於上帝的。

——維克多・雨果，《悲慘世界》

徜徉在痛苦與痛快的邊緣

我不記得第一次讀古龍的《陸小鳳傳奇》是在什麼時候。或許是在小學六年級畢業的那個暑假，因為那個夏天我的眼睛開始近視，入學後就戴上了眼鏡。或許是在我初三的課堂上，我記得班主任因某件事打了我一耳光，這件事可能就是因為我上課看武俠小說。總之，這兩件事都使我想起了那段有點迷惘、有點血腥、有點叛逆的青春時光，作為八〇後的這一代人的青春是與武俠小說分不開的。

但我清楚的記得我第二次閱讀《陸小鳳傳奇》是在什麼時候。那是我即將大學畢業的前一個月。這是二〇〇九年的初夏，北京的太陽早早的逼迫少女們換上迷人的短裙，露出或黑或白或粗或細的腿，踩在乾燥溫熱的大地上，擦肩而過的男生眼神四顧，心中茫然。也就是這個時候，從墨西哥悄然發源的豬流感攪得世界人們心中慌亂，不敢再乘飛機出國遊玩了，不敢和異國人隨便說話了，也不敢大快朵頤豬肉了。但我們畢業生卻絲毫沒有什麼擔心，反而希望豬流感能夠勢頭再猛一些。原因在於，我們是一群穿著綠軍裝的國防生。

所謂國防生，就是軍隊委託普通高校培養的軍官。我們和普通生一起上課，一起吃飯，一起玩樂。不同的是，我們要在課餘時間進行軍事訓練，宿舍衛生要打掃的和軍校一樣。其實，這本不是什麼困難的事，很多人都羡慕當兵的人，認為他們身上有一股陽剛之氣。但對我們來說，就不是這種想法了。我們和普通生一起住在一棟宿舍樓內，很多對他們來說很自然的事情對我們來說卻是違反規定的。比如，牆上不允許貼球星海報，不管是科比的，還是貝克漢姆的。晚上十一點必須熄燈上床睡覺，不能出去唱歌喝酒，更不允許夜不歸宿。在苦苦等待、姍姍來遲的週末，普通生可睡到十二點起床，我們必須七點起床。諸多這樣的規定便把我們和普通生區別開來，也同時在我們心中留下一個殘缺的陰影。我們羨慕他們呀。

大學生活本是一個充滿自由的生活，是可以把愛情、遊戲、醉酒、搖滾、旅行等辭彙寫進人生筆記本的時光。但由於我們是國防生，我們就不得不放棄一些浪漫的夢想，把責任和紀律作為使命，緊緊的扛在肩上。尤其是把藝術作為追求的青年，去影院看一場電影都需要找個藉口請個假，也只能在暑假或寒假的時候才有機會去酒吧聽一次「痛仰樂隊」的演唱。這是一段痛苦的歲月，這樣的痛苦催逼著我們用詩歌來表達自己的情緒，儘管「詩人」已經成為罵人的話。

轉眼之間，四年的詛咒和堅持過去了，我們迎來了畢業前夕的時光。一般到了大四的時候，學校基本上不安排課程了，對普通生來說，這是一次狂歡的機會，對暗戀了多年的女生可以大膽的表達出來了，不再在乎尷尬，可以拉著球場上的哥們去酒館好好醉一次，把打碎的酒瓶與離情鑄成永恆的友誼。但是，我們國防生與這些歡樂是絕緣的，我們得全身投入到畢業前的軍事訓練，做好畢業考核準備。

每天早上，我們穿上帶著學員肩章的軍裝，列隊去游泳館後面的空地上練佇列，下午再到操場上練習體能。看著三三兩兩的學弟學妹們從旁邊走過，他們的身上穿著各種顏色各種樣式的服裝，使我們身上的墨綠軍裝顯得特別，我們心中的感受也有些特別。

也就是在這個時候，我第二次捧起《陸小鳳傳奇》看起來。對我來說，在我成長和成熟的過程中，每當某個階段我的心情有些失落的時候，我總是選擇古龍的小說來讀一讀，它往往能把我帶入到一個浪漫自由的境界，使我重新樹立起自信來。這一次我在讀古龍時心中卻湧起了一股莫名其妙的危機感，當我想到以後要到部隊工作，嚴格的生活工作制度將會對我的精神造成一種多麼強烈的壓抑，我就對未來的事業充滿了迷茫。

軍訓是痛苦的，而閱讀武俠小說卻是痛快的。當我在訓練場上的時候，看著毒辣的日頭在頭頂炫耀，汗水從臉頰流淌到脖頸，心中的焦灼點燃了悲觀的氣氛，戰友的怨聲堆成垃圾場。而到了中午和晚上休息的時候，我便打開電腦，一邊聽U2和山羊皮樂隊的音樂，一邊看古龍筆下的陸小鳳，電扇的涼風在毛孔上拂過，淡淡的香煙味在宿舍裏飄蕩，這是一種愜意的感受，是一種舒適的痛快。

人都是有惰性的動物，當我們可以避免體力勞動的時候，我們就再也不想活動身體了。對於大學生來說，當經過了十幾年的苦讀之後，滿懷希望可以憑自己的知識做一些高品位的工作。但是當選擇了國防生之後，我們就不得不從基層做起，從粗活幹起，從最基本的走路訓練起。所以，我們對自己的選擇產生了後悔，而且是深深的悔意，但是當四年前我們做出選擇的時候，卻不知道自己今天會有這樣的感受。

這便是人生痛苦的根源，也是丹麥哲學家克爾凱郭爾研究的命題。當我們選擇A時，我們會後悔，當我們選擇B時，我們也會後悔，無論選擇A或B，我們都會後悔，可是我們又不得不進行選擇。這是選擇的困惑，也是人生的本質。當我們選了國防生時，我們後悔自己失去了自由，但是當我們沒有選擇國防生時，我們也會為自己失去了一份穩定的工作而感到後悔。人，有一個名字叫矛盾。

既然不管選擇什麼，我們都會後悔，那我們就沒有必要沉湎於自己的痛苦中了，我們要想辦法將生活的苦悶化為精彩。對我來說，古龍的武俠小說無疑就是催我自省的驚雷。我在陸小鳳的聰明幽默和西門吹雪的自信冷酷中看到了一個男人的氣質，這是我們應該擁有的，而且可以擁有的。

當然在讀《陸小鳳傳奇》時，我也有痛苦和痛快的時候，痛苦的是古龍在設計人物對話時過於囉嗦，常常一部小說大部分都是在做研討會，真正驚心動魄的對決在剎那間就結束了，讓人意猶未盡。痛快的是古龍往往會給我們設計一個出乎意料的結尾，在沒有讀到最後一行文字之前，我是不敢對自己的判斷下結論的，因為陰謀的策劃者可能是任何一個人，即便是陸小鳳身邊的朋友都可能成為幕後的黑手。

烈日籠罩，大地燥熱。在這一個夏天，我的身體一度變黑，變壯，變成一個英勇的戰士。而我的精神又在陸小鳳的陪伴下變得充實、自信、穩重。這個留著兩撇小鬍子的男人，用浪子的心書寫著江湖傳奇，我是做不到的，我唯一可以做的就是回味和讚賞。

陸小鳳
——有四條眉毛的詹姆斯・龐德

當我們談到陸小鳳的時候，自然會想起古龍小說中另一個接近十全十美的人物，那就是楚留香。楚留香和陸小鳳是觀眾最為熟知的兩個人物形象，因為他們都風流瀟灑、智慧超群，以大偵探的洞察力破解了江湖上一系列的陰謀疑案，而這些充滿懸念和驚險的故事也最適合被改變成影視作品，所以這二位也就成了銀幕上的經典武俠角色。

在《陸小鳳傳奇》這個系列中，古龍曾兩次提到楚留香，我們可以得知，楚留香生活在陸小鳳前面的時代，他應該是陸小鳳的前輩。

陸小鳳唯一的退路，就是越牆而出。可是紫禁城的城牆看來至少有十來丈高，普天之下，絕沒有人能一掠而出的，就算昔年以輕功名震天下的楚留香復生，也絕沒有這種本事。

同時，古龍也對這兩個人物進行了簡短的比較，算是為他們唱了一首共同的讚歌。

江湖中有很多人都說，他和從前那位在活著的時候就已成為神話般傳奇人物的楚香帥有很多相同之處，其實他們相同的地方並不多。

他們根本就是兩個完全不同的人。

楚留香風流蘊藉，陸小鳳飛揚跳脫，兩個人的性格在基本上就是不同的，做事的方法當然也完全不同。

他們兩個人只有一點完全相同之處——他們都是有理性的人，從不揭人隱私，從不妄下判斷，從不冤枉無辜。

所以他們這一生做人都做得心安理得，因為他們問心無愧。

我在閱讀《陸小鳳傳奇》的時候，有一個很強烈的感覺：陸小鳳活脫脫是一個武俠版的詹姆斯・龐德。在這個系列中共有七個故事，每個故事都從一個麻煩的產生開始，又在一個麻煩的解決中結束。而解決這些麻煩的人就是陸小鳳，每當江湖中出現一件疑案時，人們首先想到的就是找陸小鳳來幫忙。陸小鳳便成了詹姆斯・龐德，深入敵穴，四處訪查，最終通過自己的智慧搞清楚了事情的來龍去脈，將「肇事者」繩之以法。

陸小鳳與楚留香還有一個不同的地方在於，陸小鳳的女朋友換的比較快，在《陸小鳳傳奇》的每一個故事中，陸小鳳都會遇到一個不同的女人。在這些女人中，有的女人很強勢，會幫助陸小鳳一起解決難題；有的女人很溫柔，會在感情上給陸小鳳很大的支持和安慰；有的女人本是敵方的人，但最終在陸小鳳魅力的影響下化邪惡為正義。既然《〇〇七》電影的每一集中都有一個龐德女郎，我們也可以稱陸小鳳身邊的女人為「鳳女郎」。列表如下：

書名＼人物	陰謀策劃者	陰謀目的	陰謀破解者	鳳女郎
《金鵬王朝》	霍休	獨霸金鵬王朝的財產	陸小鳳及其朋友西門吹雪、花滿樓、老實和尚、司徒摘星等人	上官飛燕
《繡花大盜》	捕快金九齡	盜竊財產		薛冰
《決戰前後》	葉孤城	刺殺皇帝		歐陽情
《銀鉤賭坊》	「歲寒三友」	謀奪羅剎教教主之位		丁香姨
《幽靈山莊》	木道人	謀奪武當掌門之位		葉雪
《鳳舞九天》	王子宮九	刺殺皇帝		沙曼
《劍神一笑》	黃石鎮強盜群	謀奪中原鏢局黃金		「牛肉湯」

從上面的列表中我們可以看出，所有陰謀的目的無外乎兩類，一個是錢財，一個是權利。

金錢並不是什麼惡的東西，正因為貨幣的產生，才為我們的生活帶來了很大的方便，促進了人類文明的進步。在我看來，喜歡金錢的人往往都是對生活充滿熱情的人，他們希望能在自己幾十年短暫的生命中擁有更多的東西，體驗更多的東西，這是無可厚非的事。但錯誤的地方在於，有些人的慾望太強烈了，他並不是用自己的勞動去獲得金錢，而是想通過貪污、搶劫、偷盜這些陰暗的手段牟利，也就是把自己的快樂建立在別人的痛苦之上，這就違背了基本的道德原則，勢必會引起別人憤恨。

陸小鳳曾經說過：「我喜歡金子，卻不喜歡為了金子去拚命。」這是一種聰明的人生態度，喜歡與擁有不是相等的事情，也不是一樣的境界。對於有些東西來說，我們站在旁邊靜靜的欣賞，比拿在自己手中更充滿趣味，比如文物、鮮花和美女。可惜的是，很多人都意識不到這些，於是他們便鑽了牛角尖，最後落得身敗名裂的下場。就像上面列表中的霍休、金九齡等人，他們本來都是陸小鳳的好朋友，但是在金錢面前迷失了自己心智，企圖掩蓋自己的罪行，但最終被陸小鳳揭穿。

對男人來說，除了金錢之外，最具有吸引力的東西恐怕就是權力了。金錢是一種實實在在的東西，是物質的享受，而權力卻是一種精神的慾望，是希望看到別人臣服於自己腳下，展示自己控制力的變態心理的體現。很多情況下，金錢和權利是聯繫在一起的，金錢可以買到權力，權力有利於更方便的掙錢。這兩件事的背後就是赤裸裸的慾望，是自私，把自己的生命看的很貴重，把別人的生命和尊嚴視如草芥。令人失望的是，就連葉孤城這樣孤傲的劍客也最終敗在權力的腳下，實在是江湖浪子的恥辱。

當我談到陸小鳳像龐德的形象的時候，我主要考慮的是他的勇敢和智慧。但他之所以能表現出這些勇敢和智慧，主要是因為他有一個習慣，那就是愛管閒事。

這世上有種人天生就是寧折不彎的牛脾氣，你越是嚇唬他，要他不要管一件事，他越是非管不可的。

陸小鳳就是這種人。

正因為陸小鳳愛管閒事，而且管得很好，維護了江湖的正義，所以一旦江湖出現了什麼棘手的事情後，就會去請陸小鳳來處理。和他的前輩楚留香一樣，陸小鳳也是絕頂聰明的江湖奇才，能用自己的智慧推斷出陰謀背後的暗渠脈絡。不同的地方在於，陸小鳳臨敵應變的能力要遜於楚留香，他更多的是用自己的武功擊倒敵人。

陸小鳳的武功脫胎於一句詩詞：「身無彩鳳雙飛翼，心有靈犀一點通。」前句指的是他的「彩鳳飛翼」的高超輕功，這在跟蹤敵人的時候很有用。後句指的是他的絕招「靈犀指」，這是陸小鳳用於自衛的功夫。他可以很輕鬆的用自己的兩根手指接住敵人發來的暗器，也可以在瞬間夾斷一柄快速刺來的劍，很多人眼看自己的劍尖已刺上了陸小鳳的身體，正要高興的時候，卻發現劍尖斷了，心理就會受到很大的打擊，也就失去了對敵的信心。陸小鳳也正是憑著自己的兩個手指多次倖免遇難，揚名天下，別人都稱他的手指為「魔指」。

我們在看《〇〇七》電影的時候會發現，每當詹姆斯•龐德去執行任務的時候，那個名叫Q的武器專家都會給他配備一套極其精良豪華的武器和寶馬車，這些武器可以在關鍵時刻幫助龐德消滅敵人、完成任務。但是，陸小鳳的身上卻沒有任何武器，他在關鍵時刻並不是用物質的東西來幫助自己，而是通過一種感情的號召力，這就是朋友。

陸小鳳縱然偉大，但「好漢不敵四手」，有時候在強大的敵人面前，憑他一個人是無能為力的，這時就會有朋友來幫他解決問題。

陸小鳳道：「近六年來，我最少已經應該死過六十次了，可是直到現在，我還是好好的活著，你們知道為什麼？」

孤松道：「你說。」

陸小鳳道：「因為我有朋友，我有很多的朋友，其中湊巧還有一兩個會用劍。」

陸小鳳的朋友很多，但最主要的是四個：西門吹雪、花滿樓、老實和尚、司徒摘星。這四人性格各異，武功各有所長，但他們都能在陸小鳳最需要的時候伸出援助之手，尤其是在《劍神一笑》中，陸小鳳居中調度，群雄齊心協力，最終破解了黃石鎮的強盜群。

西門吹雪是天下第一劍客，他的任務是殺人。當陸小鳳遇到高手不能取勝之時，西門吹雪的到來會在剎那間扭轉局勢。

花滿樓是個瞎子，因為活在黑暗的世界，可以靜下心來思考，他的思維很敏捷，而且思考問題的角度也和常人有很多不同，他能在關鍵時候給陸小鳳出一些點子。

老實和尚看起來老實，但其實一點也不老實，他行走江湖，雲遊四海，積累了豐厚的江湖經驗，總是能在陸小鳳迷茫的時候給他提供一些重要資訊。

司徒摘星是陸小鳳的損友，他輕功高強，精通易容術，是小偷中的王者，他在故事中常扮演一個逗趣的角色，但其易容術也在陸小鳳偵破案件中發揮了很大作用。

正是有了這些絕妙的朋友，陸小鳳才能一次次化險為夷，一次次成功的揭穿江湖的大陰謀。所以，友情看起來是飄渺不定的東西，有時候卻比槍支大炮更具威力。而陸小鳳之所以能擁有這麼優秀的朋友，除了他們共同的對正義的追求外，還有一點在於：

能夠讓朋友笑的時候，就絕不讓朋友生氣難受——這是陸小鳳的原則。

己所不欲，勿施於人。只有處處為他人著想，把朋友的事情當作自己的事情，我們才能取得朋友的信任，才能在危難時候得到朋友的幫助。

作為經典的武俠小說形象，陸小鳳的故事多次被搬上銀幕，有香港無線電視台拍的劉松仁、萬梓良版的，還有張智霖扮演的電影版。但在我的眼裏，這些演員沒有一個能把陸小鳳的神韻表現出來，無論是在造型上還是在氣質上。如果回到上世紀三四十年代，我認為有一個人最適合演陸小鳳，他就是在《亂世佳人》中成功扮演了班瑞德的一代影星克拉克·蓋博。在美國人評出的一百位美國偶像明星中，蓋博名列第三，前兩位是奧黛麗·赫本和馬龍·白蘭度。克拉克·蓋博給人印象最深的就是他嘴唇上那兩道濃密的小鬍子，以及他亦正亦邪的微笑，把風流、瀟灑和優雅的特質淋漓盡致的展現在觀眾面前。

有人或許會說讓克拉克·蓋博這樣一個好萊塢明星來演中國古裝武俠劇，是不是有些荒唐。但是縱觀整個中國影視界，能夠在形象和氣質上與陸小鳳神似的人，是找不到的。陸小鳳嘴上那兩撇和眉毛一樣的鬍子，是他最顯著的標誌，他的朋友經常打趣他說，他長了四條眉毛。陸小鳳的風流瀟灑和幽默智慧，蓋博只要本色出演就可以高標準完成任務。我曾經想，古龍在創作陸小鳳這一個人物的時候，是不是參照了克拉克・蓋博的形象。

總而言之，陸小鳳——這個有著女孩名字的男人——用他獨有的智慧和本領維護了江湖的正義，同時給我們奉獻了一部部精彩的傳奇。他是一個人，一個充滿魔力的人，他有著克拉克・蓋博的長相和詹姆斯・龐德的膽識。他是陸小鳳。

花滿樓

——眼盲心卻不盲

在《陸小鳳傳奇》中，花滿樓不是一個出風頭的人物，他是一個絕對的配角，但同時他又是一個極富個性的人物。他的出彩體現在他的兩眼雙盲和他平靜內心的鮮明對比。他不是高僧，但是他對生命的態度卻比高僧更能體現出玄妙的禪意。他活在塵世中，但他的生命又絕非塵世中的人所堪比。他愛生命，但他的愛又是如此純淨高雅。他就像一位聖子，安靜的坐在閣樓，夕陽的餘光照耀在他微笑的臉上。

從身體上講，人有健康與殘疾之分，他們都是上帝的子女，都平等的享受著自然界的陽光、空氣和雨露。但是在實現理想的過程中，殘疾人往往需要比常人付出更多的血汗，所以他們更值得大家的尊敬和崇拜。我們崇拜的不是他們最終獲得的成果，而是他們在努力過程中體現出的頑強的意志和對生命的熱情擁抱的態度。

花滿樓就是這樣的人，他的眼睛瞎了，眼睛是心靈的窗戶，盲人便成了殘疾人中最悲慘的一種。他們行動不便，不能正常的領略這個世界的精彩，所以很多盲人都會出現心靈上的疾病。他們在黑暗的世界中很容易喪失對生活的勇氣，這時就需要親人的關懷和幫助。而花滿樓恰恰相反，他是盲人，可他活得比健康的人更樂觀，更熱情。

她瞪著眼看著花滿樓，就是這個人，他對人類和生命充滿了熱愛，對未來也充滿了希望，他隨隨便便伸出兩根手指一夾，就能夾住別人全力砍過來的刀鋒，他一個人獨自活在這小樓上，非但完全不需要別人的幫助，而且隨時都在準備幫助別人。

上官飛燕實在不能相信這個人竟會是個瞎子。她忍不住再問了句：「你真的是個瞎子？」

花滿樓點點頭，道：「我七歲的時候就瞎了。」

花滿樓的出現，主要是向大家宣揚一種生活態度，那就是無論遇到多大的困難和打擊，都要處之淡然。厄運和幸運是一對反義詞，也是相輔相成的一種事物的兩個方面，但厄運和幸運絕對不是始終對立的關係，它們的相反意義只是在很短的時間裏成立，而在大多數情況下，厄運和幸運是可以互相轉換的。關鍵在於，你是否擁有正確對待命運的態度。如果你採取了急躁魯莽的態度，你就會加深厄運在你身上留下的創傷，最後自己把自己送入了地獄。如果你採取了寬容反省的態度，你就會從厄運中看到生活本質的另一個方面，進而發掘出這種特質，感悟到生命的另一種體驗。

一個眼盲的人感受不到正常人看世界時的欣喜，這是一種遺憾。而一個正常的人也無法體驗盲人在黑暗中靜靜思索和感悟的美妙。花滿樓雖然有一雙盲眼，但卻有一顆不盲的心。

花滿樓道：「其實做瞎子也沒有不好，我雖然已看不見，卻還是能聽得到，感覺得到，有時甚至比別人還能享受更多樂趣。」

他臉上帶著種幸福而滿足的光輝，慢慢的接著道：「你有沒有聽見過雪花飄落在屋頂上的聲音？你能不能感覺到花蕾在春風裏慢慢開放時那種美妙的生命力？你知不知道秋風中，常常都帶著種從遠山上傳過來的木葉清香……」

上官飛燕靜靜地聽著他說的話，就像是在傾聽著一首輕柔美妙的歌曲。

花滿樓道：「只要你肯去領略，就會發現人生本是多麼可愛，每個季節裏都有很多足以讓你忘記所有煩惱的賞心樂趣。」

上官飛燕閉上眼睛，忽然覺得風更輕柔，花也更香了。

花滿樓道：「你能不能活得愉快，問題並不在於你是不是個瞎子？而在於你是不是真的喜歡你自己的生命？是不是真的想快快樂樂的活下去。」

所以，當我們在大街上遇到盲人的時候，不要用詫異的眼光去觀察他們的樣子，也不要蔑視他們的舉止，更不要去阻攔他們的生活。因為他們在公眾面前出現，正是對生命熱愛的表現。我們可以在物質上和行動上幫助盲人，但是不要在心理上將他們作為邊緣人看待，因為他們和我們一樣，都是活在同一片陽光下面，他們對生命的體驗與敬畏甚至要超過健康的人。

在盲人的世界中，往往有一些細膩的東西是常人體會不出的，比如花滿樓所說的雪花飄落在屋頂的聲音、秋風中的木葉清香等，這些美麗的細節也只有眼盲心靜的人才會注意到，他們沉醉在這靜默的氣氛中，心靈已經出神入化。這是生命的至高境界，每次讀到這個段落，我的眼中就禁不住有些濕潤，心中暖暖的有些悵惘。也許我們這些俗人終生都達不到這種境界，因為我們心中有太多的雜念，我們眼中有太多的慾望。

「你能不能活得愉快，關鍵在於你是不是真正喜歡自己的生命。」很多情況下，我們對生命抱著又愛又恨的態度，它既給予了我們無數美好的東西，物質的，精神的，讓我們真正體會到活著的意義，同時，他也會在我們預想不到的情況下突然剝奪了我們擁有的一切，輕易的把我們摔倒在泥濘的土地上。生命就像一個喜怒無常的老人，一會兒親熱的撫摸著孫子的頭，一會兒又嚴厲的責怪孫子不該把飯粒掉在地上。然而，無論如何，生命都是我們的爺爺，我們對他要時刻懷著愛意和敬意，在他的目光下成長，成熟，老去。當有一天我們即將死去，我們會說，生命是一段多麼美好的旅程呀。

西門吹雪

——劍中神劍，人中劍神

西門吹雪，這是一個冰冷優雅的名字，這是一個孤傲不群的人。他的身分是劍客，他的職業是殺人。在殺手這個行業中，有很多成名人物，如阿飛、燕十三、路小佳、中原一點紅等，但最具個性，最有名的卻是西門吹雪。因為，他的劍是劍中的神劍，他的人是劍客中的劍神。

從某種意義上說，西門吹雪已經成為了一個符號，這是一個神聖的符號，他代表的是劍客所特有的氣質：孤獨，寂寞，冷，驕傲，無情。就像我們提到華盛頓就想起美國，提到喬丹就想起籃球，提到傑克遜就想起流行音樂一樣，我們談到西門吹雪的時候，就會想到劍客。他們都是各行各業的王者，是神派到這個世界來滿足大家崇拜慾望的人。其實他們自己就是神，或者是神的一部分。

陸小鳳是一個偉大的人物，也是一個豐滿的人物，他憑藉自己的聰明才智和風趣幽默的氣質在江湖上出盡風頭，但是西門吹雪卻用自己的冷漠和驕傲書寫了偉大的另一個特質，那就是自信。「西門吹雪是江湖上最有自信的人。」他的自信來源於兩個方面，一方面是對他的劍的自信，他的劍夠快，一方面是對他的人的自信，他的人夠冷。

無情的劍客，無情的劍，無情的氣質。

西門吹雪吹的不是雪，是血，他劍上的血。他殺人不是簡單的殺人，而是一種優雅的藝術，就像日本少女將一支劍蘭輕輕插入瓶中，就像長髯飄飛的張旭潑墨揮毫，在潔白的宣紙上寫下一個「劍」字，就像流浪歌手坐在青翠的草坪上撥了一下吉他的弦，彈出一個音符。這是一種冷漠的優雅，也是一種殘忍的優雅。

西門吹雪！

白雪般的長衫飄動，一滴鮮血正慢慢的從劍尖滴落……

閃電般的劍光，寒星般的眼睛。

鮮血滴落，濺開。

寥寥幾筆，簡單的語句，營造出陰冷而優美的意境，我已經分不清到底是西門吹雪的殺人美，還是古龍的語言美。於是，我開始產生興趣，要認真的將古龍筆下的西門吹雪剖析一遍，看看這個無情的劍客到底能冷到什麼程度。

只有殺人時，他才真正活著

西門吹雪活在這個世界上，或者說是生存在江湖中，唯一的使命就是殺人。殺人和濫殺是不同的概念，他殺人，只因為江湖中有很多需要被殺的人，西門吹雪只不過是代表正義來殺人。而他在殺人的同時，也深深體會到這種血腥的美麗。他輕輕的吹落劍刃上的血滴，沉醉在一種肅殺後的輕鬆愜意中。西門吹雪冷的攝魂，也冷得精彩。

花滿樓微笑道：「此間鮮花之美，人間少見，莊主若能多領略領略，這殺氣就會漸漸消失於無形中的。」

西門吹雪冷冷道：「鮮花雖美，又怎能比得上殺人時的血花？」

花滿樓道：「哦？」

西門吹雪目中忽然露出一種奇怪的光亮，道：「這世上永遠都有殺不盡的背信無義之人，當你一劍刺入他們的咽喉，眼看著血花在你劍下綻開，你若能看得見那一瞬間的燦爛輝煌，就會知道那種美是絕沒有任何事能比得上的。」他忽然轉身，頭也不回的走了。

暮靄蒼茫，彷彿在花叢裏撒下了一片輕紗，他的人忽然間就已消失在暮色裏。

花滿樓忍不住輕輕歎息了一聲，道：「現在我才明白，他是怎麼會練成那種劍法的了。」

陸小鳳道：「哦？」

花滿樓道：「因為他竟真的將殺人當作了一件神聖而美麗的事，他已將自己的生命都奉獻給這件事，只有殺人時，他才是真正活著，別的時候，他只不過是等待而已。」

西門吹雪的等待是寂寞的，他的一生最重要的事情就是殺人，而殺人只是一個短暫的瞬間，所以他的生命不是一條長線，而是一個個跳躍的點。從這個層面來講，西門吹雪活著的時間很短，儘管江湖中該殺的人很多，但是有資格值得西門吹雪出手的人卻並不多。所以，西門吹雪珍惜每一次殺人的機會，每次出手必盡全力，絕不留後路。

西門吹雪的脾氣很怪，劍法也同樣怪。

他決心要殺一個人時，就已替自己準備了兩條路走，只有兩條路：「不是你死，就是我死！」

他把殺人作為自己的使命，同時也把被殺作為自己的歸宿，正如一個將軍希望能戰死在疆場上一樣。在《陸小鳳傳奇》中，西門吹雪仍然活著，仍然是江湖上最可怕的劍客，他的生命到底會以一種什麼方式結束，我們不知道，但我想肯定會與劍有關。西門吹雪的偉大就在於他的執著和認真，他選擇了這個行業，便把自己奉獻給了這個行業。

殺人和被殺都是一件神聖的事情

既然西門吹雪是如此一個讓人恐懼的劍客，有人或許會懷疑他患有殺人癖，認為他有精神上的變態傾向，這種看法是一種誤解。西門吹雪以殺人成名，並不是他殺的人太多，而是他對待殺人時的態度。在他的眼中，殺人是一種神聖的事情。

他也已齋戒了三天。

因為他正準備去做一件他自己認為世上最神聖的事。

他要去殺一個人！

他不遠千里，在烈日下騎著馬奔馳了三天，趕到這陌生的城市，薰香沐浴，齋戒了三天，只不過是為了替一個也沒有見過面的陌生人復仇，去殺死另外一個從未見過面的陌生人。

西門吹雪絕不是一個濫殺的人，他在殺人之前要齋戒三天，這是對即將消失的生命的一種祭奠和敬意。儘管他是一個劍客，他也把生命看的分外珍貴，他尊重每個人的生命，但是有些生命必須在江湖中消失，因為這少部分人的生命不滅亡，其他人就不能正常生存。所以，西門吹雪的殺人不僅僅是殺人，而是為了使更多的人活著。

他凝視著劍鋒，目中竟似已露出種寂寞蕭索之意，忽然長長歎息了一聲，道：「你這樣的少年為什麼總是要急著求死呢？二十年後，你叫我到何處去尋對手？」

這種話若是從別人嘴裏說出來，一定會有人覺得肉麻可笑，可是從他嘴裏說出來，卻彷彿帶著種說不出的悲涼肅殺之意。

花滿樓忽然道：「既然如此，你又何必殺他？」

西門吹雪沉下了臉，冷冷道：「因為我只會殺人的劍法。」

花滿樓只有歎息，因為他知道這個人說的並不是假話，這個人使出的每一劍都是絕劍，絕不留情，也絕不留退路。

「不是你死，就是我死！」他一劍刺出，就不容任何人再有選擇的餘地，連他自己都沒有選擇的餘地！

正是因為西門吹雪把自己的每一次出劍都看的珍貴、神聖，所以他的劍法是不留後路的，這並不是殘忍，而是對劍的尊重——既是對自己人格的尊重，也是對死亡者的尊重。

能死在西門吹雪劍下的人，不會感到遺憾。他們的生命在西門吹雪的劍的超度下，會煥發出特別的光彩。

劍的最高境界——無劍

當我們的話語涉及到與境界有關的東西的時候，往往就是哲理的話題。西門吹雪的劍法精妙高超，關鍵就在於一個「快」字。兩軍對壘，快者往往會占得先機，電影《南征北戰》中，正是因為解放軍提前搶佔了摩天嶺，才有機會將敵人分割殲滅。劍法同樣如此，最好的進攻就是最好的防守，好的劍法不在於能抵擋和防禦對手的進攻，而是在最短的時間裏將對手制服。

西門吹雪的劍法就是最快的劍法，在江湖中能與西門吹雪一較高低的劍客不多，葉孤城當然是其中的一位。《決戰前後》講的就是這兩大劍客決戰之時的故事，這次決戰以葉孤城的死亡告終，但西門吹雪也感受到了「天外飛仙」的威力，認為自己無法檔住這一劍。從次之後，他的劍道有了長足的進步，最終達到了「無劍」的境界。

他們並沒有看見這個人的臉，事實上，他們根本從來也沒有見過西門吹雪，可是就在這一瞬間，他們已感覺到這個人一定就是西門吹雪！

天下地上，獨一無二的劍。

天下地上，獨一無二的西門吹雪！

西門吹雪沒有動，沒有開口，沒有拔劍，他身上根本沒有劍！

所謂「無劍」與道家所講的「無為」是一個道理，也就是順應自然、遵循規律，最終達到一種超脫的境界。西門吹雪的「無劍」體現在他的劍已經與他本人的氣質融為一體了，當西門吹雪站在你的面前，你看不到他手中的劍，但是你卻能感受到他身上的那種劍氣，劍不在，劍又無處不在。

寂寞是學不到的東西

陳凱歌電影《梅蘭芳》中有一句著名的台詞：「誰毀了梅蘭芳的寂寞，誰就毀了梅蘭芳。」這是一句非常有道理的話，沒有寂寞就沒有痛苦，沒有痛苦就沒有創作，沒有創作就沒有藝術。寂寞是一種動力，是產生才華的沃土。

對於劍客來說，寂寞也是他們必備的素質。他們在寂寞中錘煉自己的意志，提高自己的劍法，成就自己的偉大。做任何事都是需要付出代價，劍客的代價就是寂寞。他們不得不壓抑自己的感情，放棄家庭生活的安逸，將全部的精力投入到自己的劍上。這是一種殘忍的犧牲，這種犧牲是值得的。

西門吹雪可以死，卻不能敗。

西門吹雪的劍永不能敗，而且必將成為人類的傳奇之一。

這一點是他一定要保持的，因為這不但是他的責任，也是他的命運。

所以他一定要再「入神」，劍之神。

所以他一定要和人分離。

所以在他的妻子生產後，在他最摯愛的女人生下他唯一至親的骨血後，他就和他們分離了。

這就是他付出的代價。

為了維護「劍神」的地位和名譽，為了使江湖中的邪惡勢力不敢輕舉妄為，西門吹雪必須孤獨的活著，孤獨的守護者自己的劍，這是他的使命，也是一項神聖的使命。同時，也正是由於西門吹雪這種獨一無二的寂寞，成就了他獨一無二的劍。

陸小鳳目光遙視著遠方，忽然歎了口氣，道：「西門吹雪至少有一點是別人學不像的。」

獨孤美道：「他的劍？」

陸小鳳道：「不是他的劍，是他的寂寞。」

寂寞。

遠山上冰雪般寒冷的寂寞，冬夜裏流星般孤獨的寂寞。

只有一個真正能體會到這種寂寞，而且甘願忍受這種寂寞的人，才能達到西門吹雪已到達了的那種境界。

每當殺人後，西門吹雪就會立刻變得說不出的孤獨寂寞，說不出的厭倦。

他吹落他劍尖最後的一滴血，只不過像風雪中的夜歸人抖落衣襟上最後的一片雪花。

他吹的是雪，不是血。

在我看來，西門吹雪吹落的並不是敵人的血，而是他自己心中的寂寞。最容易產生寂寞的事情就是等待，而西門吹雪除了在殺人時活著，其他時間只不過在等待，所以他的寂寞格外濃烈，格外斷腸。只有在每次殺人時，他才變成一個神聖的劍客，將滿腔的寂寞傾注在自己的劍上，他的劍法是冷的、無情的、驕傲的，因為他太寂寞。

古龍曾經有些悲歎的說過：「我靠一支筆，得到了一切，連不該有的我都有了，那就是寂寞。」所以，在他的筆下，總是有很多寂寞的人物形象出現。比如西門吹雪，比如李尋歡，比如傅紅雪。

古龍的寂寞造就了他的作品的繁華和熱鬧，這是作為一個藝術家的特質。只有在寂寞中的創作，才是最能打動人心的創作，才是最富有個性的創作。古龍就像西門吹雪一樣，用終生寂寞的代價換來了「神」的名聲，我認為這是值得的。

是誠於劍還是誠於人

在《陸小鳳傳奇》中，最富於哲理性的章節就是《決戰前後》中關於劍道的討論，這樣的討論共有兩次，一次是葉孤城在刺殺皇帝時和皇帝之間的對話，一次是葉孤城和西門吹雪在決戰前的關於劍的問答。這兩段文字充分體現了古龍心中的道家思想，他把道的「有」和「無」作為考察劍術高低的標準，把莊子逍遙遊的精神融入到人對於劍的駕馭中，最後得出「人高於劍」的結論。

皇帝道：「卿本佳人，奈何從賊？」

葉孤城道：「成就是王，敗就是賊。」

皇帝道：「賊就是賊。」

葉孤城冷笑，平劍當胸，冷冷道：「請。」

皇帝道：「請？」

葉孤城冷冷道：「以陛下之見識與鎮定，武林之中已少有人能及，陛下若入江湖，必可名列十大高手之中。」

皇帝笑了笑，道：「好眼力。」

葉孤城道：「如今王已非王，賊已非賊，王賊之間，強者為勝。」

皇帝道：「好一個強者為勝。」

葉孤城道：「我的劍已在手。」

皇帝道：「只可惜你手中雖有劍，心中卻無劍。」

葉孤城道：「心中無劍？」

皇帝道：「劍直，劍剛，心邪之人，胸中焉能藏劍？」

葉孤城臉色變了變，冷笑道：「此時此刻，我手中劍已經夠了。」

皇帝道：「哦？」

葉孤城道：「手中的劍能傷人，心中的劍卻只能傷得自己。」

皇帝笑了，大笑。

葉孤城道：「拔你的劍。」

皇帝道：「我手中無劍。」

葉孤城道：「你不敢應戰？」

皇帝微笑道：「我練的是天子之劍，平天下，安萬民，運籌於帷幄之中，決勝於千里之外，以身當劍，血濺五步是為天子所不取。」

他凝視著葉孤城，慢慢地接著道：「朕的意思，你想必也已明白。」

葉孤城蒼白的臉已鐵青，緊握了劍柄，道：「你寧願束手待斃？」

皇帝道：「朕受命於天，你敢妄動？」

葉孤城握劍的手上，青筋暴露，鼻尖上已沁出了冷汗。

王安忍不住大聲道：「事已至此，你不殺他，他就要殺你。」

南王世子道：「他一定會動手的，名揚天下的『白雲城主』，不會有婦人之仁。」

葉孤城臉上陣青陣白，終於跺了跺腳道：「我本不殺手無寸鐵之人，今日卻要破例一次。」

皇帝道：「為什麼？」

葉孤城道：「因為你手中雖無劍，心中卻有劍。」

皇帝默然。

葉孤城道：「我也說過，手中的劍能傷人，心中的劍卻必傷自己。」

他手裏的劍已揮起。

在這一段充滿哲理的話語中，皇帝和葉孤城主要是圍繞兩個話題進行辯論，一個是王與寇的關係，一個是手中劍與心中劍的關係。

在葉孤城看來，成者為王敗者為寇，這也是千古以來歷史認可的道理，因為獲勝的一方總是能夠用諸多辦法美飾自己的行為，最終把自己抬高到正義的一方，而把對手壓倒在草寇之群中。但是，面對葉孤城的咄咄逼人，皇帝的回答更具智慧和力量，他說：「賊就是賊」，這四個字的氣勢遠遠勝於葉孤城的八個字，因為皇帝巧妙的在葉孤城還沒有成事之前就對他的行為做了定性，已經把他認定是賊了，不管葉孤城是否成功，他都要註定活在這個陰影中。

葉孤城本來要用「成王敗寇」的理由來為自己的篡位行為作辯護，但是皇帝的一句話刺到了他的痛處，也同時扭轉了兩人對峙時的氣勢。皇帝到底是皇帝，他能在關鍵時刻表現出如此的鎮定從容，連葉孤城也不得不佩服。

接下來，兩人就劍的問題又進行了一番辯論，葉孤城執著於自己的手中劍，認為只有手中劍才能傷人，而皇帝看重的卻是心中之劍，這把劍是天子之劍，受上天賦予他的管理天下的權利。由此可見，皇帝一再強調自己的正統地位，以上天的名義和天下的興亡來對峙葉孤城的個人之劍，便又在氣勢上壓倒了葉孤城。

葉孤城只看到了眼前的、實在的、局部的利益，皇帝卻能站在更高的角度，從更深遠和更本質的地方揪住了葉孤城的弱點。所以，在這一回合的較量中，葉孤城輸了。他在惱羞成怒中拔出了劍，可是陸小鳳的及時出現，讓他徹底喪失了這次刺殺機會。

葉孤城被大內侍衛帶走，要到刑部去受審，但是有一個人卻不同意這種做法，他要和葉孤城進行一次真正的決戰，因為這個世界上除了葉孤城之外，已經沒有人能真正成為他的對手，這個人就是西門吹雪。

西門吹雪目光彷彿在凝視著遠方，緩緩道：「生有何歡，死有何懼，得一知己，死而無憾，能得到白雲城主這樣的對手，死更無憾。」

對一個像他這樣的人說來，高貴的對手，實在比高貴的朋友更難求。

所以，西門吹雪絕不會讓葉孤城死在凡夫俗子的手中，死在政治陰謀的鬥爭中。他們都是當世的絕代劍客，只有在劍的洗禮中才能成全生命的高貴。在劍出鞘之前，兩人面對面也進行了一次對話，這次對話只是關於劍的問題。

一片落葉飄過來，飄在他們兩個人之間，立刻落下，連風都吹不起。

這種壓力雖然看不見，卻絕不是無形的。

西門吹雪忽然道：「你學劍？」

葉孤城道：「我就是劍。」

西門吹雪道：「你知不知道劍的精義何在？」

葉孤城道：「你說！」

西門吹雪道：「在於誠。」

葉孤城道：「誠？」

西門吹雪道：「唯有誠心真意，才能達到劍術的巔峰，不誠的人，根本不足論劍。」

葉孤城的瞳孔突又收縮。

西門吹雪盯著他，道：「你不誠。」

葉孤城沉默了很久，忽然也問道：「你學劍？」

西門吹雪道：「學無止境，劍術更是學無止境。」

葉孤城道：「你既學劍，就該知道學劍的人只要誠於劍，並不必誠於人。」

西門吹雪不再說話，話已說盡。

路的盡頭是天涯，話的盡頭就是劍。

劍已在手，已將出鞘。

從這短短的幾句話中，可以看出葉孤城又輸了，他的問題就出在他只把眼光拘泥於自己的劍上，而忽視了劍之外廣闊的世界，更忽視了握劍的人。劍是一件死物，人卻是活得，無論劍法多麼精妙，它總是在人的驅使下運動，所以只有偉大的人才能練成偉大的劍法。

西門吹雪明白這個道理，他強調「誠於人」，人的意志、正義、寬容等品質能夠使他的劍煥發出更純正的威力。而葉孤城強調「誠於劍」，他把所有的心血和精力都傾注在自己的劍上，練出了「天外飛仙」的絕世劍法，但他的心胸的狹隘抑鬱和他對權力的追逐最終使他的劍沾染上了雜念，他的劍已不再是純正的劍，而是一把有慾望的劍，所以註定了他的死。

儘管西門吹雪領悟到劍道的至高境界，但在這次決戰之前，他的心理發生了很大的變化，因為他愛上了一個女人，並且有了自己的孩子。所以他在出劍之時，心中有了牽掛，劍的威力已不如平常那樣雄壯。在葉孤城施出「天外飛仙」的時候，西門吹雪已不能抵擋了，但是在關鍵時刻，葉孤城的劍偏離了。

這已是最後一劍，已是決勝負的一劍。

直到現在，西門吹雪才發現自己的劍慢了一步，他的劍刺入葉孤城的胸膛時，葉孤城的劍已必將刺穿他的咽喉。

這命運，他已不能不接受。

可是就在這時候，他忽又發現葉孤城的劍勢有了偏差，也許只不過是一兩寸間的偏差，這一兩寸的距離，卻已是生與死之間的距離。

這錯誤怎麼會發生的？

是不是因為葉孤城自己知道自己的生與死之間，已沒有距離？

劍鋒是冰冷的。

冰冷的劍鋒，已刺入葉孤城的胸膛，他甚至可以感覺到劍尖觸及他的心。

然後，他就感覺到一種奇異的刺痛，就彷彿看見他初戀的情人死在病榻上時，那種刺痛一樣。

那不僅是痛苦，還有恐懼，絕望的恐懼！

因為他知道，他生命中所有歡樂和美好的事，都已將在一瞬間結束。

現在他的生命也已將結束，結束在西門吹雪的劍下！

可是，他對西門吹雪並沒有怨恨，只有種任何人永遠都無法瞭解的感激。

在這最後一瞬間，西門吹雪的劍也慢了，也準備收回這一著致命的殺手。

葉孤城看得出。

他看得出西門吹雪實在並不想殺他，卻還是殺了他，因為西門吹雪知道，他寧願死在這柄劍下。

既然要死，為什麼不死在西門吹雪的劍下？——能死在西門吹雪的劍下，至少總比別的死法榮耀得多！

西門吹雪瞭解他這種感覺，所以成全了他！

所以他感激！

這種瞭解和同情，唯有在絕世的英雄和英雄之間，才會產生。

古龍把這一段寫的很玄，我們可以看出他的良苦用心，他既不希望西門吹雪被葉孤城打敗，也不希望葉孤城卑賤的死掉，所以他在兩人之間建立了一種情誼，一種英雄之間惺惺相惜的情誼。西門吹雪承認葉孤城的「天外飛仙」是不可抵擋的，但是葉孤城又死在了西門吹雪的劍下，他們誰也沒有輸，他們也不在乎彼此的輸贏。

葉孤城和西門吹雪兩人都用自己的生命證明了自己堅持的理念。葉孤城「誠於劍」，他的劍法勝了，西門吹雪「誠於人」，他的人活著。一個是劍勝人亡，一個是劍敗人存，他們都有了自己的尊嚴。

西門吹雪藏起了他的劍，抱起了葉孤城的屍體，劍是冷的，屍體更冷。

最冷的卻還是西門吹雪的心。

在這一次決戰之後，西門吹雪的境界有了更大的提升，最終達到了「無劍」的境界，但是在《鳳舞九天》中，有一個叫沙曼的女人卻對此進行了質疑。

沙曼淡淡道：「我只知道『無劍』的境界，並不是劍術的高峰。」

陸小鳳道：「哦？」

沙曼道：「既然練的是劍，又何必執著於『無劍』二字？」

所以，縱然西門吹雪已經成為「劍神」，他也沒有在完全意義上領悟劍道，就像莊子〈逍遙遊〉中的列子御風而行一樣，沒有真正順應道的特質，達到拋棄一切、不待一切的境界。

老子《道德經》中說：「道常無為而無不為。」意思是說道不妄為，不執著於某種東西，那麼它就無所不為。劍道也是同樣的道理，既不能執著於「有劍」（這是葉孤城的弱點），也不能執著於「無劍」（這是西門吹雪的弱點），而是要把自己整個人都融入到江湖這個大環境中，順應江湖這個「道」的趨勢，使自己的思想和行動處於一種忘乎所以而又看透一切的境地，這才是真正的「聖」。

古龍小說精華的部分就是他關於這些問題的哲理討論，他改變了讀者閱讀武俠小說的心態和方法，我們不能僅僅沉醉在精彩的故事情節之中，而是要更深刻的領悟作者所要表達一種思想，這種思想表面看是關於武功的，其實是對現實生活的看法。有人的地方就有江湖，社會就是一個複雜的江湖，個人要想在這個環境中生存，就需要提高自己的素質，而最重要的素質就是心理素質，也就是對生活的態度。你只有對生活有了正確的態度，才能做出符合生活之道的行為。

賣淫
——最古老的職業

我所上的大學，是京城一所還算有名的大學，尤其在文科方面有很大的優勢。文學是一個充滿神秘和魔力的東西，它在年輕人心目中的地位正如雪花啤酒在夏日饑渴人眼中的地位，雪白繁盛的泡沫是情感的自由宣洩，墨綠的玻璃是文字的面紗。在這個學校求學的學生們也都是一群富有想像力，很浪漫，常常能在幻想和扯淡中度過一天光陰的青年。

青春是成長的年齡，成長意味著浮躁和好奇。我們每天討論的話題，廣闊如原野，深邃如山淵，散亂如狂風，毫無秩序的蔓延，隨心所欲的噴薄。從政治到死亡，從搖滾到影視，從旅遊到女人，從理想到糞坑，從牛仔褲到NBA。我們學北京人說話的語氣，互相罵著你丫的。當遇到倒楣的事時，會自嘲的說：「我真是一坨屎。」我們吟誦著慕容雪村的詩：「多年後的夜裏／你掩面哭泣／青春的燈火若即若離／是誰讓你一生懷疑／是誰守著最初的誓言站在原地／誰在天堂/誰在地獄／誰在年輕的夢裏一直找你」。深夜的黑暗裏，鼾聲四起，這是一群承擔著生活的壓力，又在壓力中自娛自樂的人們。數年之後，他們向彼此的背影揮手，奔赴各自的命運軌道，忘記了當初夢遺的驚恐。

也就是在這樣的日子裏，我們討論著女人，這是一片打穀場，陽光靜靜的照著，每個人都衝動的發表著自己的見解。包括肉體與精神，女人的一切在男人的世界中神秘的搖曳。風扇呼呼的吹著，煙的苦味在口腔中突圍，羅琦的歌聲滄桑而勇敢，我們就這樣選擇了詛咒，在女人的搖擺的裙下。

學校的西門看似一個門，其實完全不符合門的概念，因為它沒有門框，只是立著幾個石柱子。進出的人群隨著車流在社會與校園之間穿梭，在知識和金錢之間艱難的抉擇。然而，我重點要說的不是大學生活，而是一個曾經無數次引起我們討論的地方。這個地方叫「溫玉閣」，它的本質是一個髮廊。

京城有多少個街道，街道邊有多少個髮廊，髮廊中有多少個漂亮的小姐。這些問題不是我們考慮的範圍，也不是我們能考慮的範圍。然而我要說的這個髮廊卻是一個特殊的地方，它的特殊就在於它位於我們學校西門的不遠處。當我們出校辦事時，必然要從它的門前經過。這是一個小小的髮廊，只有很窄的一扇門，門上拉著簾子，我們只能透過玻璃隱約的看到裏面擺設的理髮裝備。

當然，我們的注意點不在這裏，而是集中在那細長的、白皙的幾條腿上。就是因為這幾條腿，我們無數次的討論和辯論：這究竟是不是一個合法的理髮店。世界上有很多的美女，也有很多條美麗的腿，但從沒有一條腿能這麼的讓我們興奮。每次路過這裏，我們都會偏著臉往裏面瞧瞧，在我的記憶中，我從沒有看到有人從這扇門進去過，看到的只是裏面小小的房間裏，兩三個少女翹著二郎腿坐在沙發上，無論是冬天還是夏天，他們都穿著超短裙，露出雪白的腿。

除了少女的腿外，這個髮廊之所以能引起我們興趣還有一個原因，就是它的名字——「溫玉閣」。這是一個很優雅的名字，也是一個很曖昧的名字，每次提起它，我就不由自主的想起宋朝的詞人柳永。我覺的這樣的名字肯定會與一個風流才子有關，也會與一個風塵女子有關。「溫玉閣」三個字顯然有一種魔力，它昭然若揭的暗示了一件東西。但是這個東西到底是什麼，我們誰也不明白。這個不明白一直延續了四年。

這個店的外面就是一條還算繁華的大街，這個店的旁邊就是我所在的比較有名的大學。這個店的不遠處也有派出所的據點。所以，在很大的程度上它應該是一個很正規的理髮店。但是在我們的眼裏，總覺得它存在一定的問題。這個問題的關鍵就在於那幾條腿上。

於是，每當有人從那條街上路過回到寢室時，都會向大家通報消息，說我又看到了那條腿了，裏面少女迷離的眼光在燃燒的香煙中更加迷離。當我們看到某個同學的精神比較萎靡時，也會開玩笑說你昨晚是不是去了溫玉閣了。於是，我們又開始了重新討論，這到底是一件理髮店還是一個色情場所。

然而，羞澀和膽怯使我們只局限於這樣的胡亂扯淡，盡情發洩意淫的快感，卻從沒有一個人能真正進到裏面去探個究竟（或許也有人去過，只是他沒有告訴大家罷了）。也許，我們需要的就是保持這樣一個神秘感，保持這樣一份美好的牽掛，保持一個四年的話題。

也不知道從什麼時候起，我們把男女之間的肉體糾纏之事與理髮和洗浴場所聯繫在一起。這些地方本來是要讓人變得整潔乾淨的，但是如果你進去了，大家會認為你道德不乾淨了。到底乾不乾淨，誰也不知道。這些事與女人聯繫在一起時叫賣淫，與男人聯繫在一起時叫嫖娼。這些事在古代是名正言順的職業，但在現代社會卻是既背離道德又違反法律的行為。

然而，古龍在他的武俠小說中卻提出了一個有些驚世駭俗的命題，他說：「賣淫是這個世上最古老的行業。」這句話就出自《陸小鳳傳奇》的〈鳳舞九天〉章節中。

小老頭道：「這本是世上第二古老的行業，卻遠比最古老的那一種更刺激，更多姿多采，更令人興奮！」他笑了笑，又道：「這一行的收入當然也比較好些。」

陸小鳳道：「最古老的是哪一行？」

小老頭道：「賣淫。」他微笑著又道：「自從遠古以來，女人就學會了賣淫，用各式各樣的方法賣淫，可是殺人的方法卻只有一種。」

儘管古龍並沒有對自己的這個觀點進行合理的論證，但是從人類社會的進步史來看，他的話也很有道理。我們都知道社會是個人的集合體，是人與人之間關係的總和。每個人都從事著各自行業的工作，每個人的工作都是在為別人服務，農民種植糧食，工人製造機器，科學家研究減輕農民和工人負擔的方法，大家就在這種分工中互相幫助，互相提供各自的所有。但是當一個人無法用勞動成果來為大家提供某種需求時，她就只能用自己的身體來為大家服務，從而獲取在社會這個集體中的生存權。因此，賣淫便成了世上最古老的職業，也是最易操作、成本最小的職業。它解決了許多人肉欲的渴望，緩解了許多人精神上的緊張。因此，賣淫者的生意日漸興隆，利益日漸提高，逐漸成了社會繁榮的基礎之一。然而，隨著人類文明的進步，賣淫業出現了道德危急。因為，它嚴重干擾了愛情的忠誠，威脅到家庭的責任，是對人類感情的一種蔑視。在這種情況下，賣淫成了一個不道德的行業，它只是肉體的交易，缺少精神上的交流，它出賣的是文明的發票，收穫的是金錢的骯髒。

人類文明進步的內涵除了物質上的豐富之外，最重要的就是精神層次的提高。而賣淫這個行業無疑與文明的概念有很大的偏差，所以它必然會遭到人們的唾棄。其實，「淫」這個字眼並不包含壞的東西，它是男女之間正常的慾望需求，但是當它與「賣」字聯繫在一起的時候，就發生了質的改變。尤其是社會發展到現代之後，各項道德律令的完善，更使人們不敢輕易暴露自己的私處，因為，它是羞恥的，是不能公佈於眾的東西。

也正是由於這樣的原因，我們一次次談到「溫玉閣」，卻絕沒有勇氣進去探索一番，因為在我們的意識中已經懷疑它是一個色情場所，假如它確實如此的話，我們就會在自己的道德品質上留下一個黑點。尤其是大學生，欠缺的成熟感和尚且純潔的內心使我們無法將自己與一個牽扯到道德問題的地方聯繫在一起。我們也只能在意淫中撫慰著自己的青春。

在古龍的小說中，他對女人的態度是曖昧的，或者說是邪惡的。在他的筆下，很少見到真正溫柔正派的淑女，大多都是放蕩性感的女人，個個都是勾當男人的高手，很容易的就躺在男人的懷抱和鑽進男人的被窩。尤其是《楚留香傳奇》和《陸小鳳傳奇》這樣充滿趣味的小說，古龍總是以玩味的筆調將裏面的女性寫的風情萬種。在很多故事裏，古龍還描寫了一群變態的女性形象，如《多情劍客無情劍》中的性虐狂林仙兒，《大沙漠》中自戀狂石觀音，《畫眉鳥》裏的同性戀水母等，她們精神上的扭曲最後都導致她們悲劇的下場。

如果從女權主義的觀點來看，古龍對女人的描寫有歧視的成分，他把女人看作是男人的從屬品，在生活中以勾引者和變態者的形象出現。當他提出賣淫是世上最古老的行業的時候，很大程度上是對女人出賣肉體的認可。當然，在文學的虛構世界裏，所有的一切都是一種娛樂，在娛樂中狂歡，並在娛樂中沉思。所以，我們沒有必要抓住別人的辮子使勁拽著，無論是對寫作的人，還是對出賣自己身體的女人，他們都有權利選擇和表達。也許，在這個世界上，唯一真實的就是，當說這句話的時候我還活著。

誰才能成為合格的殺手

在這個世上最古老的職業是賣淫，第二古老的職業便是殺人。在古老的社會中，物質是極度匱乏的，人們為了自己生存，除了用出賣肉體的方式獲得對方的酬勞之外，還有就是通過幹掉對方來謀得別人的財產。所以，殺人慢慢就成為一種職業，一種時尚而神秘的職業。

當某種行為獲得大多數人認同之後，它就會發展成為某種行業，當這個行業有了大範圍存在的需要時，他就會產生自己的組織，殺人這個行業的組織便是殺手組織。殺手組織是為殺手服務的，它的性質相當於現在的仲介公司，如家教公司是在家長和老師之間建立關係，婚姻介紹所是為找對象的男女創造接觸的機會，殺手組織就是為殺手找工作，相當於掮客為妓女拉客。

老鴇在招收妓女時看重的是女子的相貌，但有時候醜一點也沒關係，只要你願意幹這一行就行。掮客給妓女拉客時看重的是客人錢包，也不在乎客人的相貌、年齡、學位等情況。但是殺手組織在招收殺手時，卻要進行嚴格的挑選，和現在的娛樂公司挑選演員一樣，一定要招收那些能為他們帶來財富的人。所以，一個人不是隨隨便便就能當上殺手的，必須經過嚴格的考驗和篩選才有可能被錄取，其嚴格程度比芭蕾舞學校招收孩童還要重。

在《鳳舞九天》中，陸小鳳和一個名叫老頭子的殺手組織的領導人就「成為殺手的條件」這個話題進行了討論，充滿了哲學的思辨性。

他一連用了三次「絕對」來強調這件事的精確，然後才接道：「這不但需要極大的技巧，還得要有極精密的計畫、極大的智慧和耐心，所以近年來夠資格加入這行業的人已越來越少了。」

陸小鳳道：「要怎麼樣才算夠資格？」

小老頭道：「第一要身世清白。」

陸小鳳道：「殺人的人，為什麼要身世清白？」

小老頭道：「因為他只要在人們心目中留下了一點不良的記載，出手的前後，就可能有人懷疑到他。萬一他的行動被人查出來，我們就難免受到牽累。」

陸小鳳歎了一口氣，道：「有道理。」

直到現在他才知道，原來只有身世清白的人才夠資格殺人。

一天中最黑暗的時刻是早上太陽即將升起的時刻，一月中你感到自己最沒有錢的時刻是老闆即將給你發工資的時。這是因為，一旦跨過了那個點，事物便發生了質的變化。由此推理，一個能幹出最壞的事的人是一個絕對的好人，一個能成為合格殺手的人就是一個看起來絕不是殺手的人。

這便是哲學中的辯證法思維，不管做什麼事都需要從事物的另一個方面進行考慮，從相反的角度進行論證。身世清白的人比較容易成為殺手，是因為別人不會懷疑他會成為這樣一個人。這正如真正恐怖的恐怖片絕不是故意用一些恐怖的道具和誇張的表演來嚇唬觀眾的片，而是能在故事情節的發展中讓人切實感到壓抑和驚恐的片。一個好的殺手也不是讓人看起來就像一個殺手的人，而是看起來極其普通絕對不像殺手的人。

許多小偷就很明白這個道理，他們在公交車上實施偷竊行為時，絕不會穿一些獨特個性的服裝，也不會留一個意氣風發的流氓髮型，讓人一看就對他們產生了警惕感。他們往往穿著和普通人一樣的服裝，有時候還西裝革履，戴著眼睛，讓人以為他們是知識份子從而放鬆了警惕。

所以，有時候看起來很壞的人可能是一個絕對的好人，有時候看起來必定是一個好人的傢伙卻可能是一個大流氓。這正是由於人們在判斷一個人時往往是以主觀的印象進行評價，即戴著一副有色眼鏡進行觀察，結果很容易落入虛偽的陷阱。

除此之外，要成為一個殺手還得具備一個條件，那就是：他一定是一個無名的人。

小老頭道：「第二當然要有智慧和耐心，第三要能刻苦耐勞，忍辱負重，喜歡出風頭的人，是萬萬不能做這一行的。」

陸小鳳道：「所以做這一行的人，都一定是無名的人。」

小老頭道：「不但是無名的人，而且還得是隱形的人。」

陸小鳳動容道：「隱形的人，人怎麼能隱形？」

小老頭道：「隱形的法子有很多種，並不是妖術。」

陸小鳳道：「我不懂。」

小老頭舉起酒杯，道：「你看不看得見這杯中是什麼？」

陸小鳳道：「是一杯酒。」

他當然看得見這是一杯酒。

小老頭道：「你若已看不見，這杯酒豈非就已隱形了？」

陸小鳳思索著，這道理他彷彿已有些明白，卻又不完全明白。

小老頭道：「泡沫沒入大海，杯酒傾入酒樽，就等於已隱形了，因為別人已看不到它，更找不出它，有些人也一樣。」他微笑著道：「這些人只要一到人海裏，就好像一粒米混入了一石米中，無論誰要想把他找出來，都困難得很，他不是也已等於隱形了？」

陸小鳳吐出口氣，苦笑道：「平時你就算在我面前走來走去，我也絕不會看出你有什麼特別的地方。」

小老頭撫掌道：「正是這道理，我就知道你一定會明白的。」

陸小鳳道：「除此之外，還有一種法子。」

小老頭道：「哦？」

陸小鳳道：「如果你有另外一種身分，譬如說，如果你就是江洋大俠，那麼你也等於隱形了，因為別人只看見你是大俠的身分，卻看不見你是殺人的刺客。」

小老頭道：「舉一反三，孺子果然可教！」

殺人就是掠奪別人性命，或者叫偷竊別人的性命，既然是偷竊就要暗中來進行，決不能正大光明的冒險。所以，一個真正好的殺手就要像隱形人一樣將自己完全隱藏。而要成為隱形人，最好就是無名的人，也就是誰也不會注意到的人。

在這裏有一個問題值得討論，那就是「無名」與「有名」之辯。無名的人自然容易隱形，容易成為好的殺手，但有名的人是不是就不能成為殺手呢？非也。在一定的條件下，有名就是無名，無名就是有名，名氣越大的人就是越能隱形的人。這也就是陸小鳳提出的觀點，如果一個很有名的江湖大俠做殺手，會成為一個很好的殺手，因為他的有名掩蓋了他真正的身分。別人只看到他展現的那一面，而看不到他背後真正的那一面。

很多年前，我在看電視劇《濟公傳》的時候，對一句話印象極深：「小隱隱於山，大隱隱於市。」也就是說，真正的隱士不一定就是那些住在深山裏苦修的人，而是活在俗世巷陌中的人，關鍵要看你的心是否超脫了塵世的磕絆，看透了人生的滄桑。這個道理和殺手的道理是相通的，真正的殺手不一定就是一個以殺手為職業的人，而是以一個別人絕不會懷疑的身分殺人的人。

我們經常說：「最危險的地方就是最安全的地方。」也可以說：「最壞的人也可能就是看起來最好的人。」世界上的許多事都是在這種互相轉換中存在著。當我們在觀看ＮＢＡ球賽的時候，常常會發現一個毫不出名的角色球員卻能在某個時候突然爆發，用幾十秒鐘的精彩表現扭轉戰局，我們稱之為「奇兵」。所以，在生活中，我們絕不能藐視身邊的人，尤其是那些其貌不揚的人，或許他就是那一個隱藏的「殺手」，能突然之間爆發出不一般的力量。

第五章 《大人物》

你取得的成就對於他人的不可能比對於你的意義更大。

——維特根斯坦，《文化與價值》

追星族女孩南遊記

「腰纏十萬貫，騎鶴下揚州。」很多年前，我對江南就充滿了好奇和嚮往，一直把它作為我的夢遊之地。因為，我自小生長於大西北，那兒的巍峨群山和粗狂的原野，在我的性情中埋下了豪放的種子，我常常瞭望這種空曠的美麗，看到藍天下遍山的樺林樹葉蕭蕭而下。每當此時，我就聯想到江南，不知那裏的小橋流水和船篷酒旗又是怎樣的一種風情。

然而，腰纏十萬貫才能下揚州，旅遊是一件美好的事情，但也是一件需要資金支援的事情，作為一名學生的清貧使我只能在語言中表達對江南的愛，卻沒辦法讓自己的腳步在那片土地上留下一串腳印。直到多年之後，我因有事要到上海出差，便藉此機會遊覽了杭州、紹興、南京等地。那正是四月梅雨飄飛的季節，江南的春天正開得繁盛，我看到雷峰塔的倒影在西湖的清水中蕩漾，微風拂面而過，船的汽笛聲膨脹了我夢想實現的愉悅。

而古龍的《大人物》也寫了一個人的一次江南之行，這個人是一個正值青春的女孩，她的名字叫田思思。她是鎮遠侯田二爺的獨生女人，自小生長在閨房中，從沒有看到外面的世界是什麼樣子。她從丫鬟口中得到了許多關於外面世界的故事，所以對高牆外面充滿了嚮往。尤其是對江南有著極大的興趣，因為江南有一個英雄人物叫秦歌。

秦歌的故事是一個傳奇，這個傳奇田思思已經聽了七遍，但她從不覺得厭煩，因為她喜歡的就是這樣的英雄人物。

虎丘一戰是秦歌的成名戰，當時江湖上有七個惡人，人稱「江南七虎」，他們不但吃人，而且吃人不吐骨頭，每年的端午節他們都會在虎丘聚會。當時很多人都想做打虎的英雄，但是卻沒有膽量惹他們。直到五年前，七虎在上山的路上搶了一個少女，這個少女恰巧是秦歌的情人。秦歌單槍匹馬上了山，很多人都認為他必死無疑，但是他卻回來了，並且還刺傷了其中的兩隻老虎。而他的代價是，身上被砍了一百零八刀。

大家都認為經過這場惡鬥之後，秦歌一定會談虎色變的，沒想到第二年他依舊上了山。這一次，他重傷了七虎中的四個，自己又被砍了一百零八刀。

第三年，他還是上了山，自己挨了一百零八刀，但重傷了對方的五個人。

第四年，七虎請了很多朋友來幫忙對付秦歌，但是這些人卻被秦歌的勇氣所折服，沒有出手。當秦歌把最後一個老虎殺死時，虎丘山上群雄歡呼，秦歌一舉成名，被人們稱為「鐵人」。

當田思思第一次聽到這個故事，秦歌就成了她心中的偶像，也成了她暗戀的情人。而此時，田思思也到了該出嫁的年齡，她的爹爹早已為她訂了一門親事，男方是大名府楊三爺的公子楊凡。

楊凡是怎樣的一個人呢，田思思聽到的版本是這樣的：

據說他十天裏難得有一天清醒的時候，清醒時他住在和尚廟裏，醉的時候就住在妓院裏。

他什麼地方都待得住，就是在家裏待不住，據說從他會走路的時候開始，楊三爺就很難見到他的人。

據說他什麼樣奇奇怪怪的事都做過，就是沒做過一件正經事。

田思思始終想不到她爹爹為什麼要把她許配給這麼樣一個怪物。

和秦歌這樣的英雄人物比起來，楊凡無疑是一坨臭狗屎，田思思自然不願嫁給她。所以，她要逃出這個籠子，親自到江南去尋找自己的如意郎君。

從今天看，田大小姐是典型的追星族，秦歌就是她心目中的超級大明星，她不但想要見到偶像，還想要嫁給她。於是，她便在丫環的幫助下，偷偷溜出侯門，向江南進發了。

對一個從沒有過遠行經驗，甚至沒有基本的生活經驗的女孩來說，這一次江南之行註定會遇到很多兇險。果然，在她們上路沒多久，車上載的七個大箱子就被車夫偷走了。緊接著她們一天之內上了三次當，最後田思思被賣到王大娘的妓院裏。

正在這個危險的時刻，一個她最討厭、最不願見到的人出現了，並且救了她，這個人就是楊凡。此前，田思思在任何人面前都可以耍她的大小姐脾氣，但是現在遇到了楊凡，她所有的花招伎倆都失去了效果。楊凡就像她的剋星一樣，是專門來對付她的脾氣的。

她說要的東西，就非要不可，你就算說出天大的理由來，她也拿你當放屁。

她可以在一眨眼間跟你翻臉發脾氣，但你再眨眨眼，她說不定已將發脾氣的事忘了，說不定會拉著你的手賠不是。

這就是田大小姐的大小姐脾氣。

田思思說自己死也不會嫁給楊凡，她本以為楊凡會很傷心，沒想到楊凡反而大大的鬆了一口氣，就像解脫了苦難一樣，把田思思氣得半死。田思思罵楊凡沒有一點英雄氣概，比起秦歌來差的太遠了，嫁人就要嫁秦歌這樣的人。楊凡不以為然，說他可以帶田思思去江南見秦歌。於是，這一對歡喜冤家便出發了，一路上楊凡繼續打擊田思思的大小姐脾氣，讓她用自己的勞動來換取生活費。田思思也逐漸的發現了底層人生活的美好，體會到了生活的本質。

田思思氣得臉發白，恨恨道：「為什麼女人好像天生要比男人倒楣些，為什麼男人能賭，女人就不能賭？」

楊凡淡淡道：「因為女人天生就不是男人。」

田思思瞪眼道：「這是什麼話？」

楊凡道：「這是句很簡單的話，只可惜世上偏偏有些女人聽不懂。」

在楊凡的帶領下，她在一間賭場裏見到了秦歌，秦歌的確是一個有氣派的豪爽人物，但同時也是一個魯莽的賭鬼和酒鬼。田思思在照顧喝醉的秦歌的過程中，發現了他背後的痛苦。此時，她發現自己心中幻想的秦歌形象和眼前的真實人物有著很大的出入，她誓死要嫁給秦歌的想法也慢慢打消，開始把他作為好朋友對待。

現在她只不過覺得自己已沒法子再嫁給秦歌了，因為她看到的秦歌，並不是她幻想中的那個秦歌。

她並不是失望，只不過覺得有點惆悵，一種成人的惆悵。

她忽然發覺自己好像又長大了很多。

之後，田思思和秦歌陷入一場陰謀，他們被誣陷是殺了少林高僧的兇手，兩人在危急中又再次得到了楊凡的救助。田思思依然和楊凡互相鬥嘴，諷刺對方，但是在沒有見到楊凡時，她的腦海裏又老浮現出這個大頭鬼的影子。她覺察到楊凡的存在使自己的生活充實了許多，對楊凡又矮又胖的形象也不再那麼討厭了，反而一想到他就會露出甜蜜的笑容。更重要的是，秦歌告訴她，他最佩服的人物就是楊凡。原來這兩個人早就認識，並且是好朋友。田思思這才認識到楊凡身上的不平凡，他是一個叫「山流」組織的帶頭人，這個組織的工作就是在暗中破壞江湖上的邪惡勾當，並且做好事從不留名，所以誰也不知道他們都是些什麼人。

最後，楊凡設計破解了一個企圖逼嫁田思思、謀奪田二爺家產的陰謀，這個陰謀的主使者竟然是江南第一大俠柳風骨。柳風骨本來也是田思思最佩服的大人物之一，當她認清了他的真面目時，她也真正告別了那個充滿幻想的少女時代，成為一個真正成熟的女人。

田思思這一趟江南之行是為了尋找自己心中的明星，她和很多天真無知的少女一樣在青春期的躁動中崇拜英雄人物，把傳奇故事當作生活的真實一次次在心中摩挲幻想。但是當她真正深入到生活，深入到這些人物的內心世界，才發現自己以前的許多想法都是錯誤的，她關於大人物的看法也有了質的改變。原來大人物並不是長相粗狂、排場宏偉、說話響亮的人，而是他們所做的事體現出了男子漢的氣魄，他們的行為維護了江湖的正義。

大人物並不是遙不可及、無法接近的，大人物也和普通的人一樣生活著，他們也許就在我們的身邊，關鍵在於我們是否發現他們，真正瞭解他們。

田思思滿面春風，心裏甜甜的，看著這些人，只希望每個人都和她同樣幸福，同樣快樂。

忽然間，也不知是誰在呼喊：「岳大俠也來遊湖了，就是威震天下的岳環山岳大俠。」

人群立刻向湖岸上衝了過去，成名的英雄就是人人都想看一看的。

楊凡忽又笑道：「你是不是也想去看看？」

田思思眨眨眼，道：「看誰？」

楊凡道：「岳環山，他本來豈非也是你心目中的大人物？」

田思思道：「但現在我卻不想看他了！」

楊凡道：「為什麼？」

田思思抬起眼，凝視著他，眼波溫柔如春水，輕輕道：「因為我已找到了一個真正的大人物，在我心裏，天下已沒有比他更偉大的大人物了。」

楊凡也故意眨了眨眼，道：「這個人是誰？」

田思思嫣然一笑，附在他耳旁，輕輕道：「就是你，你這個大頭鬼。」

每個人心中都曾有過明星夢，都有自己喜歡的偶像，這有助於我們建立自信，完善自己的品格，從而獲得成功。但是，又有幾個人能真正瞭解這些明星的內心世界，他們是否真的像媒體報導的那樣具有高尚的品格、敬業的精神和寬容的胸懷，只有他們自己知道。他們在公眾面前的形象只不過是一個側面，而實質上他們也是普通的人，他們用自己的努力在自己的行業中建立了名聲，然後又在這種名譽光環的籠罩下迷失自己。當我寫這篇文章的時候，滿文軍吸毒事件剛發生不久，這件事帶給社會的信仰危機再次成為熱論的話題。明星身上的光環是眾人加上去的，當取下這個光環，他們和我們沒什麼兩樣。

古龍在一九七一年出版《大人物》，用一個武俠的故事解構了這個社會上的追星現象，並對大人物的本質、英雄背後的痛苦、少女追星的心態等問題進行了探討，這是一部具有現實意義的書，它能夠引導青年正確對待成長道路上的誤區。所以，如果一個老師看到某位中學生在看《大人物》時，他不應該因為這是一本武俠小說就沒收了，更不應該讓這個同學寫檢查，他應該引導這個學生去理解古龍這部書中所講的道理。但是，大多數老師都不會採取後者的做法，因為他們不懂，他們不看書。

楊凡——大人物的「大」字怎樣寫

說話的是個矮矮胖胖的年輕人，圓圓的臉，一雙眼睛卻又細又長，額角又高又寬，兩條眉毛間更幾乎要比別人寬一倍。

他的嘴很大，頭更大，看起來簡直有點奇形怪狀。

但是他的神情卻很從容鎮定，甚至可以說有點瀟灑的樣子，正一個人坐在右邊桌上，左手拿著酒杯，右手拿著酒壺。

酒杯很大。

但他卻一口一杯，喝得比倒得更快，也不知已喝了多少杯了。

這是楊凡的素描畫像，從中我們可以看出，楊凡其實就是古龍自己，古龍對楊凡相貌和神態的描繪是以自己為模特的，用田思思的話說，這是一個「大頭鬼」。

我們可以用「其貌不揚」「貌不驚人」這樣的詞語來描述古龍，我們也可以用這些詞語來描述楊凡。但是貌不驚人的古龍擁有驚人的才華和深邃的思想，貌不驚人的楊凡也具有豐富的江湖經歷和絕妙的武功。所以，大人物的「大」字不是體現在他們的外表長相上要具有大人物的氣派，而是說他們擁有幹大事、立大業的本領。尤其是對於男人，外表更是次要的東西，內在的智慧才是重要的，雅虎總裁馬雲就是很好的例子，他也是一個「大頭鬼」，可他的頭裏裝的是才華。

他的臉看來本有點特別，有點奇形怪狀，尤其是那雙又細又長的眼睛裏好像有種說不出的懾人光芒，因而使得這矮矮胖胖，平平凡凡的人，看起來有點不平凡的派頭，也使人不敢對他很輕視。

就因為這緣故，所以屋子裏才沒有人動手把他趕出去。

但他一笑起來，就變了，變得很和氣，很有人樣，連他那張圓圓胖胖的臉看起來都像是變得好看得很多。

就算本來對他很討厭的人，看到他的笑，也會覺得這人並沒有那麼討厭了，甚至忍不住想去跟他親近親近。

一個長相非凡的人，往往具有非凡的本領。楊凡就是這樣的人，雖然古龍給他取名「楊凡」，他看起來也的確很平凡，但是當這兩個「凡」字重合在一起的時候，我們就不得不注意這個人了，我們會預測出他在這個故事中一定發揮著重要的作用。他絕不會是平凡的人，只因為他太平凡了。

隨著故事步步演繹，楊凡確實不是一個簡單人物，他並沒有施展出什麼超絕的武功，也並沒有做出震動江湖的大事，但是我們從他的一言一行中總感到他身上那種成熟智慧的魅力。他和田思思鬥嘴，一次次將田思思氣得半死，可是他的話細想起來確實有道理。在整部書中，楊凡出現的鏡頭並不多，可是每當他出現時都是關鍵危急的時候，這就是大人物的作用，他既不張顯能力也不故作謙虛，只是在別人需要他幫助的時候及時出現。

其實楊凡並不奇怪，一點也不奇怪。

他只不過是個很平凡的人。

唯一跟別人不大一樣的是，他不但相信別人，也相信自己。

他做事總喜歡用他自己的法子，但那也是很普通的法子。

公平，但卻並不嚴峻。

他無論對任何人都絕不會太過分，但也絕不會放得太鬆。

他喜歡儒家的中庸和恕道，喜歡用平凡寬厚的態度來面對人生。

楊凡是一個很平和的人，甚至有一些狡猾的可愛，這在他對田思思的損語中充分體現出來。他對什麼都不在乎，所以田思思無法讓他生氣，他又有對付大小姐脾氣的法子，所以總是讓女人既記恨他又無法忘記他。

楊凡的大人物身分，一方面是通過他在破解陰謀過程中表現出的能力逐步揭示的，一方面是通過田思思對他的態度來側面烘托的。田思思對楊凡的看法從最初的討厭，到見面後的仇視，到被救後的一絲感激，到鬥嘴時的生氣，到未見時的想念，到最後的完全佩服，並願意將自己嫁給他。這是一個探索和昇華的過程，古龍用細膩的心理描寫來展現田思思對楊凡的愛的萌生和成熟，在自覺與不自覺中拉近了兩人的關係。故事的開始，一個說自己誓死也不嫁這樣的大頭鬼，一個說自己誓死也不娶這樣的大小姐，其實兩人都在對方心中播下了一顆愛的種子，只不過田思思是無意識的，而楊凡卻是有意識的。

田思思曾經說過：「嫁人就要嫁最好的。」她之所以不願嫁給楊凡，是因為她從關於楊凡的傳說中知道他不是一個英雄，而是一個混蛋，當她真正看到楊凡的面貌時，她又覺得他太平凡了，所以，她堅定了不嫁他的決心。但是在後來的接觸中，當她看到楊凡所做的事，瞭解了楊凡的內心後，她認識到楊凡是一個真正的大人物，就自然改變了對他的態度，因為她喜歡的就是大人物。

而楊凡本來就知道自己愛田思思，他之所以諷刺打擊田思思，只不過是為了改變她的大小姐作風，要把她培養成一個真正成熟的女人，但是在暗中，他保護著田思思的安全，並在保護田思思的行動中體現了自己大人物的能力。

所以，人與人之間是需要溝通和瞭解的，我們決不能憑自己的一時印象來決定自己的好惡態度，這樣我們會錯過很多交朋友和愛的機會。田思思最終明白了這個道理，所以她獲得了幸福。

楊凡究竟是個怎麼樣的人呢？田思思本來知道得很清楚。他是名門之子，也是楊三爺千萬家財的唯一繼承人，本來命中註定就要享福一輩子的。可是他偏偏不喜歡享福。很小的時候，他就出去流浪，出去闖自己的天下。他拜過很多名師學武，本來是他師父的人後來卻大都拿他當朋友。吃喝嫖賭，他都可以算是專家，有一次據說曾經在大同的妓院連醉過十七天，喝的酒已足夠淹死好幾個人。但有時他也會將自己一個人關在和尚廟裏，也不知他是為了想休息休息，還是在懺悔自己的罪惡。他的頭很大，臉皮也不薄。除了吃喝嫖賭外，他整天都好像沒什麼別的正經事做。這就是楊凡——田思思所知道的楊凡。

大人物絕不是自吹自擂就能得到別人信服的，他必定要經過痛苦的錘煉磨礪，才能獲得眾多關於生活的本質經驗，才能在面對困難時沉著應對，用智慧和力量戰勝對手。楊凡就是這樣的人，他生於巨富之家，但是卻不滿足享樂的生活，他要自己為自己的人生書寫意義。於是，他進入江湖，在尋常巷陌中出入，廣交朋友，經歷各種各樣的生活，磨練自己的意志，提高自己的本領。

生活本身就是最好的老師，只要你願意你就能學到知識。人生是一場戰爭，和別人鬥，輸的永遠是自己，只有自己挑戰自己才能領會到生命的意義。楊凡的生命是充實的，有價值的，只因為他選擇了去經歷。他的長相是平凡的，他的名字也是平凡的，可是他所做的事絕不是平凡的事，所以他是一個真正的大人物。

他成立了「山流」組織，這是一個秘密組織，但絕不是幹壞事的組織，而是專門破壞那些壞事的組織。能夠參加這個組織的人都是一些喜歡多管閒事的正義之士，他們有著共同理想，那就是維護這個江湖的正義。他們幹好事從來不留名，所以沒有人知道他們，這才是真正的大人物。他們不是為了名聲而活，而是為了自己有意義的生命而活。

相反，還有一些人，他們是人人敬仰的大人物，擁有眾多的粉絲，但是在背地裏卻幹著黑道上的事情，柳風骨是這樣的人，還有更多這樣的人存在，這是一群偽君子，他們欺騙和浪費了眾人對他們的愛，最終會得到自己良心的懲罰。

所以，大人物的「大」字，只能體現在一個方面，那就是他們所做的事情。這些事情證明了他們的偉大，他們便是偉大的。

秦歌

——榮耀道路上鋪滿了困惑

虎丘之戰，震驚整個江湖，秦歌一夜成名，被稱為「鐵人」秦歌。他單槍匹馬，四上虎丘，身上挨了三百多刀，經過四年的時間殺死了七虎。這樣的事情只有具有堅強意志力和一往無前的勇氣的人才能做到。秦歌做到了，所以他成為年輕人心目中的絕對偶像，是江湖上的超級大明星。

像眾多成名人物一樣，秦歌也有自己的標誌，他的標誌就是他脖子上繫的紅絲巾，這條紅絲巾要是放在店鋪裏就只是一塊普通的綢緞，但是如果它繫在秦歌的身上，它就成了一種象徵——勇氣和力量的象徵。而那些崇拜秦歌的粉絲們也在自己身上繫上紅絲巾，但是他們可以把紅絲巾掛在腰上、綁在臂膀上或者裝在口袋裏，卻沒有一個人敢把紅絲巾繫在脖子上。因為只有秦歌有資格這樣做，其他的人可以從紅絲巾上獲得勇氣和膽量，但他們並不是秦歌，也無法超過秦歌。

你可以學他，可以崇拜他，卻絕不能有絲毫冒犯他。他若喜歡一個人站在橋上靜賞月色，你要賞月色也只能站在橋下。

秦歌就是秦歌，永遠沒有第二個，以後沒有，將來也不會有。

秦歌是獨一無二，他用自己的行動影響了一個時代的人，這個時代是屬於他的，也是屬於他的紅絲巾的。紅絲巾的存在是一種靈魂的凝固，哪裡有紅絲巾，哪裡就有像秦歌這樣的人物，他們不怕困難，敢於衝鋒，掃盡天下不平事，將年輕的生命獻給了江湖。

他並不是死在這柄刀下，也不是死在這少年手下的。

要他命的就是這塊紅絲巾，因為他早已被這塊紅絲巾所象徵的那種勇氣震散了魂魄。

他腕上繫著的絲巾在晚風中輕拂。

紅絲巾，紅得像情人的心。

夜已深，他的確應該走了，早就應該走了。

他沒有走。

因為他不能辱沒了手腕上繫著的這塊紅絲巾，你只要繫上這紅絲巾，就不能讓任何少女失望。

這紅絲巾不但象徵著勇氣，也象徵著熱情。火一般的熱情。

田思思就是秦歌的粉絲之一，他是她心目中最好的男人，她要去江南找到他，不是為了要一個簽名，而是要嫁給他。這是一個可愛美麗的女孩，對自己的愛情有著過於完美的想像。但事實是否就像她想像的一樣呢？

在江南一個偏僻破爛的賭場裏，田思思見到了秦歌，也見到了他的英雄氣派。可是他的氣派與一個輸紅了眼的賭徒和一個喝醉了的酒鬼沒什麼區別，他竟然不知道張子房是誰，他也可以為了五十萬兩的賭本去給賭場作保鏢。

他喝起酒來就好像跟酒是天生的冤家對頭似的，只要一看見杯子裏有酒，就非把它一口灌到肚子裏去不可。

既不問酒有多少，更不問杯子大小。

「男人就要這樣子喝酒，這才是英雄本色。」

但田心若在這裏，一定就會說：「這也並不能證明他是個英雄，只不過證明了他是個酒鬼而已。」

儘管田思思在心裏為秦歌開脫，但是他的行為與她心目中想像的樣子的確差遠了。她開始感到一陣困惑，當一個人對未來的期望值與看到的事實發生衝突時，她就會陷入迷茫的境地。田思思現在的心情就是這樣的，她為了打擊楊凡已經誇下海口，嫁人就要嫁秦歌這樣的人，但是當看到秦歌後，她又對自己的想法有了懷疑。她還需要真正去瞭解這個人物。

當她扶著大醉的秦歌走出賭場，在照顧他的過程中，她慢慢發現了秦歌心中的痛苦。原來英雄人物並不像人們想像中那麼威風，他們要承擔沉重的無奈和壓力，因為他們是人們選出的英雄。

田思思著急道：「快起來，你睡在這裏，若被別人看見你醉成這個樣子，那還得了，莫忘了你是個大男人，大英雄。」

秦歌哈哈笑道：「英雄……英雄值多少錢一斤？能不能拿到賭場裏去賣？」他又壓低聲音，悄悄道：「我告訴你一個秘密好不好？」

田思思只有苦笑道：「你說。」

秦歌道：「我什麼都想做，就是不想做英雄，那滋味實在不好受。」

一個人人敬佩崇拜的英雄人物竟然說自己不想做英雄，這是一件很諷刺的事情，但事實的確是這樣。很多人在年輕的時候，都希望自己能成為一個名人，時刻受大家的追捧，永遠是聚光燈下的焦點。但是當他真正成為名人後，他的生活方式會發生巨大改變，一言一行都會有人注意，失去了個人的私有生活空間，許多自己想做的事在輿論的壓力下是決不能做的。所以，很多成名人物在受採訪時，都說自己不想做名人，這並不是他們站著說話不怕腰疼，而是他們真正體會到了做名人的痛苦。

秦歌的處境與此相似，他在上虎丘殺死七虎時，也許並沒有想到要成名，他只是想為人們除掉一害。可是當他做了這件事後，他就成了公眾人物，他必須維持自己的形象，而且要始終按著別人的想法來維持自己的特點。這其實是一件很累的活，所以他自己也感到滋味不好受。

秦歌挺起胸，道：「我只要一進去，就會有很多人搶著要請我喝酒的。」

田思思道：「你好意思要別人請？」

秦歌道：「有什麼不好意思的，他們能請得到我是他們的光彩，我喝了他們的酒，是給他們面子。」他笑了笑，又道：「做一個成名的英雄，也並不是完全沒有好處的。」

田思思也笑了。

她忽然發現這人雖不如她想像中那麼偉大，卻比她想像中坦白得多。

他畢竟還年輕，他固然有很多缺點，但也有可愛的一面。

他是個英雄，但也是個人。

一個活生生的，有血有肉的男人。

田思思笑道：「人家若看見你昨天晚上醉得那副樣子，一定就不會請你了。」

秦歌接道：「那樣子是人家看不到的，我只讓別人看到我賭錢時的豪爽，喝酒時的豪爽，等到我喝醉了，輸光了，那種慘兮兮的樣子我就絕不會讓別人看見。」他又笑了笑，接著道：「你是不是也聽說過我挨了好幾百刀的事？」

田思思點點頭，道：「我聽了至少也有好幾百次。」

秦歌道：「你有沒有聽說過，我挨了刀之後，在地上爬著出去，半夜裏醒來還疼得滿地打滾，哭著叫救命的事？」

田思思道：「沒有。」

秦歌微笑道：「這就對了，你現在總該明白我的意思了吧。」

田思思的確已明白。

江湖中的人能看到的，聽到的，只不過是他光輝燦爛的那一面。

卻忘了光明的背後，必定也有陰暗的一面。

不但秦歌如此，古往今來，那些大英雄，大豪傑們只怕也很少會有例外。

這正如人們只看得見大將的光榮和威風，卻忘了戰場上那萬人的枯骨。

可惜的是，人們看到的只是英雄在人前的榮耀，而看不到他們背後經歷的痛苦。如果人們知道一個英雄要經歷這麼多的苦難，也許很多人就不像做明星了。有一個現象很有趣，很多影視明星的孩子，當問到他們以後想幹什麼時，他們會選擇與娛樂無關的職業，不想做明星，這恐怕與他們親眼目睹自己的父母所受到的痛苦有關。

拿曾經轟動一時的「豔照門」事件來說，如果陳冠希不是明星，他即使和更多的女人上床，也沒有人會關注他、責罵他，但正因為他是公眾人物，他就必須注意自己生活的細節，不能把一些生活的陰暗面暴露出來，可這是很難的事情。因為，只要一個人是人，他就有自己的慾望和缺點，他不可能始終保持光明的一面。

對於秦歌來說，他扮演的形象是一個有勇無謀的草莽英雄，他最大的特點就是敢拚命。人們之所以會崇拜秦歌這樣的人，主要有兩個原因：一是大多數人都無法做到像他那樣去拚命；二是人們覺得這樣的人對他們的利益不會有威脅。

田思思道：「故意的？為什麼要故意的裝傻？」

秦歌道：「因為我知道大家都崇拜我，就因為我是那麼樣一個人，什麼都不懂，只懂得拚命地打架，拚命地賭錢拚命地喝酒。」

田思思道：「別人為什麼要崇拜這種人呢？」

秦歌道：「因為他們自己做不到。」他微笑著，接著道：「無論做什麼事，要能拚命都不容易。」

……

秦歌看著高牆裏的樹枝，緩緩道：「你可知道他們為什麼那樣歡迎我？」

田思思道：「因為你是個英雄？」

秦歌笑了笑，道：「那當然也是原因之一，但卻並不重要。」

田思思道：「重要的是什麼？」

秦歌道：「重要的是，他們知道我對他們沒有威脅，因為我只不過是個很粗魯，很衝動，但卻不太懂事的莽漢，和他們一點利害關係也沒有。」他笑得有點淒涼，接著道：「他們喜歡我，歡迎我，有時就好像戲迷們喜歡一個成名的戲子一樣，絕不會和他們本身的利益發生衝突。」

所以做一個名人，不但要有真實的勢力，還要懂得如何迎合觀眾，也就是虛偽。有時候扮演一個無知者的形象要比智慧的人更容易受到人們的歡迎，因為傻子對別人沒有威脅。秦歌不是傻子，他很明白這些道理，但是他也無法改變，因為他已經習慣了。這才是最悲哀的事情。

田思思道：「但英雄也有很多種，你為什麼偏偏要做這一種呢？」

秦歌道：「因為別人早已將我看成是這一種的人，現在已沒法子改變了。」

田思思道：「你自己想不想改變呢？」

秦歌道：「不想。」

田思思道：「為什麼？」

秦歌道：「因為我自己也漸漸習慣了，有時甚至連我自己都認為那麼樣做是真的。」

田思思道：「其實呢？」

秦歌歎道：「其實是真還是假，連我自己也有點分不清了。」

田思思沉默了很久，忽又長長歎息了一聲，道：「我不懂。」

秦歌道：「你不必懂，因為這就是人生。」

這就是人生，人生充滿你想像不到的痛苦和無奈，有時你拚命想往一座高山上爬，等到達山頂之後，你才發現，原來這裏的景色並不像傳說中的那麼美好，但這時你已經懶得再下山了，你安於生活在山頂這一片景色中，直到有一天你不小心滾落山崖，死亡，生命結束。

我們每個人都需要從秦歌的故事中學到一些東西，人不是不能拚命，但是當拚命成為一種習慣後，它就沒有了價值。因為，它已經成為人們炒作的對象。

傻女人、聰明女人及不怕死的女人

「女人」永遠是一個討論不完的話題，不但男人討論它，女人自己也討論它，但更多的還是男人在討論。古龍是一個才子，才子總是喜歡佳人的，我們都知道古龍有很多紅顏知己，所以他對女人的特點很瞭解，在他的作品中也表達了許多關於女人的見解，很精闢。在《大人物》這篇小說中，古龍不但發表了自己對男人即大人物的看法，也在很多情節中描述了一些女人的特點，比如：

女人看著自己的腳時，常常都會胡思亂想的，尤其是那些腳很好看的女人。腳好像總跟某種神秘的事有某種神秘的聯繫。

女人是否真的對自己的腳有一種獨鍾的情意，我不能確定，但是我們可以看到夏天的女人總喜歡穿裙子，將自己的腿和腳露出來，不管她們的腿是否美麗，她們都喜歡那種穿裙子的感覺。但在這裏，我著重要說的不是女人對自己的身體的看法，而是從三個小事件中談談女人的某些想法。

女人的自戀情緒

女人是喜歡吃醋的，這是因為她們總是感覺自我良好，以為自己就是最漂亮的，所以一旦有男人愛上了她，承認了她的美麗時，她就不允許他再愛其他的人，甚至不許他和別的女孩說話。這也說明了女人喜歡撒嬌，她們天生就是被嬌生慣養的，是要被人寵愛的。

田思思就是這類女人的典型代表，她生活在一個侯門家庭，從小到大有聽不完的讚美和表揚，不管幹什麼事都有人讓著她，把她捧成天上的仙女，久而久之，她自己也認為自己是這個世界的唯一了。

作為一個武俠世家的人，田思思也接觸過武功，她在家裏經常和一些京城裏來的高手過招，每次她都輕而易舉的贏了，所以她認為自己的武功已經很高強了，就像《武林外傳》裏的郭芙蓉一樣，相信自己能夠在江湖上仗義行俠了。這也是促使她敢於偷著去江南的一個原因，但是當她真的到了江湖，遇到敵人時，她才突然發覺自己的武功一點作用也沒有。她這才明白，原來所有的奉承都是騙人的，她從自戀的情緒中醒來，看到了真實的生活的模樣。

田思思不知道。

她本來一直認為自己已經可以算是武林中一等一的高手。

現在她才知道了，別人說她高，只不過因為她是田二爺的女兒。

如果說此前的田思思是一個傻女人，那麼當她明白這個道理時，她就變得聰明了。很多人都說女人笨，因為她們只看到自己身上或者身邊的事物，她們缺乏廣闊的視野，也缺乏探索的勇氣，只是安於目前的狀況，等著男人的追求。但是一旦女人清醒過來，想要獲得自我的提升，她們就會變得極其聰慧，因為她們的心思本就比男人細膩。

男人喜歡流浪，女人喜歡居家。長期居家的女人變得不講道理，說傻話，幹傻事，如果她們能夠跟隨著男人的腳步出去走一走，她們會發現世界的模樣是多彩的。

婊子是慈善家

在古龍的小說中，從沒有少過妓女角色，並且他筆下的妓女都不是那種哭哭啼啼的可憐樣，而是和男人一樣風流瀟灑，擁有和男人一樣的智慧和勇氣。她們和男人打情罵俏，用美色和氣質吸引男人，玩弄男人，她們是婊子，但她們似乎比那些好色的男人更有地位。

《大人物》中有一個叫張好兒的女人從事的就是妓女這個職業，但她不但不為自己的生活害羞，而且還感到很驕傲。當田思思企圖用「婊子」這個字眼羞辱她的時候，她的回答讓田思思吃驚，也讓所有的男人吃驚，包括我。

無論如何，張好兒幹的這一行，總不是什麼光榮的職業。

張好兒卻還是笑得很甜，媚笑道：「說來也見笑得很，我只不過是個小小的慈善家。」慈善家這名詞在當時還不普遍，不像現在很多人都自稱慈善家。

田思思怔了怔，道：「慈善家是幹什麼的？」

張好兒道：「慈善家也有很多種，我是專門救濟男人的那種。」

田思思又笑了，道：「那倒很有意思，卻不知你救濟男人些什麼呢？」

張好兒道：「若不是我們，有很多男人這一輩子都休想碰到真正的女人，所以我就盡量安慰他們，盡量讓他們開心。」她媚笑著道：「你知道，一個男人若沒有真正的女人安慰，是很可憐的，真正的女人偏偏又沒有幾個。」

這人倒是真懂得往自己臉上貼金。

田思思眼珠子一轉，笑道：「若不是你，只怕有很多男人的錢也沒地方花出去。」

張好兒道：「是呀，我可不喜歡男人變成守財奴，所以盡量讓他們學得慷慨些。」她看看田思思，又笑道：「你喜歡男人都是守財奴嗎？」

在張好兒的眼中，婊子不但不是一種下賤的職業，還是一件公益事業，因為她滿足了許多男人這方面的饑渴。我不能完全贊成張好兒的看法，但我覺得她的觀點有一定的道理。

這個世界上的女人不少，但是真正具有女人味的女人卻不多，而在妓女中就存在著眾多真正的女人，因為她們懂得如何取悅男人，如何讓男人感到活著的幸福。一個男人若沒有女人的安慰確實很可憐，妓女的存在讓男人有了接觸女人的機會。所以說妓女是慈善家，她們奉獻了自己的身體，滿足了男人的慾望。

但是張好兒沒有認識到賣淫和嫖娼的本質是一種肉體的交易行為，她雖然用自己的身體做了一件慈善事業，但同時又從男人的錢包中獲得了收入。她讓男人變得慷慨，同時也使男人的生活變得拮据，最終還是傷害了男人。說張好兒是個厚臉無恥的女人有些過分，說她是一個聰明的女人也過於貼金，我只能說她是一個真正的女人。

古龍把妓女比作慈善家，可以有兩方面的理解，一是對妓女的同情，二是對現實生活中自稱為慈善家的諷刺。他的目的到底是哪一個？不同的人有不同的理解。如果從張好兒自己的分析看，這種說法還是有點道理的。但是從整個故事中，古龍對現實的諷喻看，他是在對慈善家進行批判，慈善家就像妓女一樣，一邊通過不正當的手段掙錢，一邊又想立牌坊，標榜自己的崇高。

女人最害怕的是什麼

有個很聰明的人，曾經問過很多少女一個並不很聰明的問題。

「你覺得什麼是世上最可怕的事？」

他得到很多種不同的回答：

「被自己所愛的人拋棄最可怕。」

「洗澡時發現有人偷看最可怕。」

「老鼠最可怕——尤其是老鼠鑽進被窩時更可怕。」

「和一個討厭鬼在一起吃飯最可怕。」

「半夜裏一個人走黑路最可怕。」

「肥肉最可怕。」

還有些回答簡直是聰明人連想都沒有想到過的，簡直令人哭笑不得。

但卻從來沒有一個女孩子的回答是：「死最可怕。」

女人為什麼不怕死，這是一個很有意思的話題，在我和朋友的日常交流中，還沒有就這個問題深入探討過，當我在《大人物》中看到這個情節時，我真佩服古龍，他的確是女人的知音。

女人和男人的不同地方在於，她們對生活充滿樂觀的情緒，如果遇到一件不確定的事情，她們總是會朝好的方向想像，而男人往往有一種自卑的情緒，總是將生活想的過於艱難。所以，女人很少想到死這個話題，她們最擔心的事情不是死亡，而是年齡問題，隨著年華的老去，容顏凋零，她們感到很恐怖，這個時候她們寧願死去，也不願將不美麗的自己呈現給世界。

死亡是一個很深刻很沉重的話題，而女人思考問題常常不會這麼深入，她們擅長感性思考，只看到事物的表像狀態，所以她們不會去考慮死亡這樣的深刻問題，也不會為這樣的問題而焦慮痛苦。女人是一種活潑可愛的動物，她們最感興趣的是活著的快樂，只要能痛痛快快的活一次就夠了，至於死她們很少想到。

此外，女人的目光比較短淺，她們往往只能看到眼前的利益，不會去考慮長久之後的事情，並且她們會想盡一切辦法讓自己的容顏停留在青春狀態，所以在她們看來，死亡是一件很遙遠的事情。當你問到她們最怕的是什麼時，她們只會根據自己經歷的事情來回答，而死亡是活人不可經歷的，所以她們不怕死。

由於這些原因，女人顯得比男人要有膽量，她們在面對死亡時能夠視死如歸。這也是為什麼男漢奸要比女漢奸多得多的原因，因為男人是怕死的，女人恰好相反。

第六章 《三少爺的劍》

大勝的最大好處，莫過於解除了勝利者對失敗的恐懼感。

——尼采，《大勝之後》

一個成功者的痛苦與掙扎

我想寫一系列的故事，每篇故事都以一個典型的代表人物為中心。我想寫他們的快樂，也要寫他們的痛苦。我想讓他們來做一面鏡子，讓大家可以從這面鏡子中看到自己應該怎麼做。

這是古龍的《三少爺的劍》前言裏的話，他告訴大家自己寫這本書的目的，其實他的武俠小說一直都貫穿著這樣的原則，那就是以江湖來寓意社會，以江湖中的人物的命運來關照現實中的人對待生活的態度。

這本書的主人公是「神劍山莊」的三少爺謝曉峰，一個很普通的名字，但是在江湖中，這個名字所代表的意義已經和神聖沒有什麼差別。與古龍通常開門見山、抬頭望雲的慣例寫法不同，在這本書裏，他運用一種迂迴的旁敲側擊的方式來描寫一個劍客心中的痛苦和掙扎。讓別人扛著窺視的鏡頭，通過輿論告訴我們一個懺悔錄似的故事。

謝曉峰儘管是中心人物，但並沒有在第一頁或第一句就躍然紙上。最先映入我們視野的是另一個冷酷的劍客，他的名字叫燕十三。燕十三剛一出手就打敗江湖四位用劍高手，表現出極高的劍術造詣，但他的心中卻對一個人的劍法既敬服又恐懼，他沒有把握取勝，這就是三少爺的劍。

整本書共四十七章，在前九章裏，我們沒有看到謝曉峰的身影，我們只是從別人的口中知道他是這樣的一個人：

這個人在十三年前，就擊敗華山門下的第一位劍客華玉坤。

那時他才十一歲。

這個人一生下來，就彷彿帶來了上天諸神所有的祝福和榮寵。他生下來後，所得的光榮和寵愛，更沒有人能比得上。他是江湖中久不出世的劍客，也是武林中公認的才子。

他聰明英俊，健康強壯，而且是個俠義正直的人。在他的一生中，無論誰都很難找出一點缺憾，一點瑕疵來。

這個人就是綠水湖「神劍山莊」的三少爺。

這個人就是謝曉峰。

儘管燕十三也是一個絕世劍客，他的「奪命十三劍」下很少有活口，可是他知道謝曉峰要破他的劍法易如反掌。在這個世上，燕十三唯一的敵人，也是他唯一想挑戰的人就是謝曉峰，可是他沒有信心，因為謝曉峰的劍法中根本沒有破綻。

當燕十三遇見慕容秋荻後，他發現有了打敗謝曉峰的機會，因為慕容秋荻曾是謝曉峰的情人，她看出了謝曉峰劍法中的一絲破綻。慕容秋荻因被謝曉峰拋棄而對其恨之入骨，所以就把這個破綻告訴了燕十三，想讓燕十三去殺謝曉峰。

但是，當燕十三到了翠雲峰下、綠水湖前的神劍山莊時，看到的只是一口謝曉峰的棺材，謝曉峰已經死去。失望之余，燕十三心灰意冷，刻舟沉劍，從此在江湖中消失。

從這些側面描寫裏，我們概略的知道了謝曉峰是怎麼樣的人，他的劍法像風一樣溫順輕柔，讓你根本無法躲避，即使敗在他的劍下的人，對他也無比佩服。同時，他也是一個在感情上不專一的浪子，風流成性，四處留情，然後又無情的將愛他的女人拋棄。不然，慕容秋荻也不會這麼恨他。

到了第十章，書中出現了一個平凡而又卑賤的人物——阿吉，別人都稱他為「沒用的阿吉」。沒有人知道他從哪裡來，也沒有人知道他的過去。他因為喝醉酒沒錢付賬，便在一家妓院裏當龜公抵債，幹著粗笨的活，忍受著各種欺辱和打罵，他卻一點也不在乎。有一次，他的身上被人刺了七八刀，他也不吭一聲。正如妓院老鴇韓大奶奶所說：

「看起來他好像真的很沒用，不管你怎麼樣欺負他，他好像都不在乎，不管受了多大的氣，他都可以忍下去。」

後來，阿吉結識了老苗子一家，成為老苗子的好朋友，受到熱情的接待。一次，當地的惡霸「大老闆」的人上門鬧事，傷了老苗子，打死了老苗子的母親，並且要搶走老苗子的妹妹——娃娃（家裏人都稱她是小公主，其實她為了養家做了妓女）。在緊急之中，阿吉舉起了拳頭。

他的拳頭便沾上了血，但不是他的血，而是別人的血。

此後，「大老闆」又派了很多人來對付阿吉，但都被打敗。我們這才發現阿吉並不是一個平凡的沒用的阿吉，他的武功高的出奇。也許，他隱姓埋名，只是怕遇到麻煩，可麻煩卻偏偏要找上他。

直到第二十五章，為了救一個叫「小弟」的孩子，阿吉終於喊出了那句話——「我就是謝曉峰！」而「小弟」就是他和慕容秋荻生下的孩子。

接下來的篇章開始直接對謝曉峰的形象進行塑造，他為了自己的兒子甘願犧牲，幾次遭到「天尊」組織的追殺。後來他結識了鐵騎鏢局的鐵開成，兩人之間建立了深厚的友誼。在這個過程中，我們看到了一個神奇的三少爺，也是一個痛苦的三少爺。

到了第四十二章，燕十三重新出現，由於心灰意冷，他此時已變成了一個泛舟湖上的老頭子。他用麻醉散治好了謝曉峰的傷，挽救了謝曉峰本來只剩下三天的生命，只因為他還想和謝曉峰決一死戰。

這場江湖中兩個曠世劍客的決戰，以燕十三的死而告終，但他的死並不意味他就是一個敗者。正如書中古龍寫道：「這是個悲慘和可怕的故事，充滿了邪異和神秘的恐懼，也充滿了至深至奧的哲理。」古龍從不藐視敗者，他常常讓失敗的人享受到比活人還要大的尊重，所以，敗者也常常就是勝者。也許，這世上本就沒有絕對的勝和敗。

讓人疑惑的是，盛名江湖的第一劍客三少爺，為什麼會變成一個蘸著糞汁吃饅頭的沒用的阿吉，而後來怎麼又暴露出自己的真實身分？這個問題的答案就是古龍所要表達的主題，他要向我們揭示了一個成功者心裏的痛苦和靈魂的掙扎。

謝曉峰出身武林第一世家「神劍山莊」，很小就成名江湖，在他頭上縈繞著最榮耀的光環，在他的劍刃上也彌漫著數不清的鬼魂，可是他的內心並沒感到快樂，他站在最高峰上看到的只是殺戮的恐怖和無限的寂寞。和傅紅雪一樣，謝曉峰也遭遇了「虛無」的境界，他想過一種能讓靈魂安寧的生活，可是卻無法實現，因為他的名聲太盛，來找他比劍的人也太多。更重要的是他不能失敗，所以他肩上的擔子很重。

於是，他只有選擇逃避，用裝死的方法離開江湖，希望能在普通人的生活中找到靈魂的安慰。然而，成功者有成功者「高處不勝寒」的煩惱，普通人也有普通人「生命如草芥」的無奈。生活的殘酷偏偏又要逼他出手，他連做一個普通人的願望也不能實現。在經歷了這一番身分轉換的體驗後，謝曉峰認識到了活著的意義，既不能執著於成功，也不能執著於平淡，而是順性而為，做真正的自己。他最終獲得了靈魂上的解脫，他已不再用劍，但他還是謝曉峰。

《三少爺的劍》是古龍的代表作品，但算不上是他最優秀的作品，這本書寫的很倉促，情節很散亂，他模仿電影劇本的寫法，用場景的變換來結構故事，但並不成功，因為這需要讀者的想像力來連貫情節。對中心人物謝曉峰的形象塑造也顯得單薄，所以，儘管我們知道有三少爺這麼個人，但和李尋歡、傅紅雪、楚留香、蕭十一郎等比起來，謝曉峰的名氣還是要弱一些。此外，這本書的語言潤色也不夠精煉，有很多累贅的地方，也有很多過於做作的表達，像是一個人在吃飯後剔牙沒剔乾淨，不得已只好去刷牙一樣，顯得勉強而尷尬。

這本書最大的亮點在於它的主題，古龍細緻的剖析了一個立於成功之巔的男人的痛苦，將謝曉峰的內心掙扎揭示的很透徹，用間接的手法略寫謝曉峰成功的過程，而用直接的手法詳寫他靈魂救贖的經歷，從這個角度來看，《三少爺的劍》仍稱得上是一部經典。

謝曉峰

——名聲是甩不掉的包袱

名聲就是一群人對一個人的評價，同時它也彰顯了這樣一個道理：人不能只為自己活，還要為別人活。一方面，人因為在乎名聲，在乎別人對自己的評價，所以盡量把自己的缺點隱藏起來，或者努力改造自己的缺點，只把最好的一面呈現給大家，時間長了，就成了一種習慣，他就真的變成了一個至善之人。另一方面，人刻意追求名聲，在積累名聲的過程常常要把別人的名聲作為階梯，踏在別人的頭上往上爬，這就形成了一個悖論：既在乎別人的看法又損害別人的生存。最終，人就是在傷害別人和被別人傷害的糾纏中生活的。

名聲是人類精神花園中最燦爛又最妖嬈的一朵花，它是美麗的裝飾品，是催人上進的興奮劑，也是麻木人心靈的毒藥。名聲能給人帶來精神上的愉悅和滿足，也能讓人套上沉重的枷鎖，想要脫離而不得。而古龍告訴我們：「名聲，有時就像是個包袱，一個永遠都甩不掉的包袱。」

可謝曉峰偏偏就背上了這個包袱，而且很重，因為名聲越大，名聲所要佔據的包袱的空間也越大，包袱就越重。他的祖先在華山論劍中贏得「天下第一劍」的匾額，高懸在神劍山莊的大堂上，他一出生，就被榮華天賦所包圍，就註定了他要承擔的東西很多。他十一歲成名，此後行走江湖，挑戰各大劍客，未逢敵手。他從不輕視敵人，所以他出劍必盡全力，正因為盡全力，他的劍就要傷人，傷人的身體，也傷人的自尊。

逐漸，他的人成為神，他的劍成為神劍。但在成功之後，他卻感到莫名的空虛，他是正直的人，也是俠義的人，但在他的劍下流血的鬼魂太多，他厭倦了這種生活，一直想逃避，但是他不能。如果他是一個惡魔就好了，就不會有這麼多的良心不安，但他偏偏又是個善良的人，這就是他的性格悲劇。而最想和他挑戰的燕十三所卻是最瞭解他的痛苦的人。

燕十三：「也許他並不想殺人，他殺人，是他沒有選擇的餘地。」

所以，謝曉峰痛苦，寂寞，恐懼，他的名聲沒有給他帶來快樂的享受，帶來的只是靈魂上的空虛和糾結。他想解脫，他想試一試。於是，他離開了神劍山莊，留下了一口棺材，帶走了一副沉重的心情。他變成了「沒用的阿吉」，就像打手鐵虎推測的一樣，他是為了逃避而選擇了這種普通的生活。

他這麼樣做，一定是受了某種打擊，忽然間對一切事都變得心灰意冷，他不惜忍受痛苦和羞辱，一定是因為他的家世和聲名太顯赫，現在他既然已變成這樣子，就絕不能再讓別人知道他的過去。

但現實中，惡霸欺窮凌弱的現象不允許他過一種安寧平靜的生活，既然他是謝曉峰，他就不得的不承擔起保護朋友的職責。他不得不殺人。當看到自己拳頭上再次沾染的鮮血時，他的靈魂卻在劇痛：「我本來不想殺人的，你們為什麼一定要逼我？」在接二連三殺了強敵時，面對敵人驚詫的面孔，他在心裏吶喊：「我又殺了人，我為什麼又要殺人？」

也許生活就是這樣，人在江湖，身不由己，許多事我們並不想做，可是又不得不做，這是數千年前人的生存狀態，也是數千年後的今天人們的生存狀態。不管是在江湖中，還是現實的世界裏，大多數人都過著身不由己的生活。因為，你不這樣做，你就得死。

謝曉峰的理想是好的：

「我想要每個人都自由自在地過他自己願意過得日子。」

「雖然有些人出賣自己，可是也有些人願意挨餓受苦，因為他們覺得心安，受點苦也沒有關係。」

而在生存面前，這種自由自在的日子是根本不存在的，要想自由就必須付出代價，而最大的代價，也就是死亡。但人死了，又有什麼自由生活的夢想可談呢。夢想之所以是夢想，就在於它的幻想性、自作多情性和不可成真性。

最後，為了救自己的兒子，謝曉峰重新成為謝曉峰，他想逃避江湖的嘗試失敗了，但並不能說是毫無收穫，他起碼知道了，該面對的還是要面對，生活不能苛求，靈魂更是如此。

與燕十三的那場決戰，謝曉峰看到人在面對死亡時的狀態，他知道自己無法抵禦燕十三的「第十五劍」，他只有等死，但是燕十三卻將劍劃向了自己的脖子。他從燕十三的死亡中體悟到了人的精神境界，他自己也將兩個大拇指砍斷，從此不再握劍。

「可是我現在想通了，一個人只要能求得心裏的平靜，無論犧牲什麼，都是值得的。」

「現在我已經不是那個天下無雙的劍客謝家三少爺了。我只不過是個平平凡凡的人，已經不必再像以前那樣折磨自己了。」

經過了一段靈魂的思索和救贖過程後，謝曉峰終於掙開了心裏的枷鎖，得到解脫。他不再為名利所累，既不苛求自己去爭取名聲，也不會千方百計的維持名聲。因為，他知道名聲就是包袱，是自己把他扛在肩上的，如果累了的話，為什麼不放下來歇一會呢？

只要你一旦做了江湖人，就永遠是江湖人。
只要你一旦做了謝曉峰，就永遠是謝曉峰。
就算你已不再握劍，也還是謝曉峰。

不再握劍的謝曉峰如何面對江湖上依然存在的惡勢力，因為他還有手，他的手仍然可以讓向他挑戰的風華少年慚愧退去。從此，他遊走在江湖中，喝酒、論道、賞景，可是他仍然是謝曉峰。

謝王孫

——他決不是一個平凡的老人

謝王孫是謝曉峰的父親，神劍山莊的莊主，可是在江湖上，他只是一個平凡無奇的莊主，如果不是祖先創下的基業太顯赫，或許沒有人會知道他的名字。人們尊敬神劍山莊，不是因為它的莊主謝王孫，而是因為山莊裏有謝曉峰這樣絕代風華的劍客。

燕十三到神劍山莊找謝曉峰比劍，但謝曉峰已經裝死退出了江湖，所以他只看到了謝王孫。

他穿的很樸素，一縷青衫，布鞋白襪。看起來他只不過是個很平凡的人，就這麼樣隨隨便便地站下來。

越平凡的人和事，有時反而越不容易去不看。

兩人在湖邊靜靜散步，燕十三從謝王孫的口中得知，謝王孫本來有兩女三子，但是兩個女兒和兩個兒子都先後死去，只剩下謝曉峰。這是一個溫和普通的老人，但誰又能想到他曾承受過那麼多的悲痛。他慢慢在湖邊走著，輕輕擦拭桌邊的塵土，他說話的聲音沉重而悠長：

「就因為我知道自己的平凡無能，所以我反而能享受一種平凡安靜的生活。」

但是，他果真這麼平凡嗎？

老人輕輕彎下腰，去拾落在地上的一片枯葉，而這時，燕十三看到一把劍從老人的背後刺過來，恰巧被這一彎腰躲過。刺客死去，謝王孫慢慢拾起枯葉，又慢慢的放在地上，依舊慢慢的說話。這一情景讓燕十三明白了，謝王孫絕不是一個普通的老人。

直到現在，他才發覺這老人才是真正深藏不露的高手。他的武功已入了化境，已完全爐火純青，已與偉大的自然混為一體。所以沒有人能看出來。

謝王孫和金庸《天龍八部》中少林寺的掃地僧很相似，他早已領悟到生活的真諦，也看透名利的本質，即使他的武功已入化境，他也不會用它來獲取身外之物，因為他看重的是精神的「得道」，而不是身體的「得到」。因此，他才能安靜的與夫人站在原野裏，欣賞夕陽的餘暉，眼神似湖水般清澈。

但是他為什麼不教他的兒子謝曉峰這些人生的哲理呢，為什麼不讓他也過和自己一樣的生活呢？因為謝王孫明白每個人都有自己的特質，每個人都有自己的道路。謝曉峰天生就是要去建立功業聲名的，他的天賦不允許他平凡的度過一生，而他內心的痛苦也只有他自己去解脫。所以，他沒有攔阻兒子的離去，並在燕十三面前掩飾了謝曉峰死去的真相。他知道，謝曉峰終究會回來的。

這就是謝王孫，一個平凡的老人，但他的精神境界絕不平凡。

燕十三

——比紅花更絢爛的綠葉

燕十三之所以叫燕十三，並不是他的劍法叫「奪命十三劍」，是因為從前有個人叫燕七，又有個人叫燕五，他自己覺得比他們兩個加起來還要強一點，所以就叫燕十三。

在《三少爺的劍》裏，燕十三是第二主角，但是他的個性和特質卻比謝曉峰更強，只因為他夠冷，他的劍夠快，他的意志也夠堅強，尤其是對劍的執著的追求，更讓我們看到了他的不可抵擋的魅力。他是正義的，但他身上又總是散發出一種邪氣，這種亦正亦邪的氣質使他的形象比謝曉峰還要豐滿。所以，他是襯托謝曉峰的綠葉，但是比花更絢爛。

書中的燕十三是作為謝曉峰的對手的身分出現的，是他的話語的行跡將我們導向了謝曉峰的身邊，又是他的死亡結束了謝曉峰靈魂救贖的歷程。燕十三喜歡穿黑色衣服，因為：

黑色所象徵的，是悲傷、不詳和死亡，黑色也同樣象徵著孤獨、驕傲和高貴，它們象徵的意思，正是一個劍客的生命。就像是大多數劍客一樣，燕十三也喜歡黑色，崇拜黑色。

十七歲時，他的劍就已名滿江湖，如今他人近中年，他已放不下這柄劍，別人也不容他放下這柄劍。別人都知道他使的是「奪命十三劍」，但沒有人想到這套劍法的靈魂卻是那第十四劍。而這第十四劍正是燕十三用來對付謝曉峰的，平常的高手不值得他出手。

在劍法上，燕十三是謝曉峰最大的對手，兩人儘管從未謀面，但彼此都有預感，總有一天他們會相遇的：

這個人連謝曉峰的面都未見過，可是他對謝曉峰的瞭解卻比世上任何人都深。因為他這一生最大的目標，就是要擊敗謝曉峰。

有時候，最瞭解自己的人往往不是自己的愛人，也不是自己的朋友，而是自己的敵人。因為，要想戰勝敵人，首先要瞭解敵人，不但要瞭解他的弱點，也要瞭解他的優勢。燕十三要挑戰謝曉峰，所以他關注謝曉峰的一切，也瞭解謝曉峰內心的困惑。當燕十三滿懷期盼來到神劍山莊，沒想到看見的只是謝曉峰的棺材，失望之餘，他刻舟沉劍，從此退出江湖。

對某些人來說，劍只不過是一把劍，是一種用鋼鑄成的，可以防身，也可以殺人的利器。可是對另外一些人來說，劍的意義就完全不一樣了，因為他們將自己的一生奉獻給他們的劍，他們的生命已與他們的劍融為一體。

燕十三的身體雖然退出了江湖，但他的意識並沒有退出，他依然執著於劍法的修煉。其實，他的劍法真正的精粹也並不是那第十四劍，而是第十五劍，此前他雖然知道有這一招劍式，但一直沒有找出來。當沉劍退隱之後，他卻在無意中領悟到了第十五劍。

沒有了劍和奮鬥目標的燕十三，很快蒼老，成為一個白髮蒼蒼的老頭。後來，他和謝曉峰真正相遇，而那時謝曉峰已經中毒很深，為了和謝曉峰決戰，燕十三用麻醉散醫治好了謝曉峰的毒。但他沒有讓謝曉峰知道他就是燕十三，他怕謝曉峰因感恩不能盡全力。

那一戰，當燕十三使出了第十五劍時，謝曉峰已無法抵擋，但燕十三卻揮劍割斷了自己的脖子。因為，他曾經救過謝曉峰，他對謝曉峰已有了感情，所以他不忍殺他。

謝曉峰：「因為在那一瞬間，他心裏雖然不想殺我，不忍殺我，卻已無法控制他手中的劍，因為那一劍的力量，本就不是任何人能控制的，只要一發出來，就一定要有人死在劍下。」

燕十三不想殺謝曉峰，但他已無法控制自己手中的劍，他只有殺死自己。奪命十五劍不只是一招劍法，更像是一條毒蛇，反噬它的主人。

燕十三也忽然發現，那一劍所帶來的只有毀滅和死亡，他絕不能讓這樣的劍法留傳世上，他不願做武學中的罪人。

唯一看過這招劍法的謝曉峰也斷掉兩手拇指，從此不再握劍。所以，這一劍不會再在江湖上傳下來，也就避免了殺戮。

這又是一個大團圓式的結局，古龍對對立的雙方都進行了歌頌，死者死的有價值，活者也活的有價值。因為，謝曉峰和燕十三之間，只要一個人真正戰敗，都會損害他們的聲譽，所以只有選擇讓燕十三自殺。這樣，燕十三雖死，但他的劍法贏了，謝曉峰活著，但他在劍法上卻輸了。這樣的結局和《劍神一笑》中西門吹雪與葉孤城的決鬥同出一轍。

於是，勝與敗，生與死，都已不再重要。燕十三作為一個為劍而生的劍客，又死於自己的劍下，他死的尊嚴。謝曉峰從燕十三的死亡中，也領悟到劍與生命的真諦，他的靈魂獲得了解脫，內心得到了安寧。這是一場男人之間真正的較量，他們都是強者。

與謝曉峰有關的三個女人

三少爺謝曉峰是江湖上的一個神話，他憑手中劍縱橫天下，贏得赫赫名聲，也贏得了無數少女的迷戀。

謝家三少爺不但有柄可以讓天下男人喪膽的劍，也有張可以讓天下女人動心的嘴。

只可惜在天下女人動心之後，就難免要傷心了。

在對待感情上，他的確是一個無情的浪子，他可以將女人親密的擁在懷裏，讓她們感受到被一個英雄人物愛上的幸福和刺激，他也可以輕易的將女人拋棄和忘記，繼續行他的路。

他從不相信任何女人。在他眼中，女人只不過是一種裝飾，一種工具，當他需要她們時，她們都會像貓一樣乖乖投入他懷裏。當他厭倦時，他就會像垃圾般將她們拋開。

對這一點，他從不隱瞞，也從無歉疚，因為他總認為他天生就應該享受女人的寵愛。

在書中，古龍雖然沒有直接描寫謝曉峰是怎樣勾引女人的，但是卻用和謝曉峰有關的三個女人的命運，刻畫了謝曉峰在感情上的態度。

第一個女人是慕容秋荻。

她是江湖四大世家慕容家的小姐，卻在訂婚的前一夜隨謝曉峰私奔了，並且懷上了他的孩子。但是，謝曉峰最終還是將她拋棄。

這七年來，我（慕容秋荻）已拒絕過四十三個人的求親。

我拒絕別人的親事，只因為我一直在等他來求親。

他答應過我，一定會來的，他答應過很多次。

可是他沒有來。

她太相信一個浪子的話了，所以她只能傷心和悲痛。慕容秋荻由愛生恨，她成立了秘密組織，自稱「天尊」，收買了江湖上的很多高手，要將謝曉峰殺死。其中，燕十三就是被她利用的人。但是，慕容秋荻的陰謀一直沒有得逞，這是因為她和謝曉峰之間有一座不可斬斷的橋樑，就是他們的孩子「小弟」。

徘徊在愛與恨之間的慕容秋荻，最終還是只能孤獨守著自己的「天尊」位置。她和謝曉峰之間的感情是曖昧的，也是模糊不清的。她恨謝曉峰，但她不得不承認謝曉峰是她唯一愛過的男人。

第二個女人叫金蘭花。

她本是秦淮的妓女，曾與謝曉峰有短暫的邂逅。後來，她做了「大老闆」手下一個叫鐵手的男人的小妾。當她認出阿吉就是謝曉峰之後，她答應替他保守秘密。

「大老闆」也覺察到金蘭花和謝曉峰似曾相識，便嚴刑拷打她，但是金蘭花在一個耳朵被割下來時也沒有說出秘密，最後用鋼刀自殺了。

只因為在她的心中，只有謝曉峰才是真正的男人，能為謝曉峰死，她感到值得。

第三個女人叫薛可人。

她是夏侯山莊的大少爺夏侯星的老婆，夏侯家族也是武林中的世家，夏侯星本人更是劍法絕佳的翩翩佳公子，但是薛可人只要有機會，就要偷偷逃走。即使每次逃出來都要被抓回去，她還是要跑。

這時因為，她雖然嫁給了夏侯星，可是她的心裏只有謝曉峰。

這樣的故事究竟是喜劇還是悲劇，誰也說不清。謝曉峰是值得少女愛的男人，但又不值得這些女人去為他犧牲。他是男人中的蛟龍，是女人心中的情聖，可是他對待女人的態度，卻不得不招來眾人的嫉妒和詛咒。因為，他違背了另一個多情浪子李尋歡曾經說得話：「佳人不可唐突。」

後來，我在看電視劇《流星花園》的時候，聽到一句台詞：「我是好男人，但我不是好人。」這句話用來描述謝曉峰再合適不過。當他和女人在一起的時候，他的英俊氣質、幽默風趣和英雄氣概能給女人帶來無窮的快樂和幸福的享受，所以他是個好男人。但是他對每個女人只保持一段的新鮮期，厭倦了就會馬上離開她，又去追逐下一個女人，所以，他又不是個好人。

劍，寶劍，名劍

劍，握在武士的手中是一把兵器，是用來殺死敵人的；懸在文人的腰間，是一劍裝飾品，是體現一個人的身分地位的。

寶劍，不是指鑲有寶石的劍，而是指用優質的材料和獨特的鑄造方法鍛造出的劍，劍刃鋒利，吹毛即斷，殺人不沾血。

名劍，是名人用的劍，或者說是擁有這把劍的人就會出名。這樣的劍，它的貴重與否不在於它的樣式美醜、材料優劣和年代古舊，最重要是它的經歷，它曾做過的事，它曾殺死的人。如果一個人是名人，他手中的劍就是名劍，如果一把劍殺死了一個名人，這把劍也就成了名劍。

寶劍雖是寶物，但是在名劍面前也會黯然失色，因為只有經過真正血戰場面的劍，才有資格被人尊敬。《多情劍客無情劍》裏阿飛手中的劍，只是一根普通的鐵條，但是卻沒有人敢輕視它，只因為這把劍飲了太多高手的血，它的劍刃上佈滿鬼魂，它不再是一把簡單的劍，而是象徵著恐懼和死亡。所以，它是名劍，它的名遮蓋了它形象的簡單和醜陋。

而人也是一樣，一個人長的是否英俊漂亮，是否出身好，是否有錢，這些都不重要，重要的是你是否有名。只有名人才是這個社會的真正主角，也只有名人才能迎來喝彩和尊敬。健康的人，有錢的人，勤苦的人，善良的人，在名人面前都像寶劍在名劍面前一樣。因為，不管你多麼有錢，做了多少好事，如果你不出名，就像你沒有或者沒做一樣。

江湖是這樣，現實生活更是這樣，尤其是在大眾文化的時代，越來越多的人不再滿足衣食無憂的生活，他們要成名，要讓人崇拜他們。所以，他們不惜出賣自己的肉體和靈魂，不擇手段的去獲得別人的關注，於是，緋聞和炒作便充斥了報紙、電視和網路。

然而，成名之後的生活就一定會幸福嗎？或許，從謝曉峰的身上，我們可以給那些陷入名利追逐中的人上一堂課。《三少爺的劍》的警世意義就在這裏。

《三少爺的劍》最重要的還是寫一個男人在達到人生頂峰之後的迷惘與空虛，他要通過謝曉峰的事例給那些有著同樣症狀的人一個借鑒。他在前言中說：

一個人臉上若是髒了，是不是要去照鏡子才知道怎樣去擦掉？

我只希望這面鏡子能做到這一點，能夠幫助人擦掉生命中的污垢。

我真的希望每個人的人生都能變得快樂。

一個人要想真正獲得快樂，必須首先獲得靈魂上的安寧。而當你讀完這部書後，或許會掩卷沉思，有所醒悟。

第七章 《歡樂英雄》

有陽光到達的地方，就有生生不息的嚮往。

——姜昕，《純粹》

古龍和他的《歡樂英雄》

在一座遠離市區的荒僻的山上，有一間房子，房子中除了一張床之外，別無他物，但卻叫做「富貴山莊」。這是《歡樂英雄》故事發生的主要地點。

郭大路，真的就像一條大路一樣，樸實，寬厚，仗義，他喜歡和人交朋友，他對待朋友比對自己還好。每個人都可以從他的熱情大道上通過，每個人走過之後，都會發現這條路真的不錯。

王動，富貴山莊的主人，其實他一點都不喜歡動，他最愛做的事就是每天躺在那張唯一的家產——床上。能不動的時候，他就盡量不動。

燕七，並不是指他在家排行老七，而是說他已經死過七次。

林太平，一點也不太平，自從他來到富貴山莊後，麻煩就接踵而來。

以上四人就是《歡樂英雄》的主人公，他們由於各自的原因，在富貴山莊相聚，並彼此結下了深厚的友誼。他們每個人都有一個秘密，這些秘密就是他們離開家、來到這座偏僻的山上的原因。

隨著這些秘密的逐漸揭開，故事也在慢慢的鋪展，就像一幅畫隨著畫軸的轉動，如雲如霧的山水便展現在我們眼前一樣。在這本書裏，古龍繼續他的小處見奇的風格，用散文化的筆調為我們描繪一個不似江湖但又勝似江湖的江湖。在這個江湖裏，沒有氣壯山河的戰場，沒有錯綜複雜的宮廷鬥爭，也沒有武功蓋世的宗師，只有幾個年輕快樂的小夥子和他們快樂的生活。

古龍的書像是江南小鎮上的一個酒館，在夕陽西下的傍晚，一個書生，著一身樸素的青衣，踱進店裏，要了一壺新釀的杏花酒，一盤臘肉乾，一碟花生米，慢慢的品嚐。他信手拈一顆花生放進嘴裏，輕輕的咬碎，望著牆上掛著得一把古樸的弓箭，眼光迷離。這時，牧童的竹笛聲在門前的石板路上響起，笛音悠長而悲冷。書生的目光轉向門外，遠處是隱藏在灰暗天色中的青山。突然，他身子搖晃，撲到在地，嘴角有鮮血溢出。

古龍的書就是這樣的，淒美而詭異，繁鬧又陰冷，平淡中見奇崛，閒散出立奇峰。古龍筆下的江湖人物是鮮活和真實的，他們要吃飯，要銀子花，要玩女人，要開玩笑，也要放屁，他們絕不是整天都在練功或行俠仗義的神仙般的俠客，而是和普通人一樣有快樂也有煩惱的青年，而《歡樂英雄》正鮮明的突出了這點。

這四個人雖也有很高的武功，但似乎每天都在為生機發愁，把當鋪稱之為「娘舅家」，經常出入期間，為了能換得一壺酒和一碗飯，他們竟然會衣不遮體。可是他們卻活得很快樂，很充實，因為他們是「歡樂英雄」。

他們雖然窮，但窮的快樂。

因為他們既沒有對不起別人，也沒有對不起自己。

因為他們既不怨天，也不尤人，無論他們遇到多麼大的困難，多麼大的挫折，都不會令他們失去勇氣。他們不怕克服困難時所經歷的艱苦，卻懂得享受克服困難後那種成功的歡愉。

這就是這本書的主題，它告訴我們什麼是最真誠的友誼，什麼是壓不倒的正義，什麼是面對艱難的勇氣，什麼是能經受住考驗的愛情。我想，古龍在寫這本書時，也不是在匆匆忙忙的趕稿子，他邊吃花生邊喝酒，邊和情人聊天邊在紙上塗抹，於是便有了書中充滿生活情趣的故事。

二〇〇七年，當一部紅遍大江南北的電視劇《武林外傳》熱播時，我正在第三遍讀《歡樂英雄》，我看到了兩者相似的影子。它們都展現了一個不一樣的江湖，一個熱鬧有趣的江湖，一個和生活相似的江湖，看過《武林外傳》或讀了《歡樂英雄》，你也許會在笑聲中驚訝的清醒，原來江湖並不那麼深遠，也並不那麼傳奇，它就在我們身邊。

江湖是很浪漫，也很危險的，但它絕不是需要用劍用刀用拳腳才能打下一片天地的。只要我們用自己的真心對待他人，用充滿微笑的勇氣對待生活，我們就會獲得江湖的承認。江湖之所以吸引人，根本上說是因為它能讓人活得快樂。所以，那些把江湖說的嚴肅而又遙遠的書籍，我是敬而遠之的。像王小波一樣，我更願意在一個泥污的江湖裏做一隻快樂的小豬。

《歡樂英雄》在本質上是一本勵志書籍，書中儘管也有邪惡和仇怨，但是在友情和正義面前，那些陰暗的東西就顯得微弱無力了。當我們為貧窮發愁，眉頭緊鎖，感到沒有信心活下去的時候，想一想富貴山莊裏那四個「歡樂英雄」的日子，你或許會有笑容綻放。當你抬頭仰望碧藍的蒼穹，燦爛的斜陽在身畔鋪展，你還會愁眉苦臉嗎?快樂不是用錢就能買得到的，重要的是你是否有一顆享受快樂的心。

當在艱難面前，我們失去了對未來的信心，這時郭大路的形象就在眼前變得清晰：

有人在外面敲門。第一個聽到敲門聲的，也許是燕七，也許是王動，但第一個搶著去應門的，卻一定是郭大路。

這就是一個人對生活的熱情，這種熱情就是對事物的好奇，是相信世界有奇蹟的人。郭大路的拳頭總是握緊，他好像隨時隨刻都要找人拚命。這不是莽撞和粗魯，而是在任何時候都能保持旺盛生命力的品格。那麼，在生活面前，只要我們還有一絲熱情，有一點不甘心，就一定會有機會。

古龍的武俠小說，絕不是純粹的講述故事，而是帶有說教性質的，在字裏行間，我們隨時可以看到一些簡短精煉而富有哲思的警句，那不是畫蛇添足的累贅，而是畫龍點睛的神妙。也正是因為這樣，讀古龍的書不應該只是用來娛樂和打發時間，它的故事儘管奇特驚險，讓人眼花繚亂，但那只是表面的繁華，而隱藏在深處的對人性的剖析卻是細緻而深重的。他巧妙的將武俠的「玄」和生活的「真」結合起來，讓我們在經歷了一場奇幻之旅後，能低下頭若有所思，而不是過目即忘。

《歡樂英雄》無論是從人物描寫、情節設置，還是語言風格來看，都算得上是一部經典之作。整部書充滿正義的陽剛之氣，又在歡聲笑語裏流淌出一脈柔情。這部書唯一的缺點就是人物的對話太多，顯得沉悶而繁瑣，故事發展的節奏過於緩慢，一定程度上削弱了故事的精彩性。

這也是古龍的原著不易成功拍成影視劇的原因，他講的往往是一個純粹的江湖世界，注重對人性的挖掘，而不太重視對武功的描寫，少了幾分觀賞的娛樂性。所以，許多根據古龍著作拍攝的影視作品，都進行了大幅度的改編，有的甚至是顛覆性的增刪，本來是一個純粹的江湖故事，編劇偏要把它與歷史事件和朝廷爭鬥聯繫起來，任意添加人物和改變情節，結果弄得面目全非，儘管看起來很熱鬧，但卻失去了古龍小說原有的那種寫意的氣質和富含哲理的意蘊。

英雄也可以是歡樂和可愛的

人們關於英雄的定義沒有一個統一的標準，通常大家的印象是，英雄是一個正面的有著高尚品格的偉岸形象，他具有卓越的本領和勇敢的膽魄，能夠帶領人們做出對國家和社會有意義的事情，對歷史的發展產生一定的影響。也就是說，英雄是要做大事的。從歷史上看，我們有民族英雄岳飛和林則徐，他們都具有將帥之才，胸懷報國之志，面對異族入侵，能奮起反抗，無論是「郾城之戰」還是「虎門硝煙」，都是歷史上的大事件。但他們的結局又令人心酸，一個被殺害，一個被流放。所以，當我們談起英雄的時候，總感到有一種悲涼的味道，英雄的命運似乎都是悲劇的，也許英雄的定義本就有捨生取義的內涵，只有死亡能讓他們的事蹟更深入人心。

在武俠小說中，所謂英雄，主要指那些具有正義品質和愛國之心的大俠客，他們雖身處江湖，但沒有完全與當時的社會脫離關係，仍然受朝廷的統治，身在荒野而心憂天下。當民族有難時，他們也用自己的力量來拯救百姓，挽救存亡。這一點在金庸的小說中體現的最明顯，《天龍八部》中的蕭峰就是這樣的悲劇英雄，為了阻止宋金之間的戰爭，讓百姓免遭戰亂之苦，他縱身跳下懸崖。而《射雕英雄傳》從題目上看，就是關於英雄的傳奇，書中的郭靖、全真七子、丐幫兄弟等，都是身懷高強武功的英雄，在國家遭受異族入侵時，都勇敢的站出來，領導江湖的志士為民族存亡而戰。

這些英雄是強大的，但又是寂寞的，他們有著萬丈的雄心，但卻總是在命運的坎坷中掙扎，在朝廷政治家的眼裏，他們是一群草莽，在陰謀家眼裏，他們是一枚棋子，是供人利用的角色。所以，儘管他們做出了偉大的事，卻很難得到相應的地位。

而在古龍的眼中，英雄又是什麼樣子的呢？《歡樂英雄》一書正是對這個問題的回答。在書的結尾，古龍這樣寫道：

誰說英雄是寂寞的？

我們的英雄就是歡樂的！

古龍筆下，英雄完全驅散了籠罩在他們頭上的無上光環，剝掉了蒙在他們臉上的嚴肅面紗，而變為一群整天吵吵鬧鬧又讓人感到無比親切樸實的年輕人。

王動、郭大路、燕七、林太平，他們因偶然的機會相遇在貧窮的「富貴山莊」，在為日常生活愁苦的日子裏，他們也結下深厚的友誼。他們的生活過得很潦倒，住著空曠而一無所有的大房間，穿著破爛的衣服，出入於當鋪之中，每天要為吃喝犯愁。但他們不怨天尤人，也沒有唉聲歎氣，他們覺得自己很幸福，每天都在歡樂中度過。

有種人好像命中註定就是要比別人活得開心的，就算是天大的問題，他也隨時都可以放到一邊去。

他們並沒有做下什麼驚天動地的大事，沒有為國守衛疆土，也沒有拯救朝廷危難，他們所做的事很小，卻很真實，很感人。

郭大路本來在一個鏢局當差，一次在行鏢途中遇到劫匪，當他知道這些劫匪都是老百姓，因生活所迫而不得不落草為寇時，他竟然把鏢銀全部分給他們，而沒有絲毫考慮到自己失去鏢銀的後果。

王動雖然不喜歡動，但一動就很驚人，有一次他一口氣翻了三百八十二個跟頭，只不過是為了讓一個剛死了母親的小孩笑一笑。

他們就是這樣豪邁的性情中人，比起那些大英雄的事蹟，他們的故事當然不能載入史冊，但他們卻讓這個世界充滿了趣味，給人們的生活帶來了無限的希望，如果說大英雄是要讓人能夠活，那麼歡樂英雄就是要讓人幸福的活。所以，「你只要說起富貴山莊，江湖中人就明白你說的是一個很奇妙的團體——一棟空房子和四個人，他們之間所產生的那種親切、快樂和博愛的故事，還有他們四個人那種偉大而奇妙的友情。」

誰說英雄必須引領千軍萬馬獨擋一方，誰說英雄必須九死一生為國捐軀，誰說英雄只能在忍耐寂寞和經受誘惑中活著，我們的英雄就是歡樂的和可愛的。

寧可自己死，也不能讓朋友死

江湖是怎樣被創造出來的，江湖又指的是什麼？在文人筆下，江湖就是許多會武藝的人生活的世界，那裏有刀光劍影，有俠蹤魔跡，有恩義情仇，充滿了浪漫和刺激。江湖中的人大口的喝酒，大塊的吃肉，大膽的打架，然後有一天，他們被別人殺死了，但他們死的一點也不痛苦，因為他們已經痛快的活過。

然而，在被各種法則和規範所拘束的現實世界裏，江湖只不過是人們一種理想化的追求。它好比是柏拉圖的理想國，陶淵明的桃花源，傅裏葉等人的空想社會主義，都是人們因生活壓力太大，不滿的情緒太濃，而自己為自己設置的一個夢想中的快樂的世界。

在這個夢想的世界中，人都變得很直接，很樸實，他們可以很容易的愛上一個人，也可以很容易的交上一個知心的朋友。而在現實中，物質生活極度豐富對應的卻是精神生活的空虛不堪，友情、親情、愛情，都逐漸成為當代人可望而難可及的東西。所以，江湖的魅力又一次顯現，它所代表的烏托邦讓人無比懷念。

友情，是朋友之間的感情，是一種微妙的相互吸引的靈光，它帶給人們信任和力量。在江湖中，「義」是為人行事的基本原則，武俠小說中的友情往往被人們所樂道和羡慕，因為它太偉大，太感人，太真摯。我們只所以喜歡武俠小說，是因為武俠世界裏的許多事我們無法做，也不可能做到。友情也是一樣，正因為在現實世界裏我們很難有武俠小說裏的那種情意，所以我們才希望通過閱讀，來填補我們內心中的空虛。

古龍是一個感情豐富的人，他對朋友的情誼更是有口皆碑，他太看重朋友，所以也得罪了很多女孩。因為，只要朋友喜歡，他可以把自己的女人讓給別人。他筆下的人物很多都具有他自己的性格，比如剛才這一點，就很像李尋歡。因為，李尋歡就是為了朋友才離開了自己的愛人林詩音。

在《歡樂英雄》裏，古龍對友情的描繪更加感人。

郭大路之所以到富貴山莊，是因為在窮困之際想做一次強盜的勾當，但是當他進入富貴山莊搜查了一番後，卻發現什麼也沒有。這時，他看到了躺在床上的王動，王動也看到了懸掛在郭大路腰上的劍。王動便讓郭大路去把劍當了，就能換來一頓酒肉吃。強盜反被主人逼著去買吃買喝，郭大路覺得這人很有趣，於是他們成了朋友。

一天，無聊中的郭大路把自己倒掛在屋樑上，試著能不能喝酒，酒卻從鼻子裏噴出來。這時，一個人從外面走進來，看到郭大路的行為很有趣，便也把自己倒掛起來，「咕嘟咕嘟」一口氣將大半瓶酒喝下去。郭大路和王動都很佩服，於是，這個人便成了他們的朋友，他就是燕七。

燕七有一次外出，遇到一個凍得半死的人，便將他帶回富貴山莊，這就是林太平。林太平一口氣喝完了王動埋藏在梅樹下十幾年的好酒，吃完了三個人一天的食糧，但他不但沒感謝，反而還挑三揀四，嫌這不好那不好。而王動說：「這樣的人，你說到哪裡才能找到第二個？」於是，林太平便也成了他們的朋友。

只要你欣賞某個人身上的一個特點，你就能和他成為好朋友，而每個人都有自己的優點，所以，人與人之間都可以成為朋友。其實「富貴山莊」裏的四個人都有各自的身世和秘密，都有令人痛苦的過去，但是他們誰也沒有詢問對方，誰也沒有懷疑對方，他們也不知道其他人的武功怎麼樣。他們只需要在一起感到快樂就行了，其他的事情都無所謂。

此後，在捲入官差捉拿大盜鳳棲梧事件中，四人才顯露了武功，才發現各自都身懷絕技，但之後他們依舊過著貧窮的生活，依舊沒有探尋對方的秘密，因為他們覺得這樣很好，他們不想失去快樂的日子。

理解是友情的基礎

寒冬，富貴山莊的四個人已經好幾天沒有東西吃了，真是饑寒交迫。為了趨避寒冷，郭大路在地上翻起了跟頭，突然一條金鏈子從他的身上掉下來。

在這麼艱苦的情況下，郭大路有金鏈子卻不拿出來換錢，供朋友們生活。其他三人感到驚訝，郭大路也很慚愧，他知道自己做了對不起朋友的事，他準備離開。

但當他從房間走出來時，卻發現三人站在外面，望著他，滿眼的真誠。他們原諒了他，因為他們知道，郭大路這樣做肯定有他的原因。

原來，郭大路本是一個忠厚老實的莊稼漢子，他與同村一個女孩子是青梅竹馬的情侶，但在他們就要結婚的前夕，他的未婚妻竟然與他的馬車夫私奔了。受不了打擊的郭大路，賣掉家產，從此浪蕩江湖。而這條金鏈子就是那個女人送他的禮物。

理解是友情的基礎，是朋友就要學會站在對方的角度思考問題，理解對方行為的原因，知道對方心中的苦楚，並用實際行動切實讓對方感受到這種理解，從而放下心理包袱，對自己也坦誠相待。

默默為朋友承擔

郭大路和燕七在一次進城中，遇到一個奇怪而兇惡的女人，向他們逼問林太平的下落，又在他們背後盯梢，企圖找到他們落腳的地點。為了保護林太平，他們經歷了九死一生的磨難，但誓死也不說出富貴山莊的地點。最後，這女人告訴他們，她是林太平的母親，這樣做是為了考驗林太平交的朋友值不值得。

回到山莊後，郭燕兩人一直沒有和林太平提這件事，儘管他們為了保護他曾在地獄中走了一遭。因為，他們怕林太平知道後會擔憂，過得不愉快。

任何事情都有兩面，謊言雖然是惡，但有時候善意的謊言卻比誠實更加美好。對朋友的坦誠也是一樣，有時候故意隱藏一些事情，不是對朋友不真誠，而是替朋友著想，寧肯自己默默承受委屈，也決不能讓朋友煩惱。

患難之中見真情

富貴山莊周圍出現了幾個非常奇怪的現象，似乎是有敵人上門找晦氣，王動知道是來找他的。他不想讓朋友和他一起遭難，便趕他們離開山莊。但這三人又怎會在朋友遇到麻煩時離去呢？他們堅決留下來和王動一起迎敵。

最後，他們才明白，王動本是江湖上有名的「一飛沖天鷹中王」，和「無孔不入赤練蛇」、「千手千眼蜈蚣神」、「救苦救難紅娘子」、「一見送終催命符」是黑道上的朋友，紅娘子還是王動的情人，後來王動發現她太風騷，也太狠毒，便脫離了組織。這次，為了不讓王動暴露他們的秘密，四人前來殺人滅口。

面對強敵，四個人同仇敵愾，用智慧和勇氣與之周旋，終於打敗了他們。患難之中才能見真情，夫妻之間是這樣，朋友之間也是這樣。寧可自己死也不能讓朋友死，寧可一起死也不能躲避，這就是偉大的友誼。

於是，每個人的秘密逐漸被揭開，每一個秘密的揭開都伴隨著一番劫難和痛苦，但是在共同解決麻煩中，他們的友情更加深厚。儘管在生活中，他們互相取笑打鬧，捉弄對方，好像冤家一樣，但一旦遇到了危險，便合成一股繩。因為他們的內心是純真的，他們的友情萬歲。

愛情是需要經受住考驗的

愛情永遠是文學作品的主題，武俠小說雖以俠義為核心，但如果沒有了愛情的滋潤，也就顯得枯燥和單薄。武俠小說是歌頌英雄的，而英雄和美女又有著說不完的故事，英雄如果沒有女人的陪伴，似乎就少了一種英雄的魅力。許多武俠小說廣為流傳，真正的原因不是其中的武功寫得好，而是愛情故事的感人至深。如《白髮魔女傳》中的連霓裳和卓一航，《神雕俠侶》中的楊過和小龍女，《笑傲江湖》中的令狐沖和岳靈珊，《多情劍客無情劍》中的李尋歡和林詩音……他們愛的方式不一樣，愛的道路不同，但愛的傷痛和甜蜜卻是相似的。

古龍更是描寫愛情的高手，他那細膩精緻的筆調，總是能透視到人心的最深處，挖掘愛的真諦，引領相愛的人遇見、相知、思念、徬徨、誤會、相逢，最終理解了愛的偉大。《歡樂英雄》寫了三組愛情，三組不一樣的愛情，有歡樂也有愁鬱，但在經歷了患難的考驗後，最終都結為眷屬。

郭大路和燕七：歡喜冤家型

富貴山莊裏的四個年輕人都有各自的秘密，燕七的最大秘密是，他是一個女子。

當初，燕七女扮男裝來到富貴山莊，也不知什麼原因，他一開始就和郭大路走得最近，但又和郭大路的矛盾最多。他似乎天生就是要和郭大路作對的，他們整天在一起鬥嘴，吵架，誰也不服誰，但他們又誰也離不開誰，不管做什麼事，總是一起行動。

郭大路的性格是屬於馬大哈類型的，他仗義、忠厚、善良，而又好吃懶做，好色嗜酒，他有著英雄的品格，但也有著普通人的壞習慣。更要命的是，有時候他看起來很傻，有時候又顯得很聰明。該傻的時候他往往很聰明，該聰明的時候他又變傻了。

後來，王動和林太平都看出燕七是一個女生了，並且還看出她對郭大路很有愛意。但就是郭大路自己不知情，一直把燕七當作哥們兒來看待。他也感覺到燕七有些與眾不同的地方，比如：

一、每隔一段時間，燕七就要下山一次，誰也不知道他去了哪裏，幹什麼去了。

二、他穿的又髒又破，並且從沒見他洗過澡，但是站在他身邊卻一點也聞不到臭味。

三、他的衣著打扮很亂，但是屋子卻收拾的很乾淨，並且睡覺時一定要關上門窗，好像生怕別人夜間闖進去。

四、他的眼睛很亮，笑起來時，從鼻子開始，鼻翼周圍就皺起小波紋，很是嫵媚。

五、當別人在談論女人時，他的言語往往是在為女人辯護。

六、好幾次，在生死危機之時，燕七說要告訴郭大路一個秘密，可他剛說出「我本是個……」時，情況又轉危為安了。後面的話一直沒說出來。

儘管有這些破綻存在，可郭大路就是沒有想到燕七是一個女子。也只有郭大路這樣的人才這樣笨，笨的可愛。因為他太看重友情，只要他把你看作朋友，你就是他一輩子的哥們。

後來，燕七和郭大路的關係有了微妙的變化，他們都感到了彼此之間那種難分的情意，但又覺得好像有一堵牆隔在中間，阻攔了進一步的接近。為了避免尷尬，燕七離開了富貴山莊。

郭大路的心情很失落，他變得驕躁不安，王動也想把燕七的秘密告訴他，但還是忍住了，因為有些東西只有自己去發現，才更珍貴。在相思的煎熬中，郭大路決定去尋找燕七，而這時燕七也早已準備好了「試卷」，等著郭大路走進考場，接受考驗。

妓院裏，郭大路與漂亮的歌女相擁，但在關鍵之時，他想起了燕七那雙清澈明亮的眼睛，他控制住了自己。然後，面前這個美麗的女子便把燕七的謎底告訴了郭大路，郭大路才恍然大悟。於是，他微笑著，緩緩道：

「我並沒有毛病……一點毛病都沒有，我只不過是個瞎子而已。」

接著，郭大路遠上濟南府去尋找燕七，又經歷了武功和智慧的考驗，才最終在一所非常隱蔽的屋子裏見到了一頭秀髮披肩、一身白裙清雅的燕七。

他這才明白燕七為何一直沒有把自己的秘密告訴他，因為她的父親是江湖上的大魔頭南宮醜，她怕郭大路瞧不起她。可是在經歷了這麼多磨難和考驗之後，他們彼此的心靠得更近了。何況南宮醜也並不像江湖傳言的那麼可怕，而現在他已是一個病暮中的老人了。

郭大路和燕七的感情是在吵鬧和逗趣中建立起來的，又逐漸從友情發展為愛情。他們是一對歡喜冤家，可他們活得很歡樂，很幸福。

王動和紅娘子：浪子回頭型

紅娘子和王動本來是一對愛人，是紅娘子把王動帶進江湖，讓他品嚐到溫柔鄉的美好，王動也將自己的全部真情給了紅娘子。但愛的越深就傷的越痛，看到紅娘子和別人風騷的樣子，王動的心受到重創，便離開這個組織，躲到了富貴山莊。

而當紅娘子和催命符、赤練蛇等人來尋仇之時，王動才知道他們丟了一批財寶，他們認為是王動偷走的。其實是紅娘子私吞了。

在郭大路、燕七和林太平的幫助下，王動設計讓他們內訌，最終打敗了敵人。

一個人若知道自己無論在什麼情況下，都有真正的朋友站在他一邊，和他同生死、共患難，他立刻就會變得有了勇氣，有了信心。

為道義友情而結合的力量，必定戰勝因厲害而勾結的暴力。

紅娘子被他們之間偉大的友情所感動，她也為自己當初沒能珍惜王動的真情而後悔，她希望能有補救的機會，挽回王動對她的感情。她將獨吞的財寶全部散給因黃河氾濫而受災的百姓，她洗盡鉛華，變成一個樸素的婦女，每天為富貴山莊的「四位公子」做飯掃屋，照顧受傷的林太平。但王動依然對她不理不顧。

絕望中，紅娘子決心離開山莊，卻在下山的途中遭到仇家的圍攻，危機中，不喜歡動的王動卻飛快地動了起來。他殺入重圍，任自己的身體被刀刃劃破，將紅娘子救出。

於是，一個玩弄感情的女魔頭徹底改變了自己，重新贏得愛人的真情，江湖自此又有了一段佳話。

林太平和玉玲瓏：羅密歐與茱麗葉型

林太平本是當今江湖武功最高最具盛名的陸上龍王的兒子，他的母親為他和玉玲瓏定下婚約，林太平很不滿意這樁親事，便逃走了，後來被燕七帶到富貴山莊。

玉玲瓏是一個嫉惡如仇而殺人如麻的女子，她年輕又漂亮，卻偏偏裝成老太婆的派頭，嘴裏含著水煙袋，到哪兒都讓人抬著，膝邊還有為之揉捏的女僕。這樣的女子，還真讓人受不了，何況林太平本是一個文雅的翩翩公子。

一個女子在將要結婚時，丈夫卻逃走了，這無疑是一種恥辱，尤其是對玉玲瓏這種自尊心強的剛烈女子。她發誓要得到林太平，然後報復他。於是，她扮作一個普通可愛的賣花女孩來到富貴山莊旁邊，演了一場被壞男人調戲的假戲。林太平英雄救美成功，同時也被賣花女的清純所吸引。

此後，賣花姑娘便經常到山莊賣花，林太平每次都把她的花全部買下來。在和林太平交往中，雙方都互相產生了好感。玉玲瓏也改變了當初想要報復的心理，真正愛上了林太平。

正當兩人熱戀之時，陸上龍王出現了，他極力阻止林太平娶這個女子。原來陸上龍王和玉玲瓏的父親是仇敵，他的一隻腿就是被玉玲瓏的父親砍斷的，他發誓要殺完玉家的人。而玉玲瓏的母親與林太平的母親本是親姊妹，臨死之時，她托林太平的母親把玉玲瓏許配給林太平，希望陸上龍王能因此放過自己的女兒。

這時，林太平也知道了賣花姑娘就是玉玲瓏，但他已深深愛上了她。他和陸上龍王定下賭約，如果玉玲瓏能為他死，陸上龍王就放過她。

要麼和林太平解除婚約，從此不再相見，要麼喝下毒藥，自己死去。玉玲瓏有兩個選擇，她毫不猶豫的喝了毒藥。當然她並沒有死，因為毒藥是假的，但她與林太平之間的愛情卻是真實的。

這份愛情和莎士比亞的《羅密歐和茱麗葉》有很大的相似性，只是結尾不同，一個是悲劇，一個卻化解了兩家的仇怨，成為圓滿的喜劇。

古龍的小說，在故事的講述中，總是充滿悲情和憂鬱，但結尾都是充滿陽光的，有著大團圓的喜慶。也許他是不想讓讀者太悲傷，他要讓我們像歡樂英雄一樣快樂的生活。

第八章 《多情劍客無情劍》

眉，你肯不肯親手拿刀割破我的喉嚨，挖出我那血淋淋的心留著，算是我送給你最後的禮物？

——徐志摩，《愛眉劄記》

一個男人與一個女人的決鬥

在一個喜歡武俠小說的人心中，李尋歡的地位是不可代替的，尤其是我。

當時代進步，網路成為人們生活中不可缺少的東西，人與人之間傳遞資訊的方式也在發生變化，聊天室、電子郵件、微薄等方式的出現代替了傳統的信鴿和郵遞員。在我上學期間，正是ＱＱ最為流行的時代，那個可愛的小企鵝佔據了我們心中情人的位置和無數無聊的時光，周圍的年輕人都有自己的帳號，去網吧打開電腦的第一件事就是登錄ＱＱ軟體。每個人都有自己獨特的網名和獨特的簽名，單單流覽這些各具特色的網名，就是一件很有趣的事。我們用ＱＱ主要就是聊天，和朋友，也和陌生人，和陌生人聊天比和朋友聊更刺激，因為誰也看不到誰，誰也不認識誰，你可以吹牛，可以罵人，也可以調戲女生。那時候我們還互相比賽，看誰的帳號能最先達到太陽等級。記得起初騰訊是根據登錄時間來計算等級的，所以很多同學有事沒事都把ＱＱ掛上。後來，騰訊改變了規則，只要每天線上兩個小時就可以升一級，而且一天最多只能升一級。這樣升級的速度就慢了，我直到上大三的時候才擁有了太陽。後來當我擁有一太陽一月亮一星星的時候，我便對上ＱＱ失去了興趣，好長時間才登陸一次，看有沒有人在我的空間裏留言。網路世界的虛擬給我們的獵奇心理帶來了便利，我們可以任意把自己的資料設置為男和女，然後懷著猥瑣的心去勾引陌生的男人或女人。其實我們並不想捉弄人，有時還真誠的希望能在網上找到一個知音，只因為現實生活的無聊和殘酷有些讓我們失望。

我在上面說了這麼多關於ＱＱ的事，並不是想表達自己對科技進步的觀點。我的表達目的是要引到李尋歡這個話題上。因為我的網名叫「令狐尋歡」，是對金庸筆下的令狐沖和古龍筆下的李尋歡的致敬，而我的簽名檔是古龍描寫李尋歡的一句話：「他平生最厭惡的就是寂寞，但他卻偏偏時常與寂寞為伍。」自從我擁有ＱＱ帳號之後，我的網名就沒有變過，我的簽名檔也沒有變過。這就是我對李尋歡的感情。

我大學時的筆友楊三少，曾經無數次的和我聊過李尋歡這個人物形象所代表的藝術家式的孤獨氣息。他後來在考研時選擇了美學專業，他對李尋歡的評價是：李尋歡的一生是充滿美感的一生。

我非常贊同他的觀點，後來我們在討論怎樣的人生才是最有價值的人生時，也達成了共識，那就是用「美」這個詞來定義活著的標準。美是一種對生活的關照，執著於生活，但絕不被生活所累，把幸福和痛苦放在平等的地位，人既可以享受幸福，也可以享受痛苦，甚至可以把痛苦變得比幸福還要美好。我們希望自己離開人世的時候，會在墓碑上寫道：「這個人的一生是美的」。

李尋歡無疑已經做到了，他身上的一切都蘊含著一種絕妙的美的境界。他對愛情的猶豫和癡心，他的飛刀所散發出的戰無不勝的光芒，他在喝酒時的病態的咳嗽，他一身白衣面對林仙兒誘惑時的鎮定風度……所有的一切就像一幅幅精緻的水墨畫一樣，把陰鬱的美感繪描的淋漓盡致。

曾有一個人評論令狐沖時說：「他是精神上的潔癖者。」這句話用來定義李尋歡或許更合適。李尋歡的一生從物質上來說是富有傳奇性的一生，是自由偉大的一生，但是從精神上來講卻是寂寞的、痛苦的，他始終把自己藏在一個無形的牢籠中。但是這樣的精神狀態卻呈現出一種純潔的美，儘管這種美帶有妖嬈的病態，但病態又增加了美的厚度。

所以，李尋歡是在用一支藝術家的筆來書寫自傳，他的全部生命都奉獻給了極致的愛情的美。這樣的愛情正因為得不到才彌足珍貴。

李尋歡生活的環境就是一本黑字白紙的書，它的名字叫《多情劍客無情劍》。這本書是古龍「小李飛刀」系列的核心作品，又名《風雲第一刀》。如果從故事的主要人物李尋歡來看，叫「風雲第一刀」更合適，但是這個名字顯得有些僵硬、呆俗，與古龍那種飄逸和靈動的文字氣質不匹配，所以我更喜歡「多情劍客無情劍」，這樣便突出了阿飛的地位，因為阿飛使劍。劍無情，人卻多情。

刀也無情，用刀的人卻多情。

不管是李尋歡的飛刀，還是阿飛的劍，它們只不過是無情的利器。而唯有人心才是鮮活的，唯有人性才是複雜多情的，他們可以用手中的利刃殺人，也可以救人。江湖是人的江湖，人手中的武器只是這個江湖的點綴。

《多情劍客無情劍》是一本散文式的小說，它的故事不是武俠小說通常用的尋寶、復仇、學藝等題材，而是著重講述愛情，描寫人物的性格悲劇。李尋歡的憂鬱，阿飛的單純，林詩音的柔弱，荊無命的孤僻，林仙兒的嫉妒，龍嘯雲的委屈。人物因性格不同而走向不同的生活道路，遭遇不同的困境，但最後都以不同的方式得到解脫。

這本書的表層線索是李尋歡和上官金虹的爭鬥，末枝是李尋歡、林詩音、龍嘯雲三人的感情糾葛，但如果細細琢磨，便會發現，故事深層意義上講的是一個男人和一個女人的較量。這個男人就是李尋歡，女人卻不是林詩音，而是林仙兒。

李尋歡和林仙兒正面對峙的場面並不多，但很多情節的出現都或多或少與他們兩人有關，李尋歡遭遇的許多危險其實就是林仙兒搞的鬼。

「小李神刀，冠絕天下，出手一刀，例無虛發。」李尋歡是江湖中最有名氣又最具傳奇色彩的浪子，他的氣質和魅力無人堪比。他手中飛刀例無虛發，但他心中的愛人卻成了別人的妻子。

林仙兒作為江湖第一美人，有著天使般的美貌，江湖上無論是意氣輕揚的俠少，還是成名多年的魔頭，都拜倒在他的石榴裙下。儘管林仙兒征服了無數男人，但她仍有一個心病，那就是李尋歡。像李尋歡這樣的男人，任何女人都會喜歡，但林仙兒不知道自己是否也能夠像征服別的男人一樣征服李尋歡，所以她想試試。

林仙兒所用的計謀就是「賊喊捉賊」，她自己假扮為「梅花盜」，四處作案，然後放言誰能除掉梅花盜，她就嫁給誰。江湖陷入了一場謎案之中，只是誰也看不清真相。而此時，李尋歡坐在馬車上，從關外回到他已闊別了十年的中原。這兩件事不是巧合，而是林仙兒的一手安排，她知道唯有李尋歡能夠除掉梅花盜，那時她就可以嫁給李尋歡了。但李尋歡何等聰明，他在追查梅花盜的時候，發現了林仙兒的秘密。但由於自己的朋友阿飛愛上了林仙兒，所以他並沒有馬上揭穿這個秘密。林仙兒看到這個計策將要失敗，便露出面目，親自上陣勾引李尋歡，李尋歡心中只有林詩音，對林仙兒的挑逗無動於衷。

林仙兒敗了，她可以征服世界上所有的男人，並且把阿飛迷的神魂顛倒，就是不能征服李尋歡。

自己得不到的東西，她也不希望別人得到，那麼最好的辦法就是除掉他。於是，在「消失」了兩年後，她又企圖利用上官金虹「金錢幫」的力量來對付李尋歡。

李尋歡為了解救被林仙兒迷惑了心智的阿飛，和兵器譜上的多位高手決鬥。在決鬥中，李尋歡用自己的真誠和正義之心，感染了這些高手，不但化敵為友，還得到了他們的幫助，這就更激怒了林仙兒。

最終，善的力量還是壓倒了邪惡，作繭者自己縛住了手腳，玩火者焚於火。阿飛在一場大雨中清醒，他終於看清了林仙兒的真相，擺脫了自己靈魂上的枷鎖，重新站了起來。阿飛離開了林仙兒，林仙兒最終還是沒有征服李尋歡，並且還失去了最愛自己的男人——阿飛。於是，她的命運到此結束，曾經她用妓女的手段將男人玩弄手掌之中，而最後她成為了一個真正的妓女，淪落在京城的窯子裏。

這是一個讓人悲讓人痛讓人憐惜又讓人欣慰的江湖故事，這個故事很精彩，又很淒美。在淒美中還有希望的光。

在李尋歡和林仙兒較量的同時，還有很多精彩的事情在上演，如李尋歡與林詩音的悲劇愛情，龍嘯雲與李尋歡之間的微妙關係，阿飛與李尋歡的偉大友情，鐵傳甲悲壯的忠義之路，上官金虹與李尋歡之間的決鬥，郭嵩陽和李尋歡的英雄相惜，孫小紅對李尋歡的愛……

這些故事情節互相穿插，勾勒出一幅紛繁複雜的江湖畫面，無論是善是惡，每個人都表現出人性中的矛盾，既讓人悲憤又讓人陡升同情之心。所以，本書情節設計複雜而又轉換自然，奇峰突起，跌宕起伏，但核心主線卻是林仙兒和李尋歡的較量。

古龍是渲染氣氛的高手，他所描寫的愛情總是那麼盪氣迴腸，讓人讀起來禁不住喉頭哽咽，那充滿淒涼感的文字慢慢在宣紙上鋪展，梅花點點凋落雪地，一切都彷彿在自己的眼前演繹，淚水溢滿眼眶，又慢慢流回心裏。但不管遭遇多麼大的挫折，經歷多麼悲痛的錯過，人性深處的愛和善的力量總是會戰勝邪惡的。

任何時候都不能失去想要看到明天朝陽的希望，都不能失去對夢想的憧憬。李尋歡總歸是勝利者，他是憂鬱的，是病態的，是散漫的，是疲憊的，可是他絕不是一個放棄者，他始終懷著對生活的滿腔熱情，去為自己愛的人默默守護，去為朋友兩肋插刀。

《多情劍客無情劍》的主題是對愛本身的張揚，是對生命中那盞燈光照耀下的柔情的呵護，是對悲劇命運的樂觀的關照。李尋歡和林詩音的愛是純真的，但他們卻無法在一起。他們只能活在痛苦中。阿飛為了一個不值得愛的女人，沉淪倒下，連劍都懶得再動，同時又寂寞的忍受，最終發現只是一場騙局。這種愛的兩難處境是古龍在小說中反復表現的，他讚頌愛的偉大，同時也揭露愛的虛偽，批判以愛之名傷害別人的醜陋，但最終，關於愛的所有問題都是沒有答案的，愛只能被感覺，而無法言說。

李尋歡

——飛刀在手，寂寞在心

李尋歡的一生是與三樣東西伴隨在一起的：一是飛刀，這是他的事業；二是酒，這是他的生活；三是寂寞，這是他的氣質。在江湖上，把飛刀作為暗器的人很多，但沒有一個人能達到李尋歡這樣的境界，因為他的飛刀例無虛發，從來沒有失敗過。在江湖上，喝酒的人也很多，但沒有一個人能像李尋歡這樣嗜酒如命，他喝酒不只是在喝酒，而是在生活。在江湖上，浪子很多，浪子的特質就是寂寞，但唯有李尋歡的寂寞是深入靈魂，他討厭寂寞，但他更是在享受寂寞，只有在寂寞中，他的精神世界才是富足的。但這三樣東西都集中在李尋歡身上時，便造就了他不同於他人的氣質。

飛刀：那一刀的柔情，埋葬了回憶

在武俠小說中，或者說在真正的江湖中，英雄豪傑所使用的兵器大多是刀、劍、鞭、棍等傳統兵器，它們是正義的象徵，能體現出英雄人物的磅礴氣概。只有旁門左道的人才使用那些奇形怪狀的兵器，尤其是暗器，更被英雄人物所蔑視。

可李尋歡使用的偏偏是飛刀這樣一個輕巧的兵器，飛刀本是暗器的一種，暗器往往代表著暗中偷襲之意，是江湖小人所用的伎倆。但李尋歡作為正義之俠的代表，為何也用飛刀？並且在他手中，飛刀不但沒有一絲陰暗的影子，反而總是散發著讓人迷醉的神奇光芒。這是因為古龍認為：「兵器的好壞並沒有關係，主要的是看用兵器的是什麼人。」

是李尋歡自己的人格特質賦予了飛刀美的韻致，他是書生，又是浪子，他是那麼的落拓憂鬱，又是那麼的儒雅瀟灑，他給人一種病態的柔弱感，但在關鍵時刻飛刀所帶來的力量又總是令敵人恐懼。所以，李尋歡是浪子中的書生，又是書生中的浪子。

心湖大師雖然久聞「小李探花」的名聲，但直到此刻才見著他。他似乎想不到這懶散而瀟灑，蕭疏卻沉著，充滿了詩人氣質的落拓客，就是名滿天下的浪子游俠。

李尋歡有著詩人般的氣質，他是儒俠，大刀長劍等兵器與他是不相配的，大刀顯得過於魯莽，劍雖然高雅但太普通，也只有飛刀這種輕盈而有充滿神秘感的兵器才能與李尋歡融合在一起。他手中的飛刀太玄妙，沒有人知道他是怎樣發出來的，人們知道的只是一句話：「小李神刀，冠絕天下，出手一刀，例無虛發。」

他用一把刀行走江湖，維護著江湖的正義，懲罰敵人，幫助朋友，拯救眾生。百曉生把飛刀排在兵器譜的第三位，但誰也不知道李尋歡的飛刀究竟有多快，因為百曉生自己就死在這把刀下。

百曉生「無所不知，無所不曉」，只有一件事弄錯了。

小李飛刀比他想像中還要快得多。

小李飛刀縱未出手，也足以令人喪膽——小李飛刀最可怕的時候，也就是它還未出手的時候。

因為它出手之後，對方就已不知道什麼叫可怕了。

死人是不知道害怕的。

這把飛刀意味著魔力、恐懼、死亡，但同時它又代表著正義、溫情、希望，不管在多麼危險的境地，只要有小李飛刀在，人們心中就會懷著一份獲勝的光芒。

這雙手雖然隨時都可取人性命，卻又隨時都在準備著幫助別人，這雙手有時握著的雖是殺人的刀，但有時卻握著滿把同情。

這就是小李飛刀，它是兵器譜上唯一不敗的神奇，只因為它的主人——李尋歡本身就是一個神奇。

酒：越需要喝醉的時候卻偏偏不醉

美酒，佳人，蒼白的臉，寂寞的心，這是古龍小說中亙古不變的浪子的形象。

而酒排在第一，更是突出了它在浪子生活中的地位，浪子可以沒有錢財，沒有朋友，沒有名譽，但絕不能沒有酒。因為，有時候酒就是朋友。

酒往往是與浪漫聯繫在一起的，喝醉的過程是人還原真我的過程，它使人彷彿進入神仙的境界，拋棄掉塵世間所有的煩惱痛苦，只剩一幅軀殼浮游於天地中，任由酒氣在血液中瀰漫。能夠代表喝酒感受的詞只有一個，那就是痛快。

「酒逢知己千杯少。」

「勸君更盡一杯酒，西出陽關無故人。」

「抽刀斷水水更流，舉杯銷愁愁更愁。」

「醉裏挑燈看劍，夢回吹角連營。」

「酒放豪腸，七分釀成月光，餘下的三分嘯成劍氣。」……

似乎文人沒有不好酒的，晉朝的「竹林七賢」，唐朝的李太白，宋代的蘇東坡，清朝的鄭板橋，而在近代文人中，論好酒之冠者，非古龍莫屬。那棺材中的四十八瓶威士卡就是最真實的寫照。古龍好酒，古龍筆下的人物更好酒，李尋歡當是代表：

李尋歡歎了口氣，自角落中摸出了酒瓶，他大口的喝酒時，也大聲的咳嗽起來，不停的咳嗽使得蒼白的臉上，泛起一種病態的嫣紅，就彷彿地獄中的火焰，正在焚燒著他的肉體與靈魂。

這是一幅多麼痛楚的形象，把寂寞融入酒中，把酒喝進肚裏，酒卻化成了淚和血。在那一杯杯純淨的佳釀裏，李尋歡看到了自己的影子：

他眼角佈滿了皺紋，每一條皺紋裏都蓄滿了他生命中的憂患和不幸，只有他的眼睛，還是年輕的。

李尋歡的生命中有數不清的傳奇和聲譽，但也有忘不掉的錯過與悔恨，也許只有酒能帶給他稍許的解脫。他本是朝廷探花，但卻受不了官府約束，辭官不做，進入江湖，只為了過一種自由的生活。他最愛的女人是林詩音，但偏偏自己的朋友也愛上了她，而這個朋友又是他的救命恩人，他只能放棄，把家和女人都讓給了朋友。他既是物質上的浪子，也是精神上的浪子，他愛名利，同時又仇恨名利，他喜歡女人，但又放棄女人。他活在自己的矛盾糾葛裏，自己為自己製造了麻煩，但又無法解決這些麻煩。所以，他只能將所有的煩惱寄託在酒中，因為喝醉了就不用想了。

李尋歡突然笑道：「你可知道我為什麼喜歡你這朋友？」

阿飛沉默著。李尋歡笑道：「只因為你是我朋友中，看到我咳嗽，卻沒有勸我戒酒的第一人。」

……

梅二先生皺眉道：「如此說來，你還是莫要喝酒的好，久咳必傷肺，再喝酒只怕……」

李尋歡笑道：「傷肺？我還有肺可傷嗎？我的肺早已爛光了。」

在關外居住的十年光陰裏，李尋歡沒有家園，沒有愛人，沒有秉燭夜談的知音，唯一陪伴他的就是僕人鐵傳甲——一個忠心耿耿的虯髯大漢。對於一個情感豐富的浪子來說，這種生活無疑和地獄一樣殘酷，所以，李尋歡不能沒有酒，是酒延續了他的生命，沒有酒他就不可能再回到中原，也不能再遇到心中的愛人。

李尋歡自己曾有一句名言：「佳人不可唐突，美酒不可糟蹋。」他的確沒有糟蹋美酒，他卻唐突了佳人。也正因為他對林詩音的唐突，造成他一生的悲劇。

寂寞：寂寞不是因為沒有一個朋友，而是某人不在

李尋歡終於還是回來了，只因為他不能控制自己的思念，他想看看她，看看她過的怎樣，哪怕只是一眼。李尋歡坐在車中，這是一段寂寞又漫長的旅途。

冷風如刀，以大地為砧板，視眾生為魚肉。萬里飛雪，將蒼穹作烘爐，溶萬物為白銀。

滾動的車輪碾碎了地上的冰雪，卻碾不碎天地間的寂寞。

他用小刀刻著一個女人的雕像，柔和溫暖的曲線，他用自己修長的手賦予雕像靈魂，雕刻完，就將它埋在雪地裏，然後又開始雕刻下一個。

他平生最厭惡的就是寂寞，但他卻偏偏時常與寂寞為伍。

而他的寂寞是他自己造成的。他與林詩音本是青梅竹馬的表兄妹，十年前，他被關外三凶追殺，危險時刻龍嘯雲路過救了他的命，又幫助他回到家。然而此後不久，他發現，龍嘯雲愛上了林詩音，並為之憔悴不堪。在朋友和愛人面前，他不得不做出一個抉擇。三天之後，他下了決心，開始沉淪放蕩，故意讓林詩音傷心失望。林詩音最終嫁給了對自己情誼綿綿的龍嘯雲，李尋歡將自己的家園也作為陪嫁送給他們，隻身一人遠走關外。此後，伴隨他一生的便是寂寞和痛苦。

相見時難別亦難。

這十餘年來，他只見到林詩音三次。每次都只有匆匆一面，有時甚至連一句話都沒有說，但牽在他心上的線，卻永遠是握在林詩音手裏的。只要能見到她，甚至只要能感覺到她就在附近，他就心滿意足。

十年後，他放不下對林詩音的思念，要回來看她。既然放手了，又為什麼要愛，既然愛著，又為什麼要放手？或許每個人都會責怪李尋歡的軟弱，責怪他愚蠢的選擇，但他如果不這樣做，他就不是李尋歡。他寧可自己痛苦，也決不能對不起兄弟朋友，更重要的是這個朋友還是他的救命恩人。看到朋友為情消瘦的面龐，他明知是錯也必須去犯。

他這一生最大的弱點，就是心腸太軟，有時他雖然明知這件事是決不能做的，卻偏偏還是硬不起心腸來拒絕。

很多人都知道他這個弱點，很多人都在利用他這個弱點。

他自己也知道，卻還是沒法子改。

他寧可讓人對不起他一萬次，也不願做一次對不起別人的事，有時他甚至明知別人在騙他，卻還是寧願被騙。

李尋歡錯了，他為自己的錯付出了太大的代價，但是，這個錯又是多麼的淒美。

在生活中，能帶給人觸動和永恆印記的往往是悲劇，悲劇的力量要遠遠超過喜劇的力量，悲劇之美更具刺激意義。喜劇讓人很容易忽視，一笑之後，什麼也留不下。而悲劇帶給人的卻是無法癒合的傷口，即使流血已經結痂，但在你撩撥它的時候，仍然有痛楚，而那種隱隱作痛更讓人陷入無法忍受的境地。因為，人生的本質就是痛苦，人一生遭遇的痛苦永遠要比快樂多。但我們決不能被痛苦打到，痛苦也是一種精神財富。當我們在痛苦中回味初戀情人溫順的眼神，少年時攀爬的小桃樹，第一次看見火車時的樣子……我們總會感覺有一絲暖暖的甜蜜，只因為每個人心中都有一塊柔軟的地方。人因為善良而愛，也因為善良而痛苦，痛苦不是罪惡，而是愛的一種。

李尋歡名為「尋歡」，他也一直在尋找歡樂，可陪伴他的卻永遠是寂寞。當看到梅林，那個留下無數回憶的地方，李尋歡再也控制不住似水的柔情，他的淚水將雪花沾染。

他記得那亭子的欄杆是紅的，梅花也是紅的，但她坐在欄杆上，梅花和欄杆彷彿全都失去了顏色。

現在，那庭院是否仍依舊？她是否還時常坐在亭子的欄杆上，數梅花上的雪花、雪花下的梅花？

我為古龍的曠世才情所傾倒，這是一闋多麼愁腸的悲歌。一個滿身蕭索的漢子，孤寂的站在牆角的樹枝梅下，蒼白的臉融入滿世界的銀雪中，北風的輕狂吹落了他眼角的一滴淚，一滴血淚。花是紅的，淚也是紅的。李尋歡呵，你這個讓人崇拜又讓人同情的浪子，曠世的寂寞將你帶回故園，當你終於看到思念了一千遍一萬遍的情人，你又會怎麼樣呢？

李尋歡所能做的，也許只能是沉默，將思念繼續隱藏，將癡情偽裝成淡漠。因為有些事一旦錯過，就再沒有重來的機會。小樓依舊，門面依舊，可面對面相視的人都已蒼老，唯一不變的也許就是心中的愛與恨。

忽然間，一隻手伸出來，緊緊拉著珠簾。

這隻手是如此溫柔，如此美麗，卻因握得太緊，白玉般的手背上就現出了一條條淡青色的筋絡。珠簾斷了，珠子落在地上，彷彿一串琴音。

李尋歡望著這雙手，緩緩站起來，緩緩道：「告辭。」

林詩音的手握得更緊，顫聲道：「你既已走了，為什麼要回來？我們本來生活得很平靜，你……你為什麼要來攪亂我們？」

李尋歡的嘴緊閉著，但嘴角的肌肉卻在不停的抽搐……

……

她的臉是那麼蒼白，那麼美麗。

她眼波中充滿了激動，又充滿了痛苦。

她從來也沒有在任何人面前如此失常過。

……

李尋歡沒有回頭。

他不敢回頭，不敢看她。

他知道他此時若是看了她一眼，恐怕會發生一些令彼此都要痛苦終身的事，這令他連想都不敢去想……

他很快的走下樓。

林詩音望著他的背影，身子忽然軟軟的倒在地上。

有人曾問我最讓人悲痛的詩句是什麼，我毫不猶豫的回答：「相逢何必曾相識。」與故人的重逢往往是最尷尬的事情，也是最讓人悲痛的事情，因為它總是會勾起很多的回憶。回憶是美好的，現實是殘酷的，當現實遭遇回憶，痛苦就誕生了。李尋歡已經走了，他為什麼要回來，也許連他自己也說不清。他絕不會是想回來奪回他曾擁有的東西，因為他已經放棄了，你也不是想故意攪亂這個家的平靜生活，因為他做事從來都是替別人想的。他渴望的只是想尋覓一段已經逝去很遠的回憶，重溫一份故去的情意，否則他的心就要被酒和孤獨完全吞沒。

有些事你縱然拒絕去想，卻偏偏還是時時刻刻都要想起，人，永遠都無法控制自己的思想，這也是人生的許多種痛苦之一。

當「梅花盜」的謎案告一段落，李尋歡也從少林寺脫身，和阿飛一起回到「興雲莊」，夜已經很深了。

夜，漆黑的夜。

只有小樓上的一盞燈還在亮著。

李尋歡癡癡的望著這鬼火般的孤燈，也不知過了多久，忽然取出塊絲巾，掩住嘴不停的咳嗽起來。鮮血濺在絲巾上，宛如被寒風摧落在雪地上的殘梅，李尋歡悄悄將絲巾藏在衣中，笑著道：「我忽然不想進去了。」

阿飛似乎並未發覺他笑容的辛酸，道：「你既然已來了，為什麼不進去？」

李尋歡淡淡道：「我做的事有許多沒有原因的，連我自己都解釋不出。」

阿飛瞪著他良久，良久，慢慢地垂下頭，黯然道：「你是個令人無法瞭解的人，卻也是令人無法忘記的朋友。」

人的感情的確是一個無法穿透的迷宮，在每一個暗閣和通道中都有它複雜的銜接點。作為理性的人，也許能解釋自然現象的原因，掌握歷史地理知識，策劃各種陰謀，但是不管他年齡多麼大，心智多麼成熟，在感情面前，每個人都還是不懂事的孩子。人的很多行為往往是盲目的和不由自主的，有些事明知道不可為但還是控制不住自己的情緒去做，有些錯誤明知道可以避免，但在事發的當時卻總是看不清。而李尋歡自己也意識到了這一點：

他凝視著孫小紅，接著道：「一個人一生中只要鑄下一件永遠無法補救的大錯，無論他的出發點是為什麼，他終生都得為這件事負疚，就算別人已原諒了他，但他自己卻無法原諒自己，那種感覺才真正可怕。」

我們已沒有必要再責怪李尋歡，因為他所做的一切都不是為了自己，只是他也沒有想到那樣做會令很多人傷心。我們對這個浪子只能懷著一份敬佩的同情，把他視為朋友，陪他飲盡一杯苦酒，替他分擔一點痛苦。

龍嘯雲——他才是最痛苦的人

龍嘯雲是李尋歡的結義大哥，他救過李尋歡的命，他又愛上了李尋歡的表妹林詩音。他偶然的一次出手行俠，在救了李尋歡的生命的同時，也毀滅了本該屬於李尋歡的一切。李尋歡的生命活下來了，但是他的精神卻從此陷入痛苦。

龍嘯雲娶了林詩音，「李園」變成了「興雲莊」，他擁有了本該屬於李尋歡的一切，表面上他與李尋歡稱兄道弟，暗中卻想害死他。許多人都憎惡龍嘯雲這個角色，認為他是小人，但我想說，即便他是小人，他也是一個讓人同情的具有悲劇色彩的小人。

愛上林詩音是他的錯，但對愛本身來說又是沒有錯的。當他愛林詩音的時候，他並不知道林詩音與李尋歡的戀人關係，他以為林詩音只是李尋歡的表妹。所以，他和林詩音結婚了，婚後他才發現林詩音心中一直愛著李尋歡，她嫁給龍嘯雲只不過是賭氣，是對李尋歡懦弱的懲罰。龍嘯雲是得到了李尋歡的東西，但他從來都不能安心的享有，他的心中一直隱藏著陰影。他知道，只要李尋歡想要，完全可以輕易的拿回去。

作為男人，龍嘯雲也有尊嚴，他害怕別人瞧不起他。所以，在看到李尋歡回到中原後，他的內心就開始煎熬，好像看到了末日即將來臨。他開始去冒險，去做一些本不應該做的事。但他想得太多，做得也太過分。他沒有考慮到，如果林詩音察覺到這些後，又該怎樣去面對。

林詩音望著他，忽也嘶聲笑起來，道：「他害了你，你還要替他說話，很好，你的確夠朋友，但你知不知道我也是人……你對不對得起我？」

說到後來，誰也分不清她究竟是在笑，還是在哭？

李尋歡劇烈的咳嗽起來，咳出了血。

龍嘯雲瞪著他，嗄聲道：「你說的不錯，我的確是為了這個家，為了我的兒子，我們本來活得好好的，你一來就全都改變了！」

他瘋狂般大吼道：「我本來是這家的主人，但你一來，我就覺得只不過是在這裏做客，我本來有個好兒子，但你一來，就叫他變得半死不活。」

李尋歡明知道龍嘯雲在害他，卻不願說出來。李尋歡表現的越夠朋友，越寬容大度，龍嘯雲心中的恨就越深。尤其是李尋歡在不知情的情況下，傷害了他的兒子龍小雲，更加深了他的仇恨。

這就是龍嘯雲的痛苦，得到了不一定就幸福，因為他的一切都是李尋歡賜予的，在李尋歡面前，他永遠只能是一個被給予者，永遠不能抬起高傲的頭。所以，他要讓李尋歡死，他沒有過多考慮李尋歡死後自己是否能得以解脫，他只是不願再讓這個人存在，不願再想起這個人和看到這個人。當他花了兩年時光，請了高手終於將李尋歡制住後，他心中的怨氣才真實的發洩出來。

龍嘯雲沉默了很久，道：「我知道你這些年來一直都很痛苦。」

李尋歡勉強笑了笑，道：「大多數人都有痛苦。」

龍嘯雲道：「但你的痛苦比別人都深得多，也重的多。」

李尋歡：「哦？」

龍嘯雲道：「因為你將你最心愛的人，讓給了別人做妻子。」

杯中的酒潑出，因為李尋歡的手在抖。

龍嘯雲的手也在抖，道：「真正的痛苦是什麼，也許你還不知道。」

李尋歡道：「也許……」

龍嘯雲道：「當一個男人知道自己的妻子原來是別人讓給他的，而且他的妻子一直還是愛著那個人，這才是最大的痛苦。」

這的確是最大的痛苦。

不但是痛苦，而且還是種羞辱。

讀到這裏，我們便理解了龍嘯雲為什麼要對李尋歡那樣做。他也是江湖上有頭臉的人物，他是「興雲莊」的主人龍四哥，李尋歡一來，他就只能做「客人」，即使別人不說，他自己內心卻不好受。他是林詩音的丈夫，但林詩音看到李尋歡時，那種曖昧的氣氛讓他惱火，他的尊嚴完全掃地。

龍嘯雲恨李尋歡，因為他懷疑，他嫉妒。

他始終懷疑李尋歡會將所有的一切都收回去。

他嫉妒李尋歡那種偉大的人格和情感，因為他自己永遠做不到。

懷疑和嫉妒就是他的枷鎖。

李尋歡的痛苦是因為他的失去，而龍嘯雲的痛苦卻是因為他的得到。失與得都同樣讓人痛苦。這是因為不該失去的卻失去了，不該擁有的卻擁有了。

都說「有情人終成眷屬」，那只不過是美好的願望，愛錯了對象，做出了錯誤的決定，都會將一個人或者一個家庭毀滅。這就是人類的悲劇。這些悲劇一幕幕重演，但從沒有人能真正逃脫和避免。

龍嘯雲只不過是一個很小的例子，而最後，當他為了救李尋歡，被金錢幫殺掉，連屍首也沒有了時，他欠李尋歡的債也還清了，這是最好的結局，也是宿命的力量。

我們也該原諒他了，不管是誰的錯，他畢竟也是痛苦的，而且還是最痛苦的。

林詩音

——錯過了就永遠不會重來

她本是這本書的核心女主角，但她出現的次數並不多，她只是一次次停駐在那座小樓的燈光下，一次次牽引著李尋歡的心。她的性格特徵並不明顯，是溫柔、是靈巧、是可愛還是精緻，我們都無從知道，她似乎也沒做出什麼重大或精彩的事，她是主角，但她的形象又像一個配角一樣模糊。

但這些都不重要，重要的是李尋歡愛著她。李尋歡愛上的女子，即使不是天下最好的，也應是在女人中獨領風情的。而龍嘯雲在第一次看到林詩音時，就喜歡上了她，還為她患上相思病，憔悴不堪。這就是林詩音，一個充滿詩意的名字，一個如詩一樣憂愁神秘的女子，她可以不發一語，不露一絲微笑，但看到她的人卻能感覺到她在低語，在微笑，在散發著善良的愛。

林詩音也許並不能算是個真正完美無暇的女人，但誰也不能否認他是個美人，她的臉太蒼白，身子太單薄，她的眼睛雖明亮，也嫌冷漠了些，可是她的風韻，她的氣質，卻是無可比擬的。

她的美在於她的氣質，她的氣質吸引了李尋歡，也讓龍嘯雲對其一見鍾情。都說紅顏薄命，林詩音似乎印證了這個說法。她的少女時光是與李尋歡在一起度過的，一同在溪邊漫步、月下賦詩、雪中賞梅，那是多麼清雅幽靜的生活。但龍嘯雲的到來打破了這一切，李尋歡開始變壞了，他常常去城中的紅樓鬼混，而且將歌姬帶回家過夜。開始林詩音還能好言相勸，但時間長了，她逐漸對李尋歡失望，直至絕望。但她不明白李尋歡的良苦用心，不知道李尋歡是在做戲，是為她和龍嘯雲創造機會。

她終於還是嫁給了對自己一往情深的龍嘯雲。在步入洞房的那一刻，她的一生就步入了憂愁的牢籠中。當她最終知道自己是李尋歡讓給龍嘯雲的時候，她又如何想法？她只有默默承受這種命運的安排，她只有在恨李尋歡的同時，又將他深深的思念。

女人永遠是弱者，尤其是在男人的大義面前，她們更是任人宰割的奴隸。她們無法決定自己的命運，正如她們無法決定自己的性別一樣。在這個由男人主導的江湖裏，兄弟間的情義比男女間的愛情重要，報恩比報仇重要，一個男人可以沒有女人，但絕不能沒有朋友，尤其是英雄人物，更把情義視為精神支柱。李尋歡不是一個叛逆者，他逃不脫這個江湖的規則，更不能違犯普世的道德原則，他是自私的，他為了自己名聲，放棄了深愛的女人。

一個苦命的弱女子，她的淚乾枯在十年的窗燈下，也許只有孩子能給她一點安慰。可孩子又被李尋歡所傷。這一切悲劇的發生，難道她只是受害者，沒有一點責任嗎？不，她也有錯。只是當她明白時，一切都晚了。

她（林詩音）曾經問過自己：「現在我什麼都沒有得到，什麼都是空的，正如林仙兒一樣，但這種情況是誰造成的？難道是我的錯麼？」

她曾經埋怨過李尋歡，恨過李尋歡。

這種悲慘的命運，豈非正是李尋歡所造成的？

但現在她卻知道錯的並不是李尋歡，而是她自己。

「那時我為什麼要聽他的話？為什麼不明明白白地告訴他，我是愛他的，除了他之外，我誰也不嫁。」

正因為她沒有勇氣完全向李尋歡表白自己的心跡，所以她只有任憑李尋歡去沉淪，去做出錯誤的決定。「要想不被別人拒絕，最好的方法是先拒絕別人。」這是王家衛電影的主題，而古龍在這本書裏早已表達了這種感情的困境，人與人之間是無法完全溝通和理解的，每個人都想愛別人，但又不知道如何去愛，所以便對愛懷有恐懼，最終都釀成了悲劇。

在愛的面前，每個人都是迷失了路的人，看不清方向，找不到出路，等待著別人的挽救。可是當走出來時，卻發現故人不再。原來世上之情事，最痛苦的莫過於「錯過」。錯過了就永遠不可重來。

阿飛

——跌倒了就要站起來

阿飛的身世是怎樣的，沒有人知道，他的快劍是怎樣學來的，也沒有人知道。我們只是從他點滴的話語中得知，他七歲時母親就去世了，此後，他成了野孩子流浪荒原，與狼虎為伍。正是在大自然艱苦的環境中，鍛造了他僵硬如大理石般的毅力。他那冷酷的眸子，敏銳的洞察力，純真的情意，快如閃電的劍法，使他顯得那樣孤傲，又那麼單純。

李尋歡第一次遇見阿飛，是他從關外回中原的路上。他看見一個青年寂寞的走在雪地上，就像一隻警覺而疲倦的狼。

（在漫天冰雪中）他的背脊仍然挺得筆直，他的人就像是鐵打的，冰雪、嚴寒、疲倦、勞累、饑餓都不能令他屈服。

他的臉就像是用花崗石雕成的，倔強，冷漠，堅定，卻又帶種令人難以抗拒的奇異魅力。

阿飛的冷酷絕不是裝出來的，而是天生的氣質，是在大自然的風雨中澆築出來的。他從森林裏的動物身上學到了很多東西，有虎的威嚴，豹的殘忍，狼的警覺，狐狸的狡猾，蛇的敏銳，蜂的勤奮……當每天面對這些動物，觀察他們的生活習性，阿飛也就變成阿飛了。鐵笛先生第一次見到阿飛時，他注意到了阿飛眼睛裏的無情。

人享受盛名並非僥倖，而是經過大大小小無數次血戰得來的，每次血戰中，他（鐵笛先生）都會面對一雙眼睛。

各式各樣的眼睛，有的眼睛裏充滿了怨毒兇惡，有的眼睛裏充滿憤怒殺機，有的眼睛了充滿畏懼和乞憐之意。

但他從未見過這樣的眼睛。

這雙眼睛裏幾乎完全沒有任何感情，這少年的眼珠子也像是用石頭塑成的，這雙眼睛瞪著你時，就好像一尊神像在神案上俯視著蒼生。

這些話給人一個印象，阿飛就是一個冷酷的劍客，一個無情的殺手，他永遠那麼神秘，又永遠那麼沉默。他的所有一切都隱藏在一幅冷漠而倔強的外表下，誰也看不清他的心。只有當他的劍在瞬間刺入敵人的喉頭時，我們才發現他的身上彌漫著一種殘酷的光彩。而他的劍只是一片鐵條，兩塊木頭夾住一端作為劍柄，再簡單不過，甚至算不上是真正的劍。但從這塊鐵片上刺出的死亡的鬼魂，卻讓每一個人都感到恐懼。

劍無情，人卻多情。越是不肯輕易將真情流露出來的人，他的情感往往就越真摯。阿飛是孤獨的，他所表現出的冷漠也是暫時的，只因為他還沒有真正進入這個江湖，還沒有體會到人與人之間那種微妙的關係，以及這種關係帶給彼此的甜與痛。當我們慢慢走進阿飛，輕輕揭開他的冰冷的面紗，才發現他的內心竟深藏著如此濃重的情感，就像一座等待爆發的火山，只要一觸動，就會溢出火來。

阿飛內心的情感是被別人喚醒的，李尋歡觸動了他的友情，林仙兒觸發了他的愛情。不同的是，李尋歡的友情是真摯的，而林仙兒的柔情只不過是她玩弄男人的伎倆。

阿飛從此便也成了多情的阿飛。當他聽說李尋歡被人設計陷害之時：

> 他穿的衣衫雖單薄，心裏卻燃著一把火。
>
> 永恆不滅的火！
>
> 就因為有些人心裏燃著這種火，所以世界才沒有陷於黑暗，熱血的男兒也不會永遠寂寞。

這就是阿飛，他的劍是冰冷的殺人利器，而他的心裏卻充滿對生活的熱情。他不停地向前行走，任何時候都不會退縮。古龍把他的劍寫的越冷，越無情，越突出他心中的柔軟和脆弱。所以在面對林仙兒的時候，他沒法拒絕，他已控制不住自己的感情，這個很小的時候就在荒野中流浪的劍客，在掉進女人的溫柔鄉後，顯得那麼軟弱無力，好像突然間失去了所有的力量。

他愛的純真，愛的熾烈，為了林仙兒，他甚至放棄了自己的劍。曾經冷漠凜然、心懷揚名之志的劍客，竟變成了讓人歎息同情的懵懂的男孩。但林仙兒並不值得他去愛，林仙兒之所以勾引阿飛，只不過是像把阿飛從李尋歡身邊搶過來，讓李尋歡為朋友擔心和痛苦。

林仙兒可以和所有的男人發生關係，但就是不讓阿飛得到她。於是，得不到的東西就是最好的東西。在阿飛的眼裏，她成了最聖潔的仙女。當阿飛得知她就是「梅花盜」時，他本就可以殺掉他，可是他捨不得。此後，他以為林仙兒已經改邪歸正，能安安靜靜的與他過遠離江湖的平淡生活。但是他想錯了。他永遠不明白林仙兒心中一直有一個仇敵，那就是他的朋友李尋歡。林仙兒不把李尋歡征服，她這輩子都不會心安。這就是一個女人的野心。

阿飛一次次被林仙兒欺騙，一次次在溫柔的陷阱中沉淪，自己卻全然不察覺。每天晚上林仙兒用一碗粥把阿飛迷倒，在他沉睡之後，自己便濃妝豔服出去與江湖上的各種男人約會。也許阿飛在夢中還想著林仙兒的美麗和溫柔，而此時這個「天仙」正在其他男人的懷抱中放蕩。更讓人傷心的是，當李尋歡為了救阿飛去揭開林仙兒的真相時，阿飛在林仙兒的甜言蜜語蠱惑下，竟要與李尋歡割袍斷義。

很多人從這裏開始把對阿飛的同情轉變為對他的憎惡，認為他是個無藥可救的傻少子。但李尋歡沒有放棄他，始終相信他能站起來，並盡自己的最大努力去挽救這個墮落的生命。一個人如果擁有李尋歡這樣的朋友，是幸福的事。真正的友情往往比激烈的愛情更具持久力，林仙兒可以迷惑阿飛一時，絕不能迷惑他一生。最後，當阿飛在上官金虹的刺激和李尋歡的相助下逐漸清醒，慢慢開始從跌倒的地方爬起來時，我們每個人都露出了欣慰的微笑。

愛情，畢竟不能拿佔有一個男子漢的全部生命。阿飛畢竟是個男子漢。

阿飛終於清醒了，他終於發現自己深愛的女人是如此狠毒和淫蕩，是不值得為她付出的。當林仙兒被上官金虹拋棄，開始意識到阿飛對自己是多麼重要時，她回來找阿飛，向他傾訴自己的思念：

她聲音忽然停頓，因為她忽然看到了阿飛臉上的表情。

阿飛的表情就像是想嘔吐。

阿飛盯著她，良久良久，忽然道：「我只奇怪一件事。」

林仙兒道：「你奇怪什麼？」

阿飛慢慢站了起來，一字字道：「我只奇怪，我以前怎麼會愛上你這種女人。」

阿飛已拉開了門。

林仙兒忽然轉身撲過去，撲到在他的腳下，拉住他的衣服，嘶聲道：「你怎麼能就這樣離開我……我現在已只有你……」

阿飛沒有回頭。

他只是慢慢地將衣服脫了下來。

他精赤著上身走了出去，走入雨中。

雨很冷，可是雨很乾淨。

他終於甩脫了林仙兒，甩脫了他心靈上的枷鎖，就好像甩脫了那件早已陳舊破爛的衣服。

這是最讓人大快人心的一個章節，阿飛走出了那座沉悶陰冷的城堡，他的劍重新插在腰間，他的外表仍舊那麼剛毅堅強，只是在經歷了感情挫折的洗禮之後，那雙眼睛裏已有了更成熟更理性的光芒。

他雖然愛錯了人，但愛的本身並沒有錯，也許這才是最值得悲哀的。

這世界上的愛總是那麼撲朔迷離，愛錯了人，娶錯了人，都會帶給一個人災難。可是在愛情面前，每個人都是不能自主的，更重要的是，愛本身並沒有錯。錯的也許是命運。

李尋歡在與別人談起阿飛時曾說：「我並沒有對他失望，有些人無論倒下去多少次，還是能站得起來的。」阿飛站起來了，我們每個人也都可以從跌倒的地方站起來。只要你心中還對未來存有好奇，生活中就有很多更值得追求的東西。

林仙兒

——專門帶男人入地獄的美女

她是武林第一美女，她有著天仙一般的美貌，但她卻以美貌為資本在武林掀起了一場陰謀之亂，讓眾多的青年俠少為她流血，在她的石榴裙下喪失男人的尊嚴和意志。她自認的快樂是這樣的：

比征服一個男人更愉快的事，那就是在同一天晚上征服兩個男人，再讓他們去互相殘殺。

兵器譜上排在前面的高手，上官金虹、郭嵩陽、呂鳳先、伊哭等人都被她迷住，走進她的溫柔寢帳。林仙兒懂得所有對付男人的手段，她能準確把握男人的心理，用一蹙眉頭、一個甜笑、一滴眼淚、一瞬回望、一聲哀歎抓住男人的弱點，搔動男人的癢處，將男人徹底制服，甘心為她服務。

一個女人若要男人為她拚命，最好的辦法就是讓他知道她是愛他的，而且也不惜為他死。

這就是林仙兒最大的本領，她能讓每個男人都覺得她只對自己是真心的，都覺得她那雙會說話的眼睛只望著自己。於是，為了這個「唯一」的美人，多少個青年本可以名揚四海創下一番事業，卻在她的裙下斷送了前途，甚至是生命。

「這世上有很多少年人不但聰明，而且高傲，但他們卻偏偏總是最容易被女人欺騙，被女人玩弄。」這是男人的悲哀，但又怎能完全怪女人呢？

她就像是一條最乖的小貓，就算偶爾會用爪子抓抓你，但你還沒感覺到疼的時候，她已經在用舌頭舐著你了。

對不同的男人，她有不同的伎倆，而對阿飛這個自小缺少關愛的浪子，她用一隻手折磨他，同時用另一隻手安撫他。她讓阿飛始終徘徊在愛與痛的邊緣，讓他懷著希望，又不讓他輕易就得到。

「任何人都可以，只有阿飛不可以。」

林仙兒嘴角尖露出一絲微笑，笑得的確美麗，卻很殘忍，她喜歡折磨男人，她覺得世界上再也沒有比這更愉快的享受。

阿飛這個鐵一般的漢子能經受住嚴寒、疲倦、死亡的打擊，卻經受不住溫柔的誘惑。他的鋼鐵意志逐漸融化在林仙兒的懷抱裏，心智也迷失了。

如果說這世界上還有一個男人能在林仙兒面前把持住自己，只有李尋歡了。這可能是因為李尋歡一生見過的美人太多，他那雙能發出神奇飛刀的手在空閒時也不知握過多少少女的蔥瑩玉手，而林仙兒只不過是比其他的美人稍美一點罷了。更重要的是李尋歡的心裏早已被林詩音佔據了，再也裝不下別的柔情。所以，當李尋歡進關的那一天，在小酒店裏，為了得到金絲甲，林仙兒脫掉衣服，使出渾身解數來勾引李尋歡時，李尋歡表現的如此鎮靜。

李尋歡道：「一個女孩子不可以如此自信，更不可以脫光了來勾引男人，她應該將衣服穿的緊緊的，等著男人去勾引她才是，否則男人就會覺得無趣的。」

當林仙兒見自己的手段達不到目的，含恨離去時，李尋歡送給她的這句話，無疑為以後自己的遭遇種下了禍根：

李尋歡歎了口氣：「我希望你以後記住幾件事，第一，男人都不喜歡被動的，第二，你並沒有自己想像中那麼漂亮。」

李尋歡的話夠狠，對任何一個女人來說，這句話都足以讓她一生羞恥。只是當時李尋歡並不知道面前的女子就是林仙兒，我們也慶幸他這樣做了，他為我們男人挽回了一點尊嚴。所以，李尋歡儘管是多情的浪子，但他絕不濫情。林仙兒勾引李尋歡的失敗，使她受到了最大的挫折，她女魔王的地位受到了挑戰，她絕不甘心，也絕不就此甘休。

因為她知道她縱然可以征服世上所有的男人，卻永遠也得不到他。

因為她得不到他，所以一心只想毀了他。

她得不到他，也不願別人得到。

於是，一場較量開始，林仙兒首先設計讓江湖認為李尋歡就是梅花盜，讓他變成眾矢之的，企圖毀掉他的聲譽。但是李尋歡用自己的智慧揭穿了這個陰謀，也真正認識了林仙兒是怎麼一個女子。

林仙兒接著是去迷住阿飛，因為阿飛是李尋歡的最好的朋友，她要藉阿飛打擊李尋歡。李尋歡絕不會放棄這個朋友，他要把阿飛從林仙兒的手中救出來。在這個過程中，上官金虹對阿飛的清醒也起了很大的作用。上官金虹與林仙兒之間是互相利用的關係，也是互相玩弄的關係，他幫助阿飛認清林仙兒的真面目，是因為他要阿飛幫他做事。當阿飛終於恢復了意志，離開林仙兒後，我們看到了這個天下第一美人的下場。

兩三年後，在京城最豪華的妓院裏，發現一個很特別的「妓女」，她只要男人不要錢。據說她很像「江湖第一美人」林仙兒，可是她自己不承認。

又過了幾年，長安城裏最卑賤的娼妓中，也出現了個很特別的女人而且很有名。她有名並不是因為她美，而是因為她醜。她自稱是「江湖中第一美女」，可是沒有人會相信。

林仙兒終於成了妓女，她本來就應該是一個妓女。所以，美人千萬不要因為自己的美貌而迷失，也不要盡情揮霍自己的青春，因為美貌終有一天會消失的。

但是最後，古龍還是對林仙兒賦予了一種同情，他寫道：「也許她（林仙兒）一直都在愛著他（阿飛），只不過因為他愛的太深了，所以才令她覺得無所謂。」在與林仙兒交往的所有男人中，阿飛是最愛她的，但是她卻始終沒有讓阿飛得到她。當阿飛離去的剎那間，她忽然明白，其實她也愛著阿飛，只是她自己沒有發現。不管多麼淫蕩的女子，她內心都有一個深愛著的人，這就是愛情的本質，愛不一定顯現，但卻無處不在。

孫小紅

——很好的替代品

孫小紅是兵器譜排名第一的「天機老人」的孫女，爺孫倆裝扮成說書的行走江湖，爺爺在說書的時候經常講有關小李飛刀的故事，講他家「一門七進士，父子三探花」，講他怎樣散盡家財行走江湖，講那把飛刀的偉大和神秘……所以，孫小紅是聽著李尋歡的故事長大的，她對李尋歡的愛裏包含著崇敬和仰慕。

孫小紅是一個勇敢、快樂、可愛的女孩，她正處於青春的花季，對一切事物都充滿美好的嚮往，她不相信一個人要等著聽從命運的安排，她覺得人要主動去掌控命運和改變命運。她就像一隻幸運鳥，總是在李尋歡最迷茫的時候，為他帶去重要的消息，幫他解開謎團。

為救李尋歡，她讓爺爺去擋住上官金虹，結果爺爺在與上官金虹的決鬥中因體力不支而去世，這是讓她一生痛苦的事情。天機老人雖然不在了，但只要有李尋歡活著，江湖就會有陽光，他的孫女也將獲得幸福。所以，他的死是有價值的。

與林詩音相比，孫小紅更適合做李尋歡的妻子。李尋歡的性格是軟弱的，他那詩人般的憂鬱讓他顯得過於孤獨。林詩音是一個大家閨秀，她的性格也是柔弱的，她能給李尋歡帶來浪漫，但帶不來真正的歡樂。而孫小紅是勇敢的，是聰明的，她敢於把自己的心思說出來，也敢於為自己心愛的人做事。所以，她才是李尋歡真正需要的女人，即使他們之間沒有青梅竹馬那樣甜蜜的回憶，但他們會有美好的未來。

林詩音在看到孫小紅時才突然醒悟自己當初錯了，錯在沒有明確對李尋歡說，除了他，她誰都不嫁。她知道自己再也不可能做李尋歡的妻子了，她看出了李尋歡不排斥孫小紅，也看出了只有孫小紅才適合李尋歡。

林詩音走了，一切都過去了。她也只有離開，一切糾葛才能解決。儘管李尋歡對她的愛亙古不變，但她在李尋歡心中的位置已不像從前那麼重要了，因為有另外一個少女走進了李尋歡的心房。阿飛說，三年之後，他要回來喝李尋歡和孫小紅的喜酒。我們也都發出會心的微笑，李尋歡終於尋找到了快樂。

上官金虹
——僅僅是一個武功高手

上官金虹是金錢幫的幫主，他的武功已經勝過了兵器譜上排名第一的天機老人，達到了「手中無環、心中無環」的境界，但他也僅僅是武功高而已，他可以在武功上與李尋歡抗衡，但人格魅力和李尋歡沒法並論。

上官金虹性格殘酷、謹慎、高傲，貴為金錢幫之主，住的屋子卻只有簡單的一桌一椅，他很少喝酒，也沒有過多的娛樂活動。成功人士往往都是偏執狂和工作狂，上官金虹的成功就在於他對自己的嚴格要求，他不允許自己的生活有絲毫凌亂，也不允許自己的武功有絲毫差錯。他是一個純粹的梟雄，他一生的追求就是了名利。但在書中，有兩件事可以使他多少顯得有幾分可敬。

一件是他的兒子上官飛被荊無命所殺，看到兒子的屍首時，他臉上那種隱藏不住的傷心和落寞，讓我們看到了一個父親的愛。

另一件是他為了利用阿飛殺龍嘯雲，向阿飛揭穿了林仙兒的秘密，在間接上幫助阿飛清醒，重新站了起來。

最後，上官金虹與李尋歡的決戰是在一間屋子舉行的，除了他們兩個之外，沒有人其他人看到。但是最後從那扇門走出來的是李尋歡，所以還是「小李飛刀」贏了。這是古龍小說和金庸小說最大的不同，金庸重寫實，古龍重寫意。古龍從來不具體描寫一場決鬥的過程，他只是渲染決鬥前的氣氛和宣佈決鬥後的結果，就像黑澤明在《椿三十郎》中的鏡頭一樣，對峙而立的兩個人，忽然拔刀，然後畫面靜止，接著一人倒下。後來，何平在拍《雙旗鎮刀客》時，借鑒了古龍武俠寫意的手法和日本武士電影的鏡頭感，開創了武俠電影的新風格。

據李尋歡說，上官金虹太自信，他本有機會取勝的，但他想試試自己到底能不能接得住那把飛刀，結果卻失去了先機。看來，在重大的決戰中，是不能拿生命來賭博的。上官金虹一生做事謹慎，最後卻死在冒險中，這無疑是對他最大的諷刺。

荊無命——殺手的可怕在於他的意志

荊無命和阿飛看起來是同類人，同樣的冷漠、驕傲、劍快，同樣的殺人如草，但他們的本性其實是不同的。李尋歡評價說：「阿飛只是在不得已時才殺人，而荊無命卻是為了殺人而殺人。」所以，阿飛是劍客，而荊無命才是殺手。

荊無命和上官金虹之間有著密切的關係，他是上官金虹的影子，上官金虹的生命就是他的生命。他的眼神是灰色的，他的整個身體都是灰色的，他本人就是一把灰色如毒蛇一般的劍。他活著的唯一意義就是去完成殺人的使命。

荊無命和阿飛一樣，都有倔強的性格，不願欠別人的情。他本來使得的是左手劍，在和李尋歡的決戰中，李尋歡沒有取他的性命，而只是把飛刀刺入了他的左臂，為了不欠李尋歡的情，他竟然自己將整個左臂廢去。

殘疾之後的荊無命沒有就此沉淪，他和上官金虹一樣也是一個偏執狂，尤其是對劍法傾注了所有的心血。當所有人都覺得他是一個廢人時，沒想到他的右手劍練得比左手還快。這就是荊無命的可怕之處，他那麼冷漠，但在冷中又蘊藏著死裏求生的頑強意志。所以，沒有人能估量出他的真實勢力，也就沒有人敢蔑視他。

在荊無命身上我們看到的是殺手的無情和殘忍，在阿飛身上我們看到的是浪子的多情和熱血，但他們兩人之間也有相惜之情。

荊無命一直想要在劍法上與阿飛一決高低，在第一次決鬥中，阿飛因被林仙兒所惑，心有旁及，無法使出全力，便敗在了荊無命手中，可荊無命沒有殺他，他說：「我不殺你，只因為你是阿飛。」

後來，上官金虹拋棄荊無命，荊無命心理受到嚴重打擊，上官金虹死後，他又失去了最後的依靠，在第二次決鬥中敗在阿飛的劍下，阿飛同樣也沒有殺他，而是還了他一句話：「我不殺你，只因你是荊無命。」

後來，阿飛和荊無命都退隱江湖，過上了神仙雲遊的生活。很多年後，他們在《邊城浪子》中出現過一次，那時的阿飛已經成熟灑脫很多，而荊無命還是那麼的冷酷。看來，阿飛就是阿飛，荊無命還是荊無命。

第九章 《蕭十一郎》

窮苦人家的孩子不問自己是誰，他的身體受到貧困和疾病的折磨，得不到合理解釋的境遇反倒證明他的存在是有理由的，因為饑餓和隨時可能死亡的危險確立了他生存的權利：他為不死而活著。

——薩特，《文字生涯》

美女與野獸

古龍的小說大都探討的是正義和人性的話題，以及告訴人們如何快樂的生活的方法。但《蕭十一郎》是一個特例，在這本書中古龍多了很多溫柔和傷感的情愫，講述了一個關於愛情和婚姻的故事，細緻描繪了人在面對愛時所流露出的徬徨矛盾的心情。

愛是一種奇特的感情，愛是沒有等級觀念的，愛是勇於犧牲自我的，愛也是痛苦的。這便是我從《蕭十一郎》中得到的啟發。

一個是在江湖中臭名昭著的大盜，一個是武林第一世家的少夫人，在一個偶然的機緣中他們相遇，並由此引發了一連串驚險的故事。這是典型的美女與野獸的角色搭配，蕭十一郎儘管是一個有著明亮眼睛的俊朗青年，但是他性格中像狼一樣的野性和倔強，使他變成了一個野獸式的人物，為所謂的江湖正道所不容，並在眾口一詞的污蔑中成為一個魔鬼。沈璧君是武林第一美女，她的性格和言談舉止是傳統的淑女的典型，而且嫁的是武林中最有前途的少俠連城璧。這兩個毫無關係甚至有著敵對立場的人物，卻在相處的一段時間裏，產生了一種相互吸引的契合的感情，這是一種偶然，但背後又是一種必然，因為他們都對對方的生活產生了興趣。

人是一種具有強烈好奇心的動物，總是希望能在自己的生活中碰到一些新鮮有趣的事物。有些人喜歡旅遊，背著沉重的大包驢行天下；有些人喜歡賭博，沉醉其中忘乎所以；有些人喜歡編故事，在想像的世界裏展示才華……他們在實施這些行為時其本質的出發點就是獵奇，旅行者希望能在不同的地方和不同的時間看到不同的人和事，賭徒希望能在下一賭局中收穫驚天的喜悅，作家希望這個世界能像自己想像中的故事一樣精彩多姿。

幾乎每個人都抱怨自己現在的生活，都想去體驗另一種不同的生活。愛情也是如此，人們總是懷著一種好奇的心情去與人接觸，渴望發掘別人內心中不同的世界。所以，偉大的愛情常常不是在性格相同的兩個人之間萌生的，而是被性格相異的兩人創造的。愛情是一種互補關係，像螺絲和螺絲帽一樣，只有真正找到了適合自己的那一半，才能配成一對。

當明白這些道理後，再去回想《蕭十一郎》的故事，就會發現它的構思有著絕妙的合理性。《蕭十一郎》的故事由四部分組成：蕭十一郎協助風四娘搶劫割鹿刀；蕭十一郎救沈璧君；誤入玩偶山莊；曖昧的結尾。

本書是以風四娘的一段心理獨白開始的，風四娘是一個三十多歲的女人，長相美麗，武功高強，她最大的性格特點就是潑辣。這一次她從關外進入中原，目的是奪得大明湖沈家的割鹿刀，這次搶劫也便引起一系列人物的出場。

風四娘奪刀需要一個人的幫助，於是蕭十一郎便出現了，原來他們本就是久違的好朋友，並且風四娘對蕭十一郎還懷有一種模糊的愛戀的感情。她本來是拒絕蕭十一郎的幫助的，但是在關鍵時刻蕭十一郎還是救了她。

沈家莊的小姐沈璧君，是一個溫柔賢慧的女人，她身上的一切特點就是作為一個淑女的全部特點。

她穿的並不是什麼特別華麗的衣服，但無論什麼樣的衣服，只要穿在她身上，都會變得分外出色。

她並沒有戴任何首飾，臉上更沒有擦脂粉，因為在她來說，珠寶和脂粉已都是多餘的。無論多珍貴的珠寶都不能分去她本身的光采，無論多高貴的脂粉也不能再增加她一分美麗。她的美麗是任何人也無法形容的。

有人用花來比擬美人，但花哪有她這樣動人，有人會說她像「圖畫中人」，但又有哪枝畫筆能畫出她的風神。

就算是天上的仙子，也絕沒有她這般溫柔，無論任何人，只要瞧了她一眼，就永遠也無法忘記。

女人能有如此的美貌和性情本就很難得了，但是她的婚姻更令人羨慕。因為她嫁的是姑蘇「無暇山莊」的主人連城壁。連城壁瀟灑英俊、謙虛有禮、性情溫厚，是公認的江湖未來的領袖。

楊開泰道：「連城壁武林世家子弟，行事大仁大義，而且處處替人著想，從不爭名奪利，近年來人望之隆，無人能及，已可當得起『大俠』兩字！這種人無論走到哪裡，別人都對他恭敬有加，可說已占盡了天時、地利、人和。」

所以，沈璧君是典型的淑女形象的代言人，連城壁是典型的君子形象的代言人，君子與淑女的結合本是最佳的絕配。但是當我們閱讀到有關他們婚姻的描寫時，卻總有一種擔憂的心情，覺得這樣的婚姻是不真實的，是會出事的。因為愛情是需要激情來刺激的，婚姻更需要新奇的東西來潤滑，可是當兩個性情都平和多禮的人相處在一起，卻是無聊的平淡，燃不起愛的火花，所以他們的婚姻必然會遭遇危急。

結婚已有三四年了，連城璧還是一點也沒有變，對她還是那麼溫柔，那麼有禮，有時她甚至覺得他永遠和她保持著一段距離。

但她並沒有什麼好埋怨的，無論哪個女人能嫁到連城璧這樣的夫婿，都應該覺得很滿足了。

無論她要做什麼事，連城璧都是順著她的，無論她想要什麼東西，連城璧都會想法子去為她買來。

這三四年來，連城璧甚至沒有對她說過一句稍重些的話。事實上，連城璧根本就很少說話。

他們的日子一直過得很安逸，很平靜。

但這樣的生活真的就是幸福麼？

在沈壁君心底深處，總覺得還是缺少點什麼，但連她自己也不知道缺少的究竟是什麼？

連城璧每次出門時，她會覺得很寂寞。

她真希望自己能將連城璧拉住，不讓他走，她知道自己只要開口，連城璧也會留下來陪她的。

但她從沒有這麼樣做。

因為她知道像連城璧這樣的人，生下來就是屬於群眾的，任何女人都無法將他完全佔有。沈璧君知道連城璧也不屬於她。

沈璧君的寂寞和無聊是一種危險的信號，這種信號促使她去渴望生活的改變。女人天生是被男人征服的，而不是被男人寵倖的，即使是淑女，所以連城璧的君子作風在沈璧君眼裏成為一杯平靜的水，沒有絲毫的激蕩和漣漪。她渴望新奇的東西，儘管她自己沒有意識到，但是一旦這種苗頭被撥動，就會引起連鎖反應。這種反應在沈璧君遇到蕭十一郎的時候逐漸升溫，最後變為真實。

割鹿刀是由著名武器大師用畢生精力鑄造的一把寶刀，江湖很多人都想據為己有，這其中就包括風四娘，也包括江湖上武功最高的神秘人物逍遙侯。逍遙侯派他的手下「小公子」來奪刀，小公子為了要脅沈家莊交出寶刀，便在沈璧君回家的途中綁架了她。但是這次綁架被蕭十一郎在無意中發現了，蕭十一郎救了沈璧君。

此後，為了給沈璧君療傷，兩人在破廟中相處了幾天的時光。蕭十一郎的野性魅力是沈璧君此前所沒有看到過的，對她的心靈產生了很大的震動，但是作為一個淑女的教養又使她時刻想著要忠於自己的丈夫，就是在這種矛盾中，她對蕭十一郎既產生了一種模糊的好感又因他的身分而刻意疏遠他。

沈璧君連自己也覺得很奇怪，為什麼會對這不相識的人發脾氣，這人縱然沒有救她，至少也沒有乘她暈迷時對她無禮。

她本該感激他才是。

但也不知為了什麼，她就是覺得這人要惹她生氣，尤其是被他那雙眼睛瞪著時，她更控制不住自己。她一向最會控制自己，但那雙眼睛實在太粗野，太放肆……

她發現這人每次跟她說話，都好像準備要吵架似的。

在她的記憶中，男人們對她總是文質彬彬、殷勤有禮，平時很粗魯的男人，一見到她也會裝得一表斯文，平時很輕佻的男人，一見到她也會裝得一本正經，她從來也未見到一個看不起她的男人。

現在她才總算見到了。

這人簡直連看都不願看她。

蕭十一郎這種男人是沈璧君一輩子的都沒有見過的類型，因為他們本就生活在兩個世界中，一個是大戶人家的小姐，一個是在野外長大的江湖浪子，他們截然不同的生活經歷造就了彼此不同的性格。正因為如此，當他們相處在一起時，就有一種相互吸引的力量使他們不由自主的去關注對方，觀察對方，這種興趣又牽引著他們渴望接觸彼此的心理世界。

蕭十一郎對沈璧君來說完全是陌生的男人，沈璧君對蕭十一郎來說也是完全陌生的女人。由於長期生活在江湖中，面對的都是像風四娘一樣充滿野性的潑辣女人，蕭十一郎也被這個世界迷惑了，以為所有的女人都是如花一樣的綻放，如火一樣的熱情。當他碰到沈璧君後，他的心靈同樣被震撼了，他沒想到世界上還有如水一樣的女人。

她雖美麗，卻不驕傲，雖聰明，卻不狡黠，雖溫柔，卻又很堅強，無論受了多麼大的委屈，卻也絕不肯向人訴苦。

這正是蕭十一郎夢想中的女人。

他一生中都在等待著遇上這麼樣一個女人。

可是，等她醒了的時候，他還是會對她冷冰冰的不理不睬。

因為她已是別人的妻子。

就算她還不是別人的妻子，「金針沈家」的千金小姐，也絕不能和「大盜」蕭十一郎有任何牽連。

蕭十一郎很明白這道理，他一向很會控制自己的情感。

因為他必需如此。

蕭十一郎感到很矛盾，他並不像江湖傳言的那樣是一個惡魔式的人物，他對沈璧君也產生了一種愛慕的感情，但是想到自己的聲名狼藉，他的自卑心理使他盡量壓抑這種感情，所以他也是痛苦的。此後，小公子又派人挑撥離間，使沈璧君相信蕭十一郎是一個惡人，但是在關鍵時刻蕭十一郎又回來救了沈璧君。沈璧君對蕭十一郎的感情中包含了許多懺悔的成分，她一次次誤解蕭十一郎，又一次次被蕭十一郎拯救，當她最終認識到蕭十一郎是絕對的好人時，她希望能夠為蕭十一郎洗清冤屈，讓江湖的正義之士改變對他的看法。但是，她的善良成為別人利用的工具，江湖的君子們通過她獲得了蕭十一郎去向的資訊，並馬上前去圍捕。而連城壁對此卻裝作不知，縱容他們的行為。沈璧君發現這個現象後徹底對君子們失望，毅然離開連城壁，前去解救蕭十一郎，兩人雖身受重傷，但用計將敵人盡數殺掉。

直到此時，沈璧君和蕭十一郎的愛才真正燃燒到一起，他們都知道了自己在對方心目中的地位。然而，愛情不是輕易就能收穫正果的，兩人雖然逃脫了「君子們」的追殺，但卻在無意中進入到了逍遙侯的玩偶山莊，被魔法控制，無法離開山莊。

英雄之所以能成為英雄，是因為他們能在困難面前保持鎮定樂觀的心態，並努力去尋找戰勝困難的方法。蕭十一郎就是這樣的人，他有狼一樣的敏銳，狐狸一樣的狡猾和鐵人一樣的意志力。他用逆向思考的方法破解了逍遙侯的秘密，帶著沈璧君逃離了玩偶山莊。

故事到了這裏本可以結尾了，但是講故事者卻不就此甘休，他要讓讀者嘲笑自己的判斷力。蕭十一郎和沈璧君走出玩偶山莊後，卻碰見了一支迎親隊伍，新郎是楊開泰，新娘是風四娘。當風四娘看到蕭十一郎後，立馬暴露出她的潑辣本性，丟棄了新娘子的矜持，她奔到蕭十一郎的懷裏，又打又罵，這種曖昧的行為使沈璧君產生了誤解。

沈璧君對自己的這份感情重新進行了審視，她不愛連城壁但又覺得自己對不起連城壁，她喜歡蕭十一郎但又覺得自己無法給她帶來快樂，當她看到風四娘後才知道原來只有這樣的女人才和蕭十一郎是一個世界的。沈璧君選擇了離開，她要回到玩偶山莊，用死亡來結束自己充滿矛盾和痛苦的生命。

而沈璧君的離開也讓蕭十一郎產生了誤解，他以為沈璧君是要回到連城璧的身邊。他江湖草莽的自卑心再次作祟，認為自己配不上沈璧君，一個像狼一樣的野性漢子在感情面前低下了頭。

每當痛苦的時候，酒總是一個不可缺少的慰藉品。蕭十一郎和風四娘在路邊的小酒館喝酒時，一個人走了過來。這個人就是連城璧，他的身上毫無君子的風度，而只有失敗者的頹廢。因為，他知道沈璧君愛的不是他。到此時，很多人會改變對連城璧的看法，他並不是一個虛偽的君子，他也在深深的愛著沈璧君，只是這種過於崇敬和尊重的愛反而讓他失去了沈璧君。

看到連城壁，我想到了另一個人物，這就是《多情劍客無情劍》中的龍嘯雲，他們都是悲劇人物，得到了愛人的身體，卻得不到愛人的心，他們為此做錯了很多事情，龍嘯雲暗害李尋歡和連城壁追殺蕭十一郎是同樣性質的行為，是嫉妒心讓他們迷失了心智。但在本質上，他們還是好人，因為他們最終都用自己的行為證明了自己的善良。

蕭十一郎在風四娘的點化下明白了沈璧君的想法，便再次前往玩偶山莊解救沈璧君。但是逍遙侯早已做好準備，等待著蕭十一郎的落網。在關鍵時刻，連城壁突然出現，用他的「手中刀」絕技殺掉了逍遙侯的得力幹將「小公子」，救出了沈璧君。而蕭十一郎卻和逍遙侯遠去了，他們之間必然要進行一次拚殺，誰輸誰贏無人知道，但是風四娘對蕭十一郎充滿信心。

風四娘突然大聲道：「你們以為他一定不是逍遙侯的對手？你們錯了，他武功也許要差一籌，可是他有勇氣，他有股勁，很多人以寡敵眾，以弱勝強，就因為有這股勁。」

故事到這裏結束，我有一種意猶未盡的感覺，但我也已經滿足，世上本沒有十全十美的事情，我們所創造的故事和生活一樣具有未知性。沈璧君最終離開了連城璧，她要去陪伴蕭十一郎。

沈璧君的頭突然抬起，走向連城璧，走到他面前，一字字道：「我也要走。」

連城璧茫然道：「你也要走了麼？」

沈璧君看來竟然很鎮定，緩緩道：「無論他是死是活，我都要去陪著他。」

連城璧道：「我明白。」

沈璧君說得很慢，道：「可是，我還是不會做對不起你的事，我一定會讓你覺得滿意……」

她猝然轉身，狂奔而去。

這是一個很好的選擇，因為和任何一個男人的結合都會傷害到另一個人的心，她只能以自己的孤獨來換取感情上的平衡，這常常都是紅顏女子的命運，她們的愛情不能由自己做主，而只能讓命運來決定。

當我看《陸小鳳傳奇》的時候，我認為克拉克•蓋博的形象和他具有很大的相似性。同樣，當我看到蕭十一郎的時候，我也想到了另外一個影星，他就是西班牙人安東尼奧•班德拉斯。班德拉斯是一個粗狂性感充滿野性的演員，他雄壯的身體、漆黑明亮的眸子、深色的皮膚和蕭十一郎的特徵極其符合，他渾身散發著男人的陽剛之氣，就像一頭西班牙公牛。

而我最初認識班德拉斯是在羅伯特・羅德里格茲的墨西哥電影《英雄無淚》中，他扮演的是一個背著吉他的殺手，既具有藝術家的浪漫，又具有殺手的冷酷，他和女星塞爾瑪・海耶斯扮演的書店老闆娘的愛情戲就像蕭十一郎和沈璧君一樣，是在共患難中建立起來的，有著憂傷的美感。

「野獸和美女」，一個粗狂到極點，一個溫柔到極點，他們之間的感情曾經無數次在藝術作品中出現，這是互相救贖的雙方，野獸給了美女刺激的新奇，美女也給了野獸溫柔的安慰，他們之間的愛是他們對彼此性格特質的渴望。人類需要富有激情的愛，只有有了激情的愛，才會有激情的生活，生命才會有真實的價值。

被愛的確要比愛人幸福

從年齡上來看，這是一個成熟的女人，從性情上來看，這是一個可愛的辣姐，從靈魂上來看，這是一個孤獨的女人。我之所以選擇風四娘進行單獨分析，是因為我想表達一些關於女人對待愛情的觀點。

在我上大學的時候，我們宿舍一共六個男生，分別來自吉林、山東、廣東、湖北、陝西、青海六省，長相各異，性格不同，我們經常在晚上熄燈後躺在被窩裏談論女人，各色各樣的女人和女人的各色各樣的事情。每個人都有自己喜歡的女人形象，東北哥們兒喜歡臀部大的，廣東哥們喜歡戴眼鏡文靜的，湖北哥們兒喜歡身材好的……但是有一點在我們六人之間達成了一個共識，那就是女人千萬不要太強，意思就是在事業上不要過於成功。

那時候，我們非常藐視那些在學生會或者其他社團工作出類拔萃的女生，儘管我們也羨慕她們或者崇拜她們，但是如果說愛她們、追求她們卻是一點興趣都沒有。當然，這也有嫉妒和自卑的心理在作怪，因為人家女生幹得好，搶了我們老爺們的飯碗，我們只有表示出不屑來遮掩自己的失落。而更要的是，我們認為女生就是主內的，要溫柔善良，能夠做好家務，照顧好老公就行了，根本不需要在外面拋頭露面，風風火火，張揚自己的能力。

這就是所謂的大男子主義，女權主義者曾經對這種觀點進行了大肆的討伐，但是從我們這六個男生的狀況來看，她們的氣勢洶洶的討伐似乎沒有起到什麼作用。因為就連大學生這個自由開放的群體都不太贊成女性太過強勢，更不用說社會上的其他人了。所以，男主外女主內，男耕女織這種傳統的分工在短時間內是不會完全從人們理念中消失的。男人喜歡的就是乖巧溫和的女生，喜歡在呵護她們的過程實現自己的英雄夢想。

於是，在這種觀念的包圍下，風四娘的痛楚便擺在了面前，她已經三十三歲了，一般情況下女人到了這個年齡都該稱作少婦了，而風四娘還是一個待嫁的姑娘。這並不是因為她長得醜，或者她有什麼殘疾，而是她太過於強勢。她武功高強，性格潑辣，男人能做到的事情她也能辦得到，似乎她就不需要男人了。

曾經在一期訪談節目中，鳳凰衛視的許戈輝採訪香港歌壇的大姐大梅豔芳，在兩人談話過程中，涉及到了梅豔芳的愛情歷程，梅豔芳的回答使我看到了一個現實中的風四娘形象。她歌唱得好，事業有成，是人人尊敬的大姐，而且性格外向、朋友眾多，在這種情況下，很多和她拍拖的男人發現，所有的事情梅豔芳都能完全搞定，她可以把男人照顧的很周到，根本不需要男人的協助。在梅豔芳看來，這是自己愛的表現，但是在男人看來，這無疑是對自尊心的極大傷害，所以梅豔芳和男人的戀情根本持續不了多久。當許戈輝問梅豔芳對愛情的看法時，梅豔芳的回答讓我感到一陣心酸，她說：「我已經八年沒有拍拖了，我對愛情早已絕望。」許戈輝接著問，那不就很寂寞嗎。梅豔芳說：「我家裏養了很多小動物，它們都是我的親人。」

我在這裏看到了一個成功女人背後的辛酸，也許正因為這種心境，梅豔芳才能把《女人花》演繹的如此淒美。事業和愛情永遠是人生的兩條平行線，能夠使兩者達到完美相交的人是少之又少。幸福的家庭往往也是普通平凡的家庭，名聲顯著的人物很少能在愛情上實現真正的舒心達意。

風四娘的命運和梅豔芳是相似的，她的寂寞甚至比梅豔芳更加濃烈，因為她所生活的江湖本就是一個男人的天下，一個女人要想取得一席之地必定要經歷更多的艱辛。她只有把自己變成和男人一樣，才能得到男人才能得到的東西，但是當她得到了這些東西時，她忽然發現別人已經不再把她看作女人了。

她喜歡各式各樣的刺激。

她喜歡騎最快的馬，爬最高的山，吃最辣的菜，喝最烈的酒，玩最利的刀，殺最狠的人！

別人常說：「刺激最容易令人衰老。」但這句話在她身上並沒有見效，她的胸還是挺得很，腰還是細得很，小腹還是很平坦，一雙修長的腿還是很堅實，全身上下的皮膚都沒有絲毫皺紋。

她的眼睛還是很明亮，笑起來還是很令人心動，見到她的人，誰也不相信她已是三十三歲的女人。

這三十三年來，風四娘的確從沒有虧待過自己，她懂得在什麼樣的場合中穿什麼樣的衣服，懂得對什麼樣的人說什麼樣的話，懂得吃什麼樣的菜時喝什麼樣的酒，也懂得用什麼樣的招式殺什麼樣的人！

她懂得生活，也懂得享受。

像她這樣的人，世上並不多，有人羨慕她，有人妒忌她，她自己對自己也幾乎完全滿意了——只除了一樣事。

那就是寂寞。

無論什麼樣的刺激也填不滿這份寂寞。

現在，連最後一絲疲勞也消失在水裏了，她這才用一塊雪白的絲巾，洗擦自己的身子。

柔滑的絲巾摩擦到皮膚時，總會令人感覺到一種說不出的愉快，但她卻不知多麼希望這是一隻男人的手。

她所喜歡的男人的手！

無論多麼柔軟的絲巾，也比不上一隻情人的手，世上永遠沒有任何一樣事能代替情人的手！

她癡癡的望著自己光滑、晶瑩、幾乎毫無瑕疵的胴體，心裏忽然升起了一陣說不出的憂鬱……

古龍用這段細膩的文字把風四娘內心的寂寞描寫出來，其實，風四娘之所以到現在還沒有找到自己愛的歸宿，只因為在她心中一直藏著一個人的影子，這個人就是蕭十一郎。從年齡上看，風四娘是蕭十一郎的姐姐，但是在很小的時候他們就認識了，當風四娘第一眼看到這個小弟弟的時候，她就喜歡上了他，和沈璧君一樣，蕭十一郎身上的倔強和野性使她深深的體會到了一個真正男人的魅力。

她第一次見到蕭十一郎的時候，他還是個大孩子，正精光赤著上身，想迎著勢如雷霆的急流，衝上龍湫瀑布。

他試了一次又一次，有一次他幾乎已成功，卻又被瀑布打了下來，撞在石頭上，撞得頭破血流。

他連傷口都沒有包紮，咬著牙又往上衝，這一次他終於爬上了巔峰，站在峰頭拍手大笑。

從那一次起，風四娘的心頭就有了蕭十一郎的影子。

無論多麼急的風，也吹不散這影子。

一個女子心中一旦有了一個男性形像，其他男人就很難再進入她的視野了，風四娘暗中戀著這個弟弟，但是她潑辣驕傲的性格又使她不可能明確的將這種想法表達出來，而蕭十一郎也一直把她作為自己的姐姐和玩伴看待，所以風四娘的感情註定是不能結出果實的。

她十五六歲的時候，曾經想：一個女人若是活到三十多，再活著也沒什麼意思，三十多歲的女人正如十一月裏的殘菊，只有等著凋零。可是她自己現在也不知不覺到了三十四了，她不敢相信，卻又不能相信，歲月為何如此無情？

最近這幾年來，她曾經有好幾次想隨隨便便找個男人嫁了，可是她不能，她看到大多數男人都會覺得很噁心。

青春就這樣消逝，再過幾年，以前她覺得噁心的男人只怕也不會要她了。唉，三十四歲的女人！

不管外表多麼堅強厲害的女人，在她們心中都有一處非常柔軟的地方。風四娘也在這種莫名的暗戀中漸漸老去，時光的飛逝給一個女人的打擊尤其沉重，寂寞的四娘在風中看見了菊花的凋零，就像看見了自己的未來。

其實，對於風四娘這麼美麗的女中豪傑，並不是沒有人喜歡，而是許多男人沒有真正的對待自己的愛。有的男人喜歡風四娘只不過是想玩弄她一下，有的男人雖然愛她但卻無法長期堅持下。而此時，有一個叫楊開泰的小夥子對風四娘展開了鍥而不捨的追求。

楊開泰是山西大財主的公子，家產豐厚，又是少林俗家弟子，武功不錯，更重要的是他性情溫和，為人忠厚老實。當他第一次遇見風四娘的時候，就被風四娘的丰韻所吸引，此後一直跟在她身後，言聽計從。風四娘面對這個老實巴交的年輕人，自然是看不上眼，但是在長期交往過程中，也被他的誠意所感動，便答應了他的求婚。

但是在她出嫁的路上，風四娘看到了從玩偶山莊出來的蕭十一郎，心中還蘊藏的愛意使她不顧一切的走向了他，這自然嚴重傷害了楊開泰的心。楊開泰平生第一次向風四娘發了脾氣，而後跺腳而去，只因為他愛她太深，不願自己這樣的被玩弄。

然而，真正的愛情是絕不會這麼簡單結束的，在故事的結尾，楊開泰還是回來了，他的這次返回便鑄就了愛的永恆。

風吹過了，烏鴉驚起。

風四娘回過頭，就瞧見了楊開泰。

他靜靜的站在那裏，還是站得那麼直、那麼穩。

這人就像是永遠不會變的。

他靜靜地瞧著風四娘，緩緩道：「我還是跟著你來了，就算你打死我，我也還是要跟著你。」平凡的言詞，沒有修飾，也不動聽。

但其中又藏著多少真情？

風四娘只覺得心頭熱了，忍不住撲過去，撲入他懷裏，道：「我希望你跟著我，永遠跟著我，我絕不會再讓你傷心。」楊開泰緊緊摟住了她，道：「就算你令我傷心也無妨，因為若是離開你，我只有更痛苦、更傷心。」風四娘不停地說道：「我知道你，我知道……」她忽然發覺，被愛的確要比愛人幸福得多。

可是，她的眼淚為什麼又流了下來呢？

風四娘最終得到了屬於自己的愛情，這是對她善良正直品格的報答，這樣的女人必定會得到一個好男人的愛，只是女人要遇到這樣的男人需要等待和忍受寂寞，有的女人一生都不會遇見，有的女人遇到了卻沒有珍惜，幸運的是風四娘遇到並且珍惜了。

因為，風四娘明白了一個道理，那就是被愛的確要比愛人幸福的多。我們在生活中也經常聽到有人說，愛一個自己愛的人不如愛一個愛自己的人。如果我們想要在短暫的生命中有一份固定的感情和享受一種幸福的感覺，我們可以這樣做。

風四娘留下的眼淚，可以有兩種解釋，一種是她為自己的幸福流淚，她終於等到了一份真摯的愛，另一種是她知道當她走進了楊開泰的懷抱後，她和蕭十一郎就再也沒有可能了，她是在向過往的一份情懷告別。無論如何，我們都要祝福楊開泰和風四娘，他們是很般配的一對，因為在他們的性格有很多相同的地方也有很多互補的地方，他們是可愛的。

所謂「正人君子」的嘴臉

在這個世界上，總是有一群自命為正人君子的人，他們說話行事處處表現出官方的主流態度，任意指責別人的錯誤，將自己抬上獨尊的地位，然後開始決定別人的命運。但是在背後，他們卻從事著比惡人更兇狠的勾當，享受著比富豪更奢侈的生活，這就是典型的偽君子和假道士。假若只有少數這樣的偽君子，還不至於混淆世道的黑白，但是當一群偽君子聚在一起，並且成為一個合理的組織時，那就會大亂天下了。

不幸的是，蕭十一郎就遇到了這樣一群偽君子，他們都是江湖上成名已久的大俠，但是他們背後所做的那些違反正義道德的事卻被蕭十一郎發現了。為了維護自己的名聲，他們眾口一詞的說蕭十一郎是江湖的大盜，把江湖上的許多案件栽贓到蕭十一郎的頭上。由於說這些話的人都是「俠義之士」，善良的人們很容易就被他們迷惑了。於是，蕭十一郎便成了臭名昭著的大盜，只要江湖上出現了財物失竊案或者殺人案，人們想到的第一個作案者便是蕭十一郎。

即使這些正人君子已經把蕭十一郎的名聲搞臭到這種地步，他們還是不放心，他們必須讓蕭十一郎死，只有這樣他們才會完全安心。

沈璧君道：「他們為什麼一定要你死？」

蕭十一郎道：「因為我若死了，他們就可以活得更安全，更有面子。」

沈璧君終於聽出了他話中的譏誚之意，試探著問道：「是不是只有你才知道他們曾做過些見不得人的事？」

蕭十一郎沒有回答。

沉默就是回答。

沈璧君長長歎息了一聲，道：「其實，你用不著告訴我，我現在也已看清這些自命俠義之輩的真面目了。」

蕭十一郎道：「哦？」

沈璧君道：「他們說的，跟他們做的，完全是兩回事。」

蕭十一郎道：「所以他們為了要殺我，必定不惜用出各種手段。」

蕭十一郎從小在野外長大，他有著狼一樣的敏銳和意志力，再加上他武藝高強，智勇雙全，所以這夥人在追殺蕭十一郎時也費了很大的力氣。這夥人中就有沈璧君的丈夫連城璧，連城璧是江湖君子團隊的形象代言人，也是未來江湖的領袖，但是他要鞏固自己的地位，就必須殺死蕭十一郎。在這個過程中，所謂君子的嘴臉就逼真的展現在大家的面前。

第一，以連城璧為核心的江湖正義之士齊聚濟南大明湖，本來是為了保護割鹿刀，商討追殺蕭十一郎的，但是其中有些人為了錢財和女色，在暗中又投奔逍遙侯，出賣連城璧，幫助小公子綁架沈璧君，進而搶奪割鹿刀。

第二，蕭十一郎救了沈璧君後，兩人之間的短暫相處使沈璧君認識到蕭十一郎並不是那個無惡不作的大魔頭，回到家後便想要化解蕭十一郎與君子集團的冤仇。而其中有一個叫司徒平的人卻趁此機會，引誘沈璧君說出了蕭十一郎的所處位置。

第三，司徒平雖然從沈璧君的口中套出了重要資訊，但是他並沒有直接行動或者下命令讓其他人去殺蕭十一郎。這就是他的高明之處，他看似無意卻有意的將蕭十一郎的消息吐露給蕭十一郎的仇人，這些人不用指揮自然就馬上去找蕭十一郎了。司徒平的意圖在於借別人之手除掉蕭十一郎，掩蓋自己背後的醜事，而假如有一天，江湖證明蕭十一郎果真是被冤枉的，這也與他無關。

第四，連城璧明明看到他的手下穿著夜行衣出去，也知道他們去幹什麼，但是他並沒有阻攔，因為他也希望蕭十一郎能死。儘管沈璧君告訴了他蕭十一郎是一個好人，他也相信妻子的話，但是出於維護名聲的考慮以及嫉妒心的作祟，他還是採取了縱容的態度。

第五，追殺蕭十一郎的這幾個人趁著蕭十一郎醉酒未醒的機會，本可以輕鬆的將蕭十一郎殺死，但是在最後關頭，為了搶奪頭功，他們誰也不希望蕭十一郎死在別人的手裏，都想用自己的武器殺死他，於是便延誤了戰機，沈璧君及時趕到，幫助蕭十一郎逃離了陷阱。之後，兩人又設計將這幾個人一一殺死。

由此可見，偽君子就是一群口蜜腹劍的小人，他們冠冕堂皇的在桌面上宣傳著自己偉大，同時又在桌底下幹著見不得人的醜事，他們把自己的身分隱藏在成功人士之中，並用俠義之士的名聲來為背後的醜惡勾當做掩護。即使處於同一個集團的人，他們也在明爭暗鬥中互相拆台，為了利益不惜出賣朋友和上司。

明槍易躲，暗箭難防。我們不怕小人，我們怕偽君子。所有隱藏起來的東西都有他們陰暗的一面，這是一個沉寂的角落，在這個角落中每天都有無數的交易進行著，盈利的人更加囂張，輸了的人便從此輸掉了人生。

在生活中，我們常常碰到那些誇誇奇談的人，他們用流暢而富有煽動性的語言來標榜自己的正義，用四濺的唾液來為自己的心虛包裝，這是一群能夠混淆視聽的天才，他們像一粒粒老鼠屎混雜在滿袋子的黑豆中，進入人們的餐桌，被善良而無知的人吞食。所以，每個人在江湖上行走都要提高警惕性，尤其是對於那些自封偉績的人，他們看起來正義凜然的眼睛，或許在看到一個美女後就會散發出綠色的光芒。

「偽君子」三個字中最可怕的還不在於「偽」，而在於「君子」，君子是儒家孔子提出的概念，是他對有修養有道德的人的稱呼，幾千年來，當人們提到君子的時候，無不以崇敬的目光去看待他們。但是在這些人中，又有幾個是真正的聖者，有哪個男人見到巨額財富能不眼紅，有哪個男人見到漂亮姑娘能不心跳，在人性最原始的慾望的驅使下，所謂君子不過是一群壓抑了自己的慾望的人，一旦有了出軌而不被別人發現的機會，他們大多都會鋌而走險，拋棄自己的高貴身分。

如今，當我們提到「江湖」這個詞語的時候，心中想到的不再是刀光劍影和兒女情長，而是人心的複雜。江湖險惡，最險惡的無過於人心。葉孤城說，手中的劍能傷人，心中的劍只能傷自己。當一個偽君子最終被揭穿的時候，他用自己的罪惡堆起了自己的墳墓。

狼——世上最孤獨的動物

當我們提到狼這種動物的時候，想得最多的就是它的殘忍。上小學的時候，我們都學過一篇文章叫〈狼與小羊〉，那隻狼起初想光明正大的吃掉小羊，便找藉口說小羊喝水弄髒了水源，小羊說我在下游喝水，水又不會倒流，怎能弄髒您的水源呢。狼惱羞成怒，就直接撲上去咬斷了小羊的脖子。

從這個故事中，我們起碼知道狼有兩種特性：一是它的虛偽，明明自己想飽食一頓，還要找個藉口施展殺手；二是它的兇狠，當詭計不能得逞時，就採取強硬手段。自從學了這篇課文之後，我的意識中就有了關於狼的性質的定義，它成為殘忍的代名詞。後來，我在看格林童話的時候，又發現了許多與狼有關的故事，在童話裏狼都是被作為反面角色來塑造的，如《小紅帽》。

後來隨著知識的積累，我明白了生物鏈的道理，知道狼是肉食動物，它如果不吃小羊和其他的小動物，自己就會被餓死，大自然也正是在這種循環中才存在著。但由於自小就建立起來的關於狼的壞印象，我還是無法對狼產生興趣。

當有一天我成為古龍武俠小說的讀者，我在書中看到許多關於狼的描寫，我才逐步發現狼也是一種非常可愛的動物，狼身上的許多品質都是值得人類學習的。《多情劍客無情劍》中的阿飛，《邊城浪子》中的傅紅雪，他們的性格中都有狼的野性和不羈，同時也具有狼一樣的敏銳觸覺和堅強的意志力。所以，當李尋歡看到阿飛和葉開看到傅紅雪時，他們都感受到面前這個人血液中的冷漠和殺氣。

但是，如果要在江湖中找到一個最接近狼的品性的人，那無疑就是蕭十一郎。

世上有很多人都像野獸一樣，有種奇異的本領，似乎總能嗅得出危險的氣息，雖然他們並沒有看到什麼，也沒有聽到什麼，但危險來的時候，他們總能在前一剎那間奇蹟般避過。

這種人若是做官，必定是一代名臣，若是打仗，必定是常勝將軍，若是投身江湖，就必定是縱橫天下、不可一世的英雄。

諸葛亮、管仲，他們就是這樣的人；所以他們能居安思危，治國平天下。

韓信、岳飛、李靖，他們也是這樣的人；所以他們才能決勝千里，戰無不勝，攻無不克。

李尋歡、楚留香、鐵中棠、沈浪，他們也都是這樣的人；所以他們才能叱吒風雲，名留武林，成為江湖中的傳奇人物，經過許多許多年之後，仍然是游俠少年心目中的偶像。

現在，蕭十一郎也正是這樣的人，這種人縱然不能比別人活得長些，但死得總比別人有價值得多。

人本來是從獸進化而來的，當人成為人後，在許多方面就拋棄掉了獸的特徵，甚至開始藐視獸類，把「野獸」作為罵人的話。但是還有一些人，他們雖是人，同時又擁有獸的許多品質，如勇敢、忠誠、敏銳、頑強等，於是便成為不一般的人，能夠創造出許多常人無法創立的事業。蕭十一郎就是這樣的人，他從小在塞外長大，以大自然為家，和動物為伴，在成長過程中學到了許多獸的本領，成為叱吒江湖的人物。

後來蕭十一郎進入江湖，融入到人的世界，卻在無意中發現了許多正義之士的暗中勾當，他開始對人的品質發生懷疑，但更沒想到的是這些正義之士竟然將自己做的案子嫁禍與他，並且一心要置他於死地。蕭十一郎對人類產生了絕望，他更加放蕩不羈，成為江湖的浪子，過著自己喜歡的生活，不受任何人管制，也瞧不起任何人。

沈璧君沉默了很久，柔聲道：「你好像從狼那裏學會了很多事？」

蕭十一郎道：「不錯，所以我有時非但覺得狼比人懂得的多，也比人更值得尊敬。」

沈璧君道：「尊敬？」

蕭十一郎道：「狼是世上最孤獨的動物，為了求生，有時雖然會結伴去尋找食物，但吃飽之後，就立刻又分散了。」

沈璧君道：「你難道就因為它們喜歡孤獨，才尊敬它們？」

蕭十一郎道：「就因為它們比人能忍受孤獨，所以它們也比人忠實。」

沈璧君道：「忠實？」

用「忠實」兩字來形容狼，她實在聞所未聞。

蕭十一郎道：「只有狼才是世上最忠實的配偶，一夫一妻，活著時從不分離，公狼若死了，母狼寧可孤獨至死，也不會另尋伴侶，母狼若死了，公狼也絕不會另結新歡。」

他目中又露出了那種尖銳的譏誚之意，道：「但人呢？世上有幾個忠於自己妻子的丈夫？拋棄髮妻的比比皆是，有了三妻四妾，還沾沾自喜，認為自己了不起，女人固然好些，但也好不了多少，偶爾出現一個能為丈夫守節的寡婦，就要大事宣揚，卻不知每條母狼都有資格立個貞節牌坊的。」

沈璧君不說話了。

蕭十一郎又道：「世上最親密的，莫過於夫妻，若對自己的配偶都不忠實，對別人更不必說了，你說狼是不是比人忠實得多？」

沈璧君又沉默了很久，忽然道：「但狼有時會吃狼的。」

蕭十一郎道：「人呢？人難道就不吃人麼？」

他冷冷接著道：「何況，狼只有在饑餓難耐，萬不得已時，才會吃自己的同類，但人吃得很飽時，也會自相殘殺。」

蕭十一郎對狼的品格的讚揚，也就是對人的諷刺，狼的孤獨使牠們變得更加忠誠，蕭十一郎的孤獨也使他的生命更加頑強。

關於孤獨的話題，我們需要進行更多的討論。張楚曾經唱過一首歌〈孤獨的人是可恥的〉，電影《梅蘭芳》中，孫紅雷的台詞：「誰毀了梅蘭芳的寂寞，誰就毀了梅蘭芳。」

狼喜歡孤獨，也能忍受孤獨，所以牠們受到蕭十一郎的尊敬。而蕭十一郎自己也是孤獨的，也正因為這種孤獨使他深切體會到人生的意義。

蕭十一郎嘴裏在低低哼著一支歌，那曲調就像是關外草原上的牧歌，蒼涼悲壯中卻又帶著幾分寂寞憂鬱。

每當他哼這支歌的時候，他心情總是不太好的，他對自己最不滿意的地方，就是他從不願做呆子。

夜色並不淒涼，因為天上的星光很燦爛，草叢中不時傳出秋蟲的低鳴，卻襯得天地間分外靜寂。

在如此靜夜中，如此星空下，一個人踽踽獨行時，心情往往會覺得很平靜，往往能將許多苦惱和煩惱忘卻。

但蕭十一郎卻不同，在這種時候，他總是會想起許多不該想的事，他會想起自己的身世，會想起他這一生中的遭遇……

他這一生永遠都是個「局外人」，永遠都是孤獨的，有時他真覺得累得很，但卻從不敢休息。因為人生就像是條鞭子，永遠不停的在後面鞭打著他，要他往前面走，要他去找尋，但卻又從不肯告訴他能找到什麼……

他只有不停的往前走，總希望能遇到一些很不平凡的事，否則，這段人生的旅途豈非就太無趣？

其實，孤獨並不是一件壞事情，關鍵在於你如何對待孤獨。在我大學期間，我們宿舍有一個哥們，他愛好文學，性情比較孤僻，整天在圖書館看書，而班上其他的同學就待在宿舍組隊打遊戲，即使吃飯的時候也討論關於遊戲的事情。於是，這些打遊戲的同學自然成為一個集團，同出同進，玩的不亦樂乎。而那個在圖書館看書的同學，由於沒有關於遊戲的知識，自然與他們交流不到一塊。在別人看來，這個同學是孤獨的，是不合群的，每次班上選舉優秀也不會考慮到他，反而是那些打遊戲的高手常常被推舉為班幹部。

這是一個關於孤獨的產生和孤獨者處境的小例子，從這個例子我們發現，孤獨是一個人為了保持獨立的人格而必須犧牲人際關係。是選擇擁抱主流，還是獨守個性，決定著一個人對孤獨的態度。在常人看來，孤獨的人是自私的、不合群的，甚至以為他們有心理疾病。但是對於孤獨者個體來說，他們知道自己在做什麼，自己的奮鬥目標是什麼，他們選擇了為自己的生命而活，而不是為了迎合別人的眼色而活。

因此，孤獨的人是具有獨特個性的人，是有主見的人，他們往往能幹出一番偉大的事業。如果你感到寂寞和孤獨，千萬不要就此沉淪放棄，要利用這些時間做你喜歡的事，將寂寞的靈魂注入到自己的行動中去，如果有一天你成為一個大人物，你就是想要過寂寞的生活恐怕都沒機會了。

李尋歡說，寂寞不是身邊沒有一個朋友，而是某人不在。蕭十一郎的情況就是這樣的，儘管他被人們污蔑陷害，但是作為一個人，他對生活的興趣絲毫沒有降低，他仍然渴望著一份感情。當沈璧君出現在他的面前，走進他的生命中，慢慢的將他的孤獨粉碎，他才真正品嚐到人生的樂趣。

沈璧君道：「人也有忠實的，也有可愛的，而且善良的人永遠比惡人多，只要你去接近他們，就會發現每個人都有他可愛的一面，並非像你想像中那麼可惡。」

我們從狼身上看到了偉大的品格，但我們不能就此否定它是一種兇殘的動物。我們在與人的交流中，發現了人性中許多醜惡的東西，我們也不能就此懷疑人是偉大的動物。就像沈璧君說的一樣，人也有善良可愛的一面，只要我們願意接近他，我們就會發現很多令人感動的東西，比如愛情。所以，任何事情都有兩面性，這個兩面性決定了世界是複雜的，要把世界認識清楚是很難的。

我們只有在行走的過程中，用自己的體驗去評判生活，評判世界。

第十章 《獵鷹・賭局》

「你這輩子最想要的是什麼？」

「自由。」

——羅伯特・羅德里格茲，《墨西哥往事》

大師最後的遺作

「我一步一步走向明天，我一夜一夜的睡眠，我一句一句把話說完，永遠失去了昨天，總有一天都化作雲煙，不可能再有人世間。」這是新一代搖滾教父謝天笑在〈冷血動物〉中唱出的歌詞，些許蒼涼，些許悲壯。每天我們都在生活著，為了各種各樣的目的。但是，最終有一件事卻是每個人都無法逃脫的，那就是死亡。

一個人可以知道自己出生的時辰地點，卻無法預測到自己死亡的時間期限。這就是生命的悲劇所在，我們每天忙碌奔跑，填飽肚子，追求精神愉悅，盡情享受一個活著的生命的全部樂趣和痛苦，但或許就在明天，我們就可能告別這個世界，化作一罈骨灰。

當一個人在活著的時候，他無法想到自己會給這個世界留下什麼，也無法看到自己死後世人對他的態度。無數默默無聞的生命在默默無聞中逝去，又有許多默默無聞的生命前仆後繼的延續著。然而，一個名人，尤其是藝術上的大家，卻會為人類文明的進步留下難以估量的精神遺產。

古龍就是這樣的大師，他在一九八五年九月二十一日這一天走完了自己的人生歷程，享年四十八歲。對喜歡古龍的讀者來說，他在這個年齡離開人間是一種遺憾，更是一種損失。但對一位依靠靈性和才華來生存的作家來說，在這個時候永久封筆，未嘗不是一件好事。因為，當一個人幾十年如一日的做一件工作的時候，他只不過是在重複昨天的事情。作家的主要工作是講故事，講讀者喜歡聽的精彩的故事，想像力在這個過程中起著重要的作用，尤其是江湖中的武俠傳奇，無疑都是創作者杜撰出來的。

於是，每一位作家當他漸漸年老的時候，都會面臨一個相同的問題，那就是如何突破創新的問題。才華就像一眼泉，不斷的向外湧出流水，但是說不定某一天泉水就忽然乾枯了。所以，當一個講故事的作家長期向觀眾侃侃而談的時候，他也有一個危機感，因為他怕讀者說他老是重複，沒有新意。

古龍的武俠小說特點是奇幻多變，文字活潑瀟灑，情節跌宕起伏，他的主題是提倡正義，他的目的是在驚喜中博大家一笑。他的每一本書都充滿趣味，能夠很好的娛樂那些「好讀書，不求甚解」的讀者。同時，他的書中又有著很高深的意境，許多飽含哲理的語言值得細細品位。所以，喜歡古龍的人既有草民階層，又有知識份子。

在民間有一種說法，三十六歲和四十八歲是門檻，也就是一個人很容易遭遇災難的年齡，如果他能夠較順利的過完這一年生活，他就跨過了生命中的一道重要的門檻，意味著此後他的生命會有很好的延續。可惜的是，古龍在他四十八歲的時候沒有跨過這道坎，讓生命停留在這一刻，也讓他的藝術停留在一個無法預知的斷層。

就在他逝世的前一年，由一系列短篇小說組成的《獵鷹‧賭局》問世，成為他最後的遺作。相比較以前的作品，《獵鷹‧賭局》在故事情節的特色上並沒有什麼大的創新，依舊是驚險與懸念的交映、陰謀與智慧的較量。但是，小說篇幅的精悍短小，使的故事情節能夠在簡潔明快的氛圍中演繹，也使文字充滿了力度。

在這組小說中，古龍運用電影蒙太奇的手法，故事的發展在不同的場景中迅速轉換，多條敘事線索同時展開，最後會師在一起，節奏緊張明快，敘事輕鬆活潑，很有海明威「電報體」的風格。在《獵鷹》這個故事中，古龍把六扇門首領凌玉峰偵查案件的過程和卜鷹以破案為賭局的過程組合在一起，對政治性很強的司法部門工作進行解構，將民間的浪子塑造成英雄人物。到了最後，看似正派人物的官方人員成為幕後黑手，而看似邪惡的殺手卻是正義的維護者。每一個人都有自己的秘密，當這些秘密揭開的時候，也就是真相大白的時候。

古龍說：「我十七歲開始做職業作家，到現在三十年了，什麼文字不會耍呢？但是三十年了還在耍文字有什麼意思呢？文字技巧還是有的，只是爐火更純青了。」《獵鷹・賭局》無疑就是古龍這句話的最好詮釋。

我讀書有一個習慣，就是喜歡用鋼筆或者鉛筆在書中精妙的句子下面畫一條線，並把他們摘錄到本子上。所以，古龍的很多書中都有我塗畫評注的痕跡，唯獨《獵鷹・賭局》這本書中，我沒有發現多少出彩的句子。但是在讀完一個故事時，我心中卻有一種奇特的感受，這種感受猶如夏日沐浴之後的清爽，猶如飯後一支煙的愜意，猶如登高樓遙望星空的極目。

如果要用一個詞來描述這種狀態，那就是「意境」。四十七歲的古龍不再玩弄文字技巧，不再把簡單的句子寫的玄乎複雜，也不再把平淡的故事情節構造的曲折糾葛，他只是信手拈來，以一種平和的語態向我們描述若干個人和這若干個人的生活。這種生活儘管與賭有關，但又不是危害人生的錢財之賭，而是對生活的一種刺激性的投資。

人的成熟和人的長大是不一樣的概念，長大只是生理構造上的完善，而成熟卻是心理狀態的提升。而當一個人活到四十多歲的時候，他看待一切的眼光又會發生更多的變化。

這種變化就是不再像年輕時那樣渴望出風頭，對事物的看法也不再像年輕時那樣要急躁的下結論，而是在沉穩中放下包袱，用微笑的眼神迎接即將來臨的東西。古龍是一個有著獨特思想的作家，他的天賦和才華已經給他帶來了巨大的聲譽，當年齡漸老的時候，他選擇在平和中繼續自己的事業。

《獵鷹・賭局》便是古龍這種人生態度的體現，他的小說篇幅變短了，文字變得素樸了，故事變得平淡了，同時小說整體的意境卻提高了。所以，古龍的才華並沒有枯竭，他只是換了一種方式來繼續向讀者講故事，講一些能夠讓大家安靜的傾聽的故事。

「打賭」是一種生活調色劑

「賭」是一項與金錢有關的活動，參加的人先押下賭注，然後通過某種競技的方式來決定勝負，輸家把錢交給贏家。關於賭的概念也有狹義和廣義之分，狹義上的賭指得就是「賭博」，一般有固定的場所，叫做「賭場」，世界上著名的賭場有澳門賭場和拉斯維加斯賭城。賭的方式也是各種各樣的，有玩紙牌、百家樂、廿一點、輪盤、梭哈、贏三張、老虎機、賽馬等等，任意一種方式都可以讓一個人在瞬間腰纏萬貫，也可以讓人一夜間傾家蕩產。

然而對於普通人來說，賭博卻是一項可玩賞而不可參與的活動，因為它的高投入和高風險很容易毀滅掉一個人的前途。我們平時所接觸到的有關賭博的知識，主要來源於影視作品，特別是香港的電影。《賭神》中周潤發的瀟灑霸氣曾經是無數年輕人的偶像，他出場時的星光燦爛成為經典的鏡頭，《賭聖》中周星馳的無厘頭幽默為賭博添加了許多樂趣。日本導演北野武的《菊次郎的夏天》中，傻氣和戾氣十足的菊次郎把小孩當作天才預言家，想依靠他贏一筆錢，最後卻輸個精光。

所以，賭博是一種充滿刺激和危險的行為，是一個人對他的未來的押寶性預測，是聰明的人類希望能夠不勞而獲心理的體現。

而廣義上的賭就不再局限於有嚴格規則的賭博業，它是人們日常生活的一種調色劑，也是人與人之間的一種交流方式。在我上大學時，大家都喜歡看NBA球賽，每當比賽開始的時候，同學們都喜歡打賭，例如一方賭湖人贏，一方賭掘金贏，賭注是一塊麵包或者一杯可樂。在這樣小投資的打賭行為中，就沒有了真正賭博行業的危險性，即使輸了也不過是幾塊錢的損失罷了，但是這種方式卻點燃了我們看球賽的激情，增添了我們平淡生活的樂趣。

除了球賽外，生活中的任何事情都能成為我們打賭的對象，比如我們還經常賭某節課老師是否會點名，賭那個穿白裙子的女生明天是否還會到自習室來，賭學校的宿舍樓會在幾個月之間建起，賭一對情侶會在幾個月之後分手，賭王二睡覺時的呼嚕會不會再響起……打賭是一種對生活的積極態度，當我們在打賭時，證明我們對自己的判斷充滿信心，也就是對生活充滿信心。

賭是一種傳統的活動，自古以來人們就對賭產生了濃厚的興趣，上至王臣將相，下至草民百姓，人們通過賭的方式來贏得生活的主動權。在古龍的武俠小說中，有兩樣的東西是少不了的，一個是酒，另一個就是賭。在賭方面頗有造詣的人物有小魚兒、楚留香、陸小鳳、蕭十一郎等，他們賭博並不是為了贏錢，而是通過賭的方式來與人交流，希望別人能在某件事上為他們提供方便。

而在《獵鷹·賭局》中，古龍又專門為一個叫卜鷹的賭徒寫了一本傳記。卜鷹何許人也？

一個人穿一身黑袍，純絲的黑袍，就打著赤腳，脖子上掛一雙形式很奇特的黃金色多耳麻鞋，手裏提著一隻關外牧民們最愛用的羊皮酒袋，像上古巢居人一樣，斜倚在一棵樹幹上，一大口一大口喝著袋裏的羊乳酒。

卜鷹長得並不帥，比陸小鳳和楚留香差遠了，名如其人，他的禿頂很像一隻兀鷹，鼻子也是鷹鉤鼻。但是，這樣一個相貌兇惡的人卻具有常人無可比擬的智慧和勇氣，他是賭局的老闆之一，專門以和別人打賭為職業，並且憑藉自己卓越的判斷力和精妙的設計，從沒有輸過。至少在古龍的這本書中的幾個故事裏他沒有輸過。

任何一個名人的成功都不是一帆風順的，在星光閃耀的背後總是要經歷很多的磨難，卜鷹也是如此。

紅袍老人沉吟著，過了很久，才慢慢的說：「有一個人，十一歲的時候就用一把宰羊的刀殺了五條大漢，十三歲的時候削髮出家入少林，不到兩年就為了一個女人被逐出，還被戒律房的和尚用苔條捆得幾乎爛死在山溝裏。

他沒有死，據說是因為有十七八匹狼輪流用舌頭舐他的傷，舐了七天七夜，才保住了他的命。

他就跟這一窩狼在野山裏過了兩三年，十七歲的時候混進了鏢局，先在馬廄裏洗馬掃糞，後來幹上趟子手，十八歲就當了鏢師，十九歲就拖垮了那家鏢局。

後來的幾年，他幾乎什麼事都幹過，二十四五歲的時候跟著一艘商船出海，到了扶桑，三年後回來，居然已經變成了富可敵國的大亨。」

這是一個很簡短的履歷，但是從這簡單的幾段話中，我們可以看出卜鷹一生的傳奇。和其他的武俠小說家（如金庸、梁羽生）不同，古龍的小說很少把主人公從小到大的經歷和奇遇都描繪出來，他只是選擇一個人一生中最燦爛的部分展現給讀者，至於他們成長的過程只是一筆帶過。

卜鷹人生最精彩的部分，就是他與別人的打賭，很多情況下，他選擇的是別人都不看好的一方，但最終的結局又往往是他勝了。這不是說他運氣好，而是他擁有豐富的人生閱歷，這些閱歷往往使他具有超出常人的判斷力，能夠看到常人看不到的東西。

〈獵鷹〉篇，卜鷹賭狄小青是被冤枉的殺手，並最終幫助他獲得了清白；〈賭局〉篇，薛濺纓和柳輕侯比劍，卜鷹賭柳輕侯勝，結果薛濺纓劍勝人亡、柳輕侯劍敗人存（與葉孤城和西門吹雪那場比劍相似），活著的一方也就是勝利的一方；〈狼牙〉篇，卜鷹和關二打賭，他賭諸葛太平保的鏢到不了目的地，結果鏢在半途中被關二劫了，可是這趟鏢本來就是運往卜鷹的賭局的，所以表面看來是關二贏了，其實得實惠的還是卜鷹；〈海神〉篇，關二賭卜鷹絕對不能在一個月內到達扶桑並平安歸來，卜鷹在海上遇到海神的暗害，但最終卻憑藉自己的智慧和膽識戰勝海神，回到陸地，參加了關二為他準備的葬禮；〈追殺〉篇講的雖然也是一個關於賭的故事，打賭在這裏只是一個幌子，真正的目的是為了破獲京城的一件連環兇殺案，這自然也是卜鷹的計謀。

卜鷹是賭局的老闆，是賭無不勝的神奇浪子，但是他所賭的東西並不是像牌九、擲篩子這樣的正規賭博活動，而是以江湖上的事為賭博對象，就像我們上大學是對ＮＢＡ球賽的打賭。這體現了卜鷹是一個熱愛參加社會活動的人，他積極參與江湖事務，並用設賭局的方式來干預江湖之事，打抱不平，制裁邪惡，拯救善良，讓江湖的正義永存。

所以，賭也並不是一件完全惡的東西，關鍵還是在於人們以如何的態度來對待他，如果你只是把它當作生活的調色劑，為了緩解壓力而參與一下，在我看來未嘗不可。但是，如果你懷著牟利的心理企圖通過賭博來一夜暴富，往往就會在沉迷中喪失了人格，最後落到人不是人、鬼不是鬼的地步。

而把賭當作一件維護正義的工具，並在打賭中體會生活樂趣的人，除了卜鷹之外，這個江湖恐怕沒有他人了。所以，古龍寫《獵鷹‧賭局》並不是為賭博唱讚歌，而是為正義唱讚歌，別忘了「賭局」之前還有「獵鷹」兩個字，獵鷹在江湖的意思就是六扇門裏的捕頭，也就是現代社會的司法公安部門，他們的工作是維護社會治安，保證人民安居樂業。

可見，在任何時候古龍對生活的態度都是充滿陽光的，他不斷的歌頌善的東西和維護了善的東西的人。在這最後的遺作中，他更以平常的心和素淡的語言創造了武俠小說的一種新特色：武俠小說不一定就要以武打為主題，它還可以把「賭」這種有爭議性的事情轉化成一種正面的力量。

若有把握，還賭什麼？

賭博這種活動之所以能吸引眾多人的迷戀，最重要的一點就是它的富於刺激性。這種刺激是從周圍狂躁的環境一直深入到身體內血液翻騰的刺激，這種刺激能讓一個人痛痛快快的過一把大英雄的癮，能讓一個人真正的為自己的命運做一次抉擇。沉醉在賭中的人不是他們道德墮落，也不是他們的人格不完善，而是他們的靈魂被這種刺激的氛圍籠罩了，回不到最初的出發地了。

所以，賭的就是一種懸念和未知性，如果一個人對賭注已經有了完全的把握了，那麼賭又有什麼意思呢？這就是卜鷹這個賭局老闆對賭的理解。他喜歡挑戰，喜歡冒險，喜歡在一個未知的世界裏繪寫人生的藍圖，所以他的生命是有價值的。

胡金袖已經瞪著他看了半天，終於忍不住說：「想不到你真的跟他賭了，你有把握？」

「沒有。」卜鷹懶洋洋的笑了笑：「如果有把握，我就不賭了。」

——若有把握，就沒有了刺激，沒有刺激，還賭什麼。

人生就是一場賭局，是我們和命運的較量，賭注就是整個人生的美麗和殘缺。為了使自己的一生豐富多彩，我們要時刻保持清醒的頭腦，不斷的進行選擇：是臣服命運的安排，向命運獻媚從而得到它的眷顧，還是勇敢的向命運發出挑戰書，用強硬的態度迫使命運改變它對我們的決議，或者在恰當的時機和命運討價還價，希望能得到一些利益。不管如何選擇，我們都得在有限的生命中盡可能使自己生活的有價值。

有些人做事喜歡求穩，沒有把握的事絕不幹，像林彪打仗一樣，每個細節都考慮成熟了才出戰。有些人做事喜歡冒險，喜歡和命運賭博，挑戰自己的判斷力。對大多數人來說，年輕的時候比較魯莽，到了而立年齡之後就慢慢的沉穩了，因為他們經歷了太多的世事，知道和命運決鬥是很難討得好處的。

但也有些人，終其一生都在激情中活著，時刻都在準備犧牲自己，也時刻都在享受著生活的樂趣。古龍筆下眾多的俠少浪子就是這樣的人格。卜鷹當然也是其中之一。他喜歡和人打賭，喜歡在這種刺激性中生活，儘管大多數情況下他都是贏家，但是在選擇賭局時，他很少仔細算計，往往是別人選擇了其中的一方，他就順其自然的站在了另一方。

有時候，大家都認為他選擇的對象勝算太小了，他也不以為意，因為賭博賭的就是一種可能性，如果凡事都有把握，那麼還有什麼意思呢？

英國作家哈代曾經說過一句話：「我喜歡困難，喜歡做難以做到的事。」我認為這是一種偉大的人生宣言，他對那些能夠輕易完成的任務總是感到意猶未盡，所以他喜歡挑戰高難度的事情，在這種征服困難的過程中提高自己的人生境界。

也正是由於哈代這句話，改變了我的一段人生。在我上大學的時候，我的成績很好，我本打算直接保送研究生。但是在保研複試的前一天，我忽然看到上海一所著名大學的文學院招收電影學研究生，我的心突然震顫了一下，因為我平時非常喜歡文學和影視，所以希望能系統的學習這方面的知識。

這時我的人生就遇到了選擇的挑戰，保研是一件十拿九穩的事情，它可以順利的讓我獲得碩士學位，如果放棄保研自己考研，既要忍受複習備考時的「苦難」（之所以這麼說，因為考研的生活是豬狗不如的生活），又要面對或成功或失敗的雙重可能。

我既希望自己能上研究生，又不想放棄學習影視專業的機會。在痛苦的矛盾中，我只有不斷的回憶前輩人物的歷程，用他們挑戰生命的傳奇來鼓勵自己。這期間，我就無數次想到了古龍小說筆下的人物，他們是一群探險者，從不安於平靜的生活，而是把自己放到江湖這片危險浪漫的地方，自由揮灑自己的青春年華。既然我這麼喜歡武俠小說，我也必須在自己的生命中注入不羈的種子。

寧可失敗在自己喜歡的事情上，也不可成功在自己討厭的事情上。最後，我毅然下定決心放棄保研資格，報考電影學研究生，而複習時間只有三個月。命運給了我挑戰自己的機會，也給了我實現自己夢想的幸運，最後我被這所大學錄取。我在鬆下一口氣的同時，遠望天涯，真想像卜鷹一樣大喊一聲，讓這個聲音傳到雲霄。

有一句話說，三十歲之前不要怕做錯事。這並不是說讓我們任意去犯錯誤，而是希望我們要有勇於冒險的精神，勇敢的向理想的重點衝刺，把困難踩在腳下，把自信的胸膛展示給大地。

只要我們時刻保持著這樣一種挑戰困難的心態，我們的生命就是年輕的，我們的生命也是有價值的。此時，我想起了牛漢的一首詩——〈鷹如何變成星的童話〉，這首詩我在複習考研時曾多次的默默朗誦。

幾百年前
有一隻暴烈的鷹
血淋淋的啄掉了
自己的腳爪
為的是解脫拴的鎖鏈

失去腳爪的鷹
自由的翱翔在天空

但它再不會築窠
再不會獵食
再也無法降落在
陡峭的懸崖
或青蔥的枝葉間

安安靜靜地棲息

它的一生
只能在廣闊的天空
不停地翱翔
唱著自己悲壯的歌
饑餓時飲幾滴雨水
飛倦了伏在風的脊背上

自由的鷹
不願墜死地上
最後變成一顆星
永遠懸在高高的天空

它飛得極高極遠
直到今天
天文台還沒有發現

只有鷹的同類
才能在千萬顆星星裏認出它
這顆星有一雙翅膀
它還在繼續升高，升高……

一個畸形兒對自己的埋葬

古龍所講的江湖故事裏大都彌漫了邪異的味道，很多人物都是具有心理疾病的變態者。《獵鷹・賭局》中的〈海神〉篇就是一個這樣的故事。

海神當然不是神，而是一個人。他武功高強，統治了海上的世界，誰要是惹怒了他，就會船翻人淹，被海奪取生命。關二和卜鷹打賭，如果卜鷹三個月之後不能安全的從海上返回，卜鷹的財產就屬於關二。卜鷹毫不猶豫的答應了這場賭局，因為他喜歡挑戰自己的命運。於是，他便乘船出海了。

卜鷹的船在海上遇到風浪，很快便散架了，他也隨著海水漂流了很遠。當他醒來後，發現自己到了一個小島上。這座島就是海神的大本營，當卜鷹看到海神的時候，他非常驚訝。因為，這個具有絕對權勢力量的男人竟是一個醜陋不堪的畸形兒。正是因為他的相貌過於醜陋，他把自己封閉在這個島上，養了一群女人陪伴著他。這些女人從小到大就看到他一個男人，所以認為世界上的男人都和他長得一樣，也便把自己的一切都奉獻給了他。

卜鷹卻神色不變，悠悠然接著說：「因為你先天就是個畸形兒，所以難免自慚形穢，可是一個女人如果一生中從沒有見過別的男人，也許就會認為世上的男人都是這樣子的。」

「你想到了這一點，當然非要立刻做到不可的。」卜鷹說，所以世上就出現了這個海神島，也有

了海靈這麼樣的一個女孩

墨七星終於歎息。

「是的，這件事就是這樣子的。」他說，「我不讓海靈見到任何男人，只希望她認為天下的男人都跟我一樣畸形而醜陋，無名叟和蕭彈指本來就是我在江湖中使用的化名。」

讀到這裏，我們既為海神感到可憐，又不得不佩服他的聰明。一個畸形兒要想在社會上贏得女人的愛情，是一件非常難的事情，但是如果一個男人沒有了女人，那又是何等的孤獨。所以，海神選擇了創建一個屬於自己的世界，在這個世界上他是唯一的男人，女人們都只能愛他，並且為他互相吃醋。

這是一個畸形人的畸形心理，也是一個殘缺人的偉大心理，每個人都有生活的權利，都希望自己能像其他人一樣活得幸福。可是，由於各種先天或者後天的原因，很多人在身體的某些方面出現了問題，他們很容易產生自卑的心理，不得不逃避外面的世界，躲在自己的蝸牛殼裏。海神就是其中之一，可是他沒有放棄生活，而是努力鍛煉武功，學得絕技，在江湖上樹立起了令人聞之色變的名聲。即使是這樣，他也無法通過正常渠道去獲得女人的溫柔，所以他只能選擇在一個遙遠的島上體會女人的愛。

但是他知道這是一種自欺欺人的做法，他活在虛偽和真實的矛盾中，在一次次與女人的做愛中找到一個男人的驕傲，又在夢醒之後痛苦。而卜鷹無意中來到這個島上，揭開了他的秘密，也使島上的少女知道了外面世界的精彩。海神最終還是輸了，他苦心建立的女人王國在瞬間倒塌。這是一個悲劇人物的悲劇命運，這種命運讓人扼腕歎息。

看了這個故事，我想起了韓國新銳導演金吉德的電影《弓》，這個電影講的是一個遲暮老人與一位少女的畸形愛情。

一艘孤獨的船行駛在海上，碧藍的海水倒映著船上塗抹的五彩繽紛的菩薩塑像。老人在十七年前把一個女嬰帶到船上，撫養了她十七年，準備在她成年後和她結婚。女孩從沒有離開過船，也從沒有看過外面的世界。

每天早上，當女孩醒來，老人已經出海，她吃完老人為她準備的早餐，便坐在船舷上拉起二胡，憂傷的旋律沿著水面傳到很遠。風輕輕的吹動著她的髮絲，陽光的靜靜的照在甲板上。到了晚上，老人回到船上，為她洗澡，然後握著她的手進入睡眠。這是一種靜謐的生活，少女是無憂無慮的，她的臉上經常露出甜蜜的微笑，可是她心中的孤獨也隨著二胡的聲音飄散到很遠。

直到一天，一個年輕人來到船上，就像卜鷹來到海神島一樣，生活一切都改變了。少女愛上了這個年輕人，老人的心受到巨大打擊，他迫不及待的想和少女結婚，但是少女不再像以前那樣聽從他了，而是露出了憎恨的神色。

年輕人要把少女帶走，老人將船繩綁在自己的脖子上，企圖以自己的死亡挽留少女的心。少女的船無法行進，她聽到了老人的慘叫，毅然掉頭回來。老人和少女完成了結婚儀式，老人仰天射出男人之箭，而後投海自盡。少女在破處的血液中呻吟。之後，年輕人帶著少女離開了這艘孤獨的船。

這是一個充滿哲理的令人費解的電影，它和古龍的故事有著相似性，都是關於畸形情感的主題，但是在對人物心理的表現上，金吉德用現代藝術手法創造了一種獨特的意境，讓觀眾感受到一股震撼的力量，這要比古龍的文字更具衝擊性。

在這個世界中，每天都有許多奇特怪異的事情發生，當藝術家用藝術的眼光對其審視時，總能帶給我們很多思考。到底是人自己墮落了，還是這個時代墮落了？這是一個無法解答的命題，因為墮落的人不認為自己是在墮落，墮落的時代也不覺得時代在墮落。所以，人都是活在無形的牢籠了，不是人衝不破牢籠，而是沒有衝破牢籠的意識。

傳統武俠小說已經在今天落寞了，它讓位於玄幻小說和科幻小說，金庸和古龍都成為江湖的傳說，他們隱退到無人可知的地方，早已不再江湖行走。古龍的書曾伴隨著我們這一代人長大，而今只剩下甜美的回憶。當我看到我的書架上擺著的釘裝版本的古龍小說時，我感到無比親切，彷彿我又回到了那青春的歲月，只是再也找不到那時的感覺。

是時光豐盛了一切，也是時光瘦削了一切，在時光的隧道中，沒有人是贏家，包括卜鷹，也沒有人是輸家，包括我自己。

釀文學115　PG0825

古龍的江湖

作　　者　陳令孤
主　　編　蔡登山
責任編輯　林泰宏
圖文排版　郭雅雯
封面設計　王嵩賀

出版策劃　釀出版
製作發行　秀威資訊科技股份有限公司
114 台北市內湖區瑞光路76巷65號1樓
電話：+886-2-2796-3638　傳真：+886-2-2796-1377
服務信箱：service@showwe.com.tw
http://www.showwe.com.tw
郵政劃撥　19563868　戶名：秀威資訊科技股份有限公司
展售門市　國家書店【松江門市】
104 台北市中山區松江路209號1樓
電話：+886-2-2518-0207　傳真：+886-2-2518-0778
網路訂購　秀威網路書店：http://www.bodbooks.com.tw
國家網路書店：http://www.govbooks.com.tw
法律顧問　毛國樑　律師
總 經 銷　聯合發行股份有限公司
231新北市新店區寶橋路235巷6弄6號4F
電話：+886-2-2917-8022　傳真：+886-2-2915-6275

出版日期　2012年11月　BOD一版
定　　價　400元

國家圖書館出版品預行編目

古龍的江湖 / 陳令孤著. -- 一版. -- 臺北市：釀出版,
2012.11
面； 公分. --（釀文學；PG0825）
BOD版
ISBN 978-986-5976-72-9（平裝）

1. 古龍 2. 武俠小說 3. 文學評論

857.9 101018697

讀者回函卡

感謝您購買本書，為提升服務品質，請填妥以下資料，將讀者回函卡直接寄回或傳真本公司，收到您的寶貴意見後，我們會收藏記錄及檢討，謝謝！

如您需要了解本公司最新出版書目、購書優惠或企劃活動，歡迎您上網查詢或下載相關資料：http:// www.showwe.com.tw

您購買的書名：________________________________

出生日期：________年________月________日

學歷：□高中（含）以下　□大專　□研究所（含）以上

職業：□製造業　□金融業　□資訊業　□軍警　□傳播業　□自由業

□服務業　□公務員　□教職　□學生　□家管　□其它_____

購書地點：□網路書店　□實體書店　□書展　□郵購　□贈閱　□其他

您從何得知本書的消息？

□網路書店　□實體書店　□網路搜尋　□電子報　□書訊　□雜誌

□傳播媒體　□親友推薦　□網站推薦　□部落格　□其他__________

您對本書的評價：（請填代號　1.非常滿意　2.滿意　3.尚可　4.再改進）

封面設計____　版面編排____　內容____　文／譯筆____　價格____

讀完書後您覺得：

□很有收穫　□有收穫　□收穫不多　□沒收穫

對我們的建議：________________________________

____

____

____

請貼
郵票

11466
台北市內湖區瑞光路 76 巷 65 號 1 樓

秀威資訊科技股份有限公司　　收

BOD 數位出版事業部

（請沿線對折寄回，謝謝！）

姓　名：____________　年齡：________　性別：□女　□男

郵遞區號：□□□□□

地　址：________________________

聯絡電話：(日) ____________ (夜) ____________

E-mail：________________________